有一种力量，叫文学；
有一种美好，叫回忆；
有一种感动，叫青春；
有一种生命，在鲁院！

鲁迅文学院「百草园」书系

谁予解惑

杨武凤◎著

江西高校出版社
JIANGXI UNIVERSITIES AND COLLEGES PRESS

SHUI YU JIEHUO

舞台上清丽婉转的美人，
生活中却是狭隘狡猾之人，
但却执着于心中的恋人至死不渝，
让人扼腕叹息。

图书在版编目（CIP）数据

谁予解惑 / 杨武凤著. — 南昌：江西高校出版社，2017. 3
（鲁迅文学院“百草园”书系）
ISBN 978-7-5493-5160-2

Ⅰ. ①谁…　Ⅱ. ①杨…　Ⅲ. ①中篇小说—小说集—中国—当代 ②短篇小说—小说集—中国—当代　Ⅳ. ①I247.7

中国版本图书馆CIP数据核字（2017）第040638号

出版发行	江西高校出版社
社　　址	江西省南昌市洪都北大道96号
总编室电话	（0791）88504319
销售电话	（0791）88505573
网　　址	www.juacp.com
印　　刷	北京一鑫印务有限责任公司
经　　销	全国新华书店
开　　本	700mm×1000mm　1/16
印　　张	16
字　　数	220千字
版　　次	2017年3月第1版 2020年7月第2次印刷
书　　号	ISBN 978-7-5493-5160-2
定　　价	43.00元

赣版权登字-07-2017-156

目录 Contents

青　衣

一、喝玫瑰花茶的妖艳女人

将近深夜十二点，茶楼的客人们都已陆续散去，绵软的背景音乐已经中断，嘈杂也归于静默，拥挤逐渐转变成了空旷。台位上昏黄的灯一盏一盏渐次熄灭，只剩27号台的灯光仍然昏黄幽明着。

从自认为鹤立鸡群的领班那冷峻的目光中，晓兰读出了责备。27号台座那一片归她负责。按照惯例，她应该提醒客人打烊时间已到。晓兰委屈地辩解道："我问过两次她还要不要加点什么，她都没吭声，而且，她事先交代过让不要打扰嘛。"那种问候，实则是提示，等同于旧时大户人家的端茶送客，常坐茶楼的人们都心知肚明。这也是茶楼催客的惯用方法。

领班有点负气地走向27号台，高跟鞋声空洞而有节奏地回响在寂寥中，晓兰忙不迭地紧跟其后。

"先生，您还要加点什么吗？我们要下班了……小姐……"领班矜持地掀起帘布，犹疑地伸手去推了两下趴在茶几上的人，他竟歪倒在沙发上，已经死亡。

死者双目圆瞪，七窍流血，血已凝固。其额前的乱发一缕缕粘连在一起，是死前的挣扎把血污涂抹到了额上脸上。纵横交错的血迹已污染了他原本雪白的衬衣和质地考究的领带西裤，表情定格在痛苦的痉挛状。

三秒钟后，领班才发出刺耳的“啊”声，尖利的噪音刺破了深夜的静谧，随着她跌跌撞撞的奔跑，尖叫也划向了前台。她全身颤抖着语无伦次：“死人了，我摸到他了，我的手摸到死人了！”她双手不停地在衣服上使劲地擦拭着。

紧跟在她身后的晓兰被她撞了个满怀，心惊胆战地也紧跟领班跑回前台。被尖叫声震得毛骨悚然的服务员们仓皇地围拢来，听说死了人，他们个个六神无主又惊慌失措，最后还是晓兰的提醒，大家才七手八脚将领班扶坐到沙发上。

凤翔市公安局刑警大队女副大队长辛欣是在睡梦中接到报警电话的，临出门时她嘟哝了一句：“烦人，真得去找头儿谈谈了。”最近她总想着要调换岗位的事。刑警，就是在身体最需要休息时，工作却需要你亢奋。它熬的是健康、耗的是青春，真不适合女人。老公并不接腔，只拍拍她的肩边送她出门边说：“别忘了明天的事。”她说：“已经是明天了。”

现场勘查和现场调查访问同时进行。警察们忙碌的身影不断地被卤素灯光放大、缩小、扭曲变形，光圈外昏暗的茶座空无一人，更显诡异，闪光灯忽闪一下，在惶恐未定的服务员们心中更增了莫测的神秘和惊悚。

死者所在27号台座最多能容四人，对开的沙发中间隔道一方茶几。茶几的烛炉上坐着精致的玻璃茶壶，蜡烛早已燃尽，壶中尚有半壶玫红的养颜茶。朵朵苍白的玫瑰花蕾，如惨遭蹂躏的少女的胴体，浸泡在自身的血水中，支离破碎。一只小巧的玻璃杯立在一边。

痕检人员在茶杯的杯沿及杯壁上分别提取了少量唾液和三枚清晰指纹，又对杯中、壶中的残茶分别进行了提取。此外，还在茶几及沙发座位上找到了三根毛发。

法医初检判断：死者男性，42岁左右，身高一米七三，系中毒死亡，时间大约在两至三小时以前。他身材肥胖，衣着讲究，却身无分文，也无任何随身物品，其粗壮的左手无名指上有明显的戴过戒指的痕迹。

一出家门就把烦恼丢到九霄云外的辛欣头脑清晰条理分明，她安排人员分头调查的同时，将吓晕了的领班送往医院，然后，她便与刑警肖潇一道查看起整个茶楼的内外环境来。

凤翔市两条平行而繁华的主干道之间有一条幽静的小街叫墨玉街。墨玉街只有二十余米宽，墨玉街与两条主干道形成一个“工”字，墨玉街就是中间的那“一竖”，仅两公里长的距离。并不宽阔的墨玉街两旁排列着高大粗壮的法国梧桐，枝叶遮天蔽日，连路灯也被藏头露尾地掩映在浓荫之中。

江南春茶楼就位于墨玉街上。从茶楼大门到邻近的凤翔大道，只有不到五十米的距离。因了这交通便利、闹中取静又惬意隐秘的缘故，茶楼生意长兴不衰。

茶楼总共三层，二楼是喝茶聊天的台座，三楼是包间，可以唱歌跳舞打牌娱乐。一楼却只有一个很小的门脸儿，其实就是个楼梯间，供客人进出。

辛欣对这里并不陌生。她和队友们偶尔也会来这里约谈工作对象，甚至在破获了大要案后也来这喝茶、聊天、跳舞、K 歌。除唱歌外，辛欣的京剧也唱得每每能博得众人喝彩，她自鸣得意的是唱青衣，她认为唯有青衣的端庄清丽和温文尔雅最能彰显女人的秀美贤淑和娇柔妩媚，但大家更愿意听她唱老旦，说那种苍劲有力、刚柔并济又洒脱豪爽的气韵，更符合她。她总是不以为然，并每每争论不休又无疾而终，这早已是刑警队里的一件无头公案，循环往复的争论让众人乐此不疲。

肖潇边看边骂道：“我去，哪儿不好杀人，选在这里，还弄得那么血腥，这茶楼以后生意怕是不好做了，我们再来都有忌讳。”

辛欣笑着说：“你小子还怕鬼呀？”

“怕是不是怕的，就是不吉利。”

三十八岁的辛欣，有着这个年龄段特有的亲和力，凹凸有致的身段让英气逼人的警服平添一缕温情，小麦色的脸颊线条柔和。她满怀同情地看着坐在对面低头不语、心神不宁的晓兰，温和地跟她说话，拉家常，渐渐让她安定下来，并开始回忆讲述。随着晓兰和其他服务人员的讲述，辛欣和肖潇的眼前再现了案发前后茶楼的情景。

夜晚九点多钟，正是江南春茶楼生意火热之时，《春江花月夜》的琴声如水波般荡漾在一片迷蒙的氤氲中。服务员是清一色十七八岁的女孩，一律蓝地白花大襟收腰衫，外系湖绿的围裙，如果不是更加纤细婀娜的腰肢，真恍如样板戏《沙家浜》中的阿庆嫂般，只是把阿庆嫂的盘头加吊坠簪子换作了俄罗斯女郎的头巾，且这头巾也是蓝地白花，更增了一份娇俏和妩媚。

蓝地白花的晓兰刚刚送完几碟小吃回到前台，楼梯处走上来一个高挑而妖娆的时髦女郎，背着一个大大的背包。未及开言，浓郁的香水混杂着脂粉味扑面而来。她柔声细气地问：有包间吗？晓兰将她让进27号台座并问她几位，喝什么茶。她说两位，要一壶玫瑰养颜茶，然后又说："待会儿不叫你们，就别续水了。"

晓兰明白，那是不愿被打扰。

晓兰将茶具送到27号台，点亮烛炉，泡煮上一壶玫瑰花茶，摆好两只茶杯，然后退出来，顺手拉上了落地布帘。这个茶座就变成了独立封闭的空间。随后她就去接待别的客人了。

"你确定送去的是两只杯子吗？"

"当然，她说了是两个人嘛！"晓兰毫不迟疑地回答。

辛欣和肖潇对视：现场只有一只小巧的玻璃茶杯。

这个妖娆女子什么时候离开，居然没有一个人说得清楚，因为她一开始就把账给付清了。服务员们就没太关注她，直到发现死者时还以为她一直都在那里。

晓兰说妖娆女子身材高挑而柔媚，好像比一米六八的领班还高，有点做作，但又不让人讨厌，总是慢条斯理的。辛欣问怎么做作，晓兰说说不准，就是很讲究，说话走路都很高雅的那种。晓兰边说边比画了两下，马上又不好意思地捂住了嘴。

那个死者男子是之前经常来这里喝茶的客人，应该很有钱。他大多是和一个年轻漂亮的女子一起喝茶，当然不是今天这个女子。奇怪的是他们从不一起进出，总是一前一后地来，坐很长时间，然后一前一后分别离开，所以晓兰她们其实早就认识他们了，还常常议论他俩可疑的关系。不过最近好像一年多没见他们来了。今天这男的先是坐在13号台，那里有一个年轻的男子等着他。至于他啥时坐到27号台的就不知道了。那个等他的年轻男子是一个人结账走的。结账时，他还不停地在拨电话，但是好像一直未拨通。

年轻男子头发很长，梳向一边倒。因为当时进出的客人很多，只要不逃单，大家也没特别注意。

大约十点钟时，有一个小“阿庆嫂”问过一次27号台需不需要续水，隔着布帘，里面传出妖艳女子不耐烦的声音：“我说过的，没叫你们，就甭续水了。”

后来这“小阿庆嫂”还与晓兰嘀咕说就让27号枯坐着吧。

根据调查询问的情况，调查组搜查勘验的范围扩大到13号台座及茶楼周边，希望能发现其他可疑物品，但一无所获。

遮天蔽日的梧桐树仿佛有意充当着帮凶，将原本昏暗的墨玉街掩盖成幽深神秘而变幻莫测的狭窄暗道。

这一男一女，一个先于茶楼等待死者，一个独自去茶楼约会死者，他们是设局合谋而为？还是各自分头行动、不谋而合？或者他们中一个心怀叵测、暗藏杀机，另一个却心怀坦荡、莫名其妙？

查找死者身份及社会关系，特别是与他最后时间相处的两个人：13号台年轻男子、27号台妖娆女子，成为侦破案件的关键和突破口。

二、他惧怕什么

辛欣回家时已经是次日晚上九点了，她突然想到早已误了儿子的家长会，心中懊恼不已。辛欣拿出手机来查看，老公已打过她三次电话又留了一条信息，她接过一次，是她正在询问晓兰时，她没容老公开口说话，就冲话筒说了句“我正有事，等会再打”，就挂了；后来两次，她正与市局的刑技人员在一起讨论案情，手机调到震动，没有接到，老公在十二点过五分时发来短信：知道你忙没时间我自己一个人去开家长会你照顾好自己。老公的短信从来不打标点符号。她心里一阵愧疚。急忙向家中赶。

晚上洗漱完进到卧室，听到隔壁小房间儿子对老公说：“她老不开家长会，老不在家，还脾气大，我以后可不找这样的老婆。”

辛欣一阵内疚，等老公过来后，她说：“搞完这个案子，我就换岗。”老公说：“你说了无数次了。”辛欣说：“这次是真的。”

一天后，凤翔市公安局刑侦一中队的中队长打来电话，说天翼公司有几个人来报案，称公司老总失踪了。他询问大致情况后，怀疑与茶楼凶案有关。辛欣与肖潇立即赶到一中队。

刑侦一中队的大院有一溜排平房办公室，其中一间门口聚集了四五个人，辛欣和肖潇向那边走去。

一个中年妇女正斜躺在办公室内的沙发上，双目紧闭，显然是受到了强烈的刺激还处在眩晕中。旁边稍显年轻一些的男子正焦虑地蹲在一边为她轻揉着太阳穴，一边还拿着一次性纸杯往她嘴里喂水，他轻声唤道：“大菊大菊，你坚强一些，多想想芳芳和自己”眼泪顺着白皙的面庞慢慢滑落，他却仍拼命忍着不出声。男儿有泪不轻弹啊，强压悲伤更悲伤。看着这一幕，见惯了生离死别的辛欣还是禁不住跟着伤感。

中队长见了辛欣，将他们领到另一间办公室：“他们已经看过照片了，是她丈夫，叫辜幸生，43 岁，天翼公司的老总。住在南湖公寓。”

“还有些什么人？”

“都是天翼公司的人，昏倒的女的是死者的妻子，叫李大菊，那个喂水的男的是李大菊的表哥。他们是一起来报案的，原来只以为是失踪，想让我们帮着找找，我一听，失踪时间和他们说的体貌特征，就让他们看了几张照片——当然是法医修整后的照片，他们就都肯定了。”

辛欣想说应该用稍稍和缓一些的方式，让亲属们不致太突然，但警察干长了，仿佛理性的东西往往多于情感的东西，于是话到嘴边就变成了：“我们分头把情况问问，然后再碰头吧。”她知道这样的痛苦不过是迟与早，锥心是一样的。

经过询问，她们了解到的情况是：辜幸生 15 日早上七点半钟的飞机往浙江，按约定，早上五点之前，他的司机小黄就在他家楼下等着送他，可是司机小黄直等到五点半钟没见他下楼，而女秘书柳媚的电话却催了来，问车子怎么还没到，而且辜总的电话还关机。柳秘书是准备一同赴浙江的，因车子顺路，她就在路边等着。司机便把电话打到辜家，辜妻李大菊接了电话，说辜幸生前天上午出门，之后一直未归，李大菊在她表哥姜明远的陪同下又寻遍了可疑之处，但无果，便同公司的人一起来报警。

辜妻李大菊体态肥胖，却身体虚弱。她满脸忧伤，可能因为着急上火，说起话来也急速迫切，却细碎杂乱。亏得同来的表哥姜明远及时补充，才让民警听出了脉络。而现在她刚刚苏醒，神智还不清醒。

姜明远是市第一中学的语文老师，朴素整洁，是典型的知识分子形象，他正沉浸在巨大的悲痛之中，却还要照顾丧夫之痛的表妹，令在场的人为之动容。他说他 14 号晚上上完自习辅导课，回到家已十一点多钟，本想早上多睡一会，结果 15 号早上五点半，李大菊就打电话来说妹夫失踪了。姜明远赶到她家，与她一起到处打电话寻找，大家都不知辜幸生去了哪里。平时辜幸生经常出差，几天不回的事常有，大家也没有太在意，但这次是连他的司机小黄以及公司的人都找不到他了。

“我们就只能来报案，想通过你们帮忙找找，没想到是这样。”姜老师强忍着悲伤说。

许是当老师的缘故，姜明远看上去倒显得比他表妹年轻一些。现在只有他能帮助李大菊渡过难关。他们这个家族再没有别的亲人，姜老师的妻子也在一年前病逝。苦难似乎总爱降临在不幸的人和不幸的家庭中。

“你们能提供点什么线索吗，比如他这段时间情绪如何？去茶楼与谁见面？与谁结过怨？”辛欣问。

“不知道他去茶楼见谁啊，应该不会与谁结怨吧。”姜老师边无奈地摇头，边看了看表妹，眼泪又不自主地溢满了眼眶。

这时的李大菊完全醒了过来，却仍十分虚弱，她微弱而艰难地哭道：“这是与哪个丧天良的结了怨啊，下这么毒的手?！他在外面欠了人家的钱，我让早点还了，再莫欠人家的啊！他就是不听啊！到处借钱欠债，总是有人找他扯皮啊。我怎么这么苦命啊，总不得安生啊……我可怜的芳芳儿呀……”姜老师听着李大菊的哭诉也泣不成声，最后竟控制不住地与她抱头痛哭起来。

“辜先生都跟哪些人有债务往来？或者还有其他的矛盾，也可说说。”等他们稍稍平息一些，辛欣又问。

“这个我说不清楚。他们公司的人应该知道吧。”姜老师低头擦着眼泪。

“老辜说过的，宏兴公司的王俊逸一直派人跟踪他，是他防得紧，所以一直没有出事啊，哪晓得这次怎么就没有防住啊！”李大菊哭道。

受害人亲属的指控无疑是破案的重要线索。目前只能顺着死者本人及其家属提供的这条线索往下查。

天翼公司办公地点租赁在国贸大厦十八层，辛欣和肖潇在电梯中按下上升键，电梯门要关上的刹那，突然冲进来一个矮胖男子，他伸手去按楼层时，发现亮着的 18 号数字，便缩回了手。电梯一停住，他便迅速出门，径直而去。辛欣和肖潇按照楼梯间的指示牌所示，又问了两个人，才来到 1814 室，却见刚才那个矮胖男子，正气势汹汹地在办公室内冲里面的一男一女嚷道：“把你们辜总叫来，没见过这么不要脸的，这笔钱再不还，大家都没有好日子过了，我们孤老拼绝户，不是我死就是他亡。”

年轻漂亮的女秘书柳媚惊异而无奈地看着这个矮胖男子，面色十分难看，张了张嘴没能说出话来。今天上午她已惊闻辜总遇害的事，下午她为收取一份传真刚到公司就碰到了这个矮胖子。

辜总的死来得太突然，所有的人都猝不及防，不敢相信这是真的。三天前，他还神气十足、颐指气使地在这里君临天下，转眼怎么就没了呢？办公室仿佛仍然随处可见他肥硕的身影，走廊间似乎还时时传来他高声的喧哗或严厉的呵斥。突如其来的消息和忙乱让柳媚秘书花容失色、神情恍惚。

公司副总高原华正与柳媚秘书一道应付着矮胖男子，听完辛欣和肖潇的自我介绍，他看着矮胖男子犹豫了一下，想带他们去另一间办公室说话，却被矮胖男蛮横地拦住说：“不行，警察也得先来后到，把你们辜总叫来，不还钱今天我就不走了。”

“你怎么还来呀？辜总你再见不到了……”柳秘书似乎刚刚清醒、忍无可忍地说道。

“他躲我！躲得了初一躲不过十五，跑得了和尚跑不了庙，死了也得欠债还钱！他今天不来，我就在这不走了。”矮胖男子显出一副赖皮状来。

肖潇喝住了他。洪茗货这才看到肖潇，悻悻地退出去说以后再来。

几年前，洪茗货伙同几个无业青年，专门招揽为人索债的事，从中获利。因为索债、绑架致死人命，其首犯被判无期徒刑，洪茗货被判十年。就为这，居然名声大噪。后来据说洪茗货得了什么病，保外就医出来。不久便被宏兴公司老板王俊逸收归麾下，专门为他索要债务、强揽工程，此外，洪茗货还拉着他的一帮兄弟，另外招揽一些为其他公司索债的“私活”。借了他曾参与绑架致死人命的威名，竟是屡战屡胜。

辛欣对个洪茗货早有耳闻，只是今天才得以一见，感觉他果真如人们传说中的鼻涕虫一般黏滞软滑，不由得皱起了眉头。

高原华把辛欣和肖潇领进了隔壁的办公室，听得洪茗货在走道那边喋喋不休又渐行渐远的声音说：“想赖账，没门。”高原华说：“这就是宏兴公司请来的讨债人员，每次来都得耗上差不多一天的时间，辜总确实烦他，躲着他。”

高原华说，近一年来，辜总特别小心谨慎，仿佛一直提防着谁似的。他不再像从前那样大大咧咧，他的日程安排开始保密，行踪也变得飘忽不定。有几次，高原华与他一起坐车外出，辜幸生总是对后面的车辆很注意，不时地回头去看后车的牌号，还要念叨出来，那意思好像是想让司机和同坐的人都记住那车牌号。高原华很奇怪，问他怎么啦，辜幸生说不能不提高警惕，说保不准后面的车子就是谁派来跟踪的，甚至是想对他下黑手的人。搞得大家也紧张兮兮的。

肖潇开始询问辜幸生平常接触的人中，有什么可疑的，高原华说辜幸生接触的都是些生意上的朋友，除了常在一起喝酒、打牌、唱歌外，好像没有特别结怨的人

至于内部职工更是不可能，辜幸生对手下弟兄们很仗义，除了工资足额发放，逢年过节的奖金补贴逐年增加外，谁家有个红白喜事、大困小难的，他都登门探望，大家都挺服他。

辜幸生在公司的威望相当高，私营企业，本来就是一言堂，老总有着绝对的权威，甚至当他破口大骂某个员工时，那个被骂的人还会赔上笑脸。但事后，他都无一例外地和颜悦色安抚被骂者一番，大家已习惯了他的暴戾，同时也折服于他公说有理、婆说亦有理的口才。

与天翼有债务关系的，除了宏兴公司，还有两三家公司。高原华说：“有债务关系是很正常的，比如我们发货到别家公司，他们的款子没能及时到账，或者我们也欠着另一家公司的钱，这再正常不过了。”

他详细介绍了三家与天翼有债权债务关系的公司情况后，说：“目前天翼公司账面上几乎没有活动资金了，有几十万的货款还未收回，但还欠着外面约三百多万元的债。前段时间辜幸生在浙江看好一个项目，把所有的钱都投到浙江去了还不够，就另外还借了一些。其中欠宏兴的最多，有两百多万。但这两百多万并非为这个项目要融资。而是多年前，辜幸生起家时借的，当时借了有六百万吧，已还了

四百多万。好像还欠二百多万。”因为财务的事高原华没管，所以他不是很确定，只依稀记得辜幸生说过要提两百万还债，而且这一段公司资金大进大出的蛮多。高原华还说今天李大菊要派人来查封天翼的账，而平常她对公司管理一窍不通。

在天翼公司最困难时，宏兴的王俊逸确实是帮过天翼很大的忙，但最近，因为天翼的发展势头强劲，特别是辜幸生开拓了铝材制管业生意后，天翼与宏兴的关系就显得很微妙，王俊逸不断地派人来天翼索债，并扬言要对辜幸生不客气。

高原华迟疑地对辛欣说：“是不是宏兴盗了铃后再来掩耳的哟。”辛欣明白他的意思，王俊逸派洪茗货来索债，洪茗货会不会故伎重演，索债不成暗下毒手，然后继续扮演索债角色掩人耳目？

对宏兴公司调查的同时，根据茶楼女孩们提供的一边倒长头发男子和喝玫瑰花茶妖艳女子的相貌，辛欣还安排她的手下刑警们在茶楼周边门店及摊点逐一走访并调查了所有可能的目击者，但没有发现什么线索，因为这条幽静的墨玉街，夜间行人稀少、生意清冷，除了来江南春喝茶的客人外——喝茶的客人们大多从凤翔大道来。出茶楼门右拐，沿墨玉街走，很少会有人注意；出门左拐，不到五十米就是凤翔大道，走上繁华的凤翔大道，便迅速融入车流人流，更不会引人注目；这一男一女两个神秘客，走出茶楼，迅速就湮没在了悄无声息的黑暗中。

三、“福”上的“血”书

17号早晨七点不到，姜明远提着宰杀好的一只老母鸡上楼来，表妹李大菊这两日伤心过度，身体越发的虚弱，虽然天翼公司派了专人来照顾他们的生活，但外面餐馆的饭菜再好，也难免只重口味不重营养，他想着要亲自给她炖一罐鸡汤让她补补，不能走了一个人又倒下另一个人啊。

他掏出钥匙开门，昨天他找表妹要了家里的钥匙，方便随时来帮她拿取物品，正要开门，却发现门板上的“福”字里面插着一张淡黄色的纸，他以为是广告，便随手取了下来，进到屋内，忙着把鸡放进紫砂瓦罐中炖上，看看还有什么事要帮忙收拾一下，却发现搁在进门处鞋柜上的那张纸不是广告，而是一张格子纸，便拿起来细看。只一眼，姜明远便一阵心慌意乱，只见上面画着一把血淋淋的匕首，还有几个粗重而歪斜的铅笔字。他急忙给天翼公司副总高原华打电话。然后，他犹豫了片刻，还是给李大菊打了电话，告诉她家里收到了恐吓信。

辛欣和肖潇正要外出，在公安局大门口处，被高原华和姜明远二人拦住了。姜明远愤恨地说：“辛警官，我妹夫的案子还没破，凶手还没抓到，又有人写恐吓信来了，您看看。”说着，递过手中拿着的一张纸来给辛欣，辛欣看到上面除画有一把血淋淋的匕首外，还有八个粗重且歪歪扭扭的铅笔字：“欠钱不还小心狗命”。

辛欣把纸递给肖潇说：“我们先去看看。”

然后对姜老师说：“你陪我们一起去一趟你表妹家看看吧？”

“现在？！”

“对，就现在。”

“这两天我都是陪着她在那边的。”姜老师所说的那边是指殡仪馆。姜明远一边掏手机一边说：“我先给她打个电话。”他边拨电话边走到远一些的地方去说话。

断断续续地，那边姜老师打电话的声音传了过来：“警察要到你家来看看你，可能还有些话要问你……我不知道，你等着，我们在一起的，马上就过来了。”挂上电话后，他对辛欣说：“我已经请了两天假了，孩子们的课都耽搁了，可是没办法，又得让实习生顶一下了。”说着又给实习生打了个电话。然后领着辛欣和肖潇往李大菊家中去。

李大菊的家就在市中心小学校旁的南湖公寓，是一套一百八十多平方米的单元房。在李大菊家门前，姜明远比画着把他发现恐吓信的情况叙述了一遍。李大菊听到声响，从里面把门打开，她忧伤的面容又增添了一些紧张与不安，眼睛仍然红肿着，她说她接到表哥电话后就赶回家中来了。

李大菊家中装修考究，窗明几净。进门处迎面的墙上是半人高的鞋柜，鞋柜的上方墙面有一块稍稍白于周围、两尺见方的痕迹，显然是曾经悬挂过相框或装饰画之类的，几枝仿真红梅插在柜上的瓷瓶中，显见主人对家饰的讲究。

李大菊悲从中来，哭着说老辜是被人谋杀死的，政府要负责，现在凶手没抓到，又来了恐吓信，她这孤独的女人不知该怎么办了。现在她家经济也紧张，案子没有破，火葬场却催他们火葬。因为冷冻费很高。她要求政府先拿钱出来安抚他们。

姜明远也低下头忧心忡忡地附和着说："我们现在一点安全感都没有了，家里其实也很困难，看起来辜幸生那是个大公司，请了那么多人，又租了那么好的办公地点，可是他账上却没有钱了，希望政府能垫付一点，等破了案子，我们再找凶手方索赔。"说到这些时，姜明远明显的吞吞吐吐了。知识分子都这样，一提起钱的事就窘迫难堪。辛欣心中柔软的东西再次被触动。

辛欣问："辜幸生的生意不是一直做得很好的吗，怎么？"

"唉，我们问过公司，说是最近定了一大批货，钱全打到这批货上去了。据说，周转过来能挣点钱，可是偏偏……唉。"姜明远无奈地说。

他觉得妹夫死得太突然，还有一个女儿，老家还有三个老人要供养，谁也不知他又把钱都投到新的生意上去了，而且，他人已死，将来公司还不知会怎么样呢。他说辜幸生是多年的纳税人，政府不能不管。

肖潇说："除了王俊逸公司外，还有广源和恒通等几家公司都与天翼有债权债务关系，为什么你们就只说王俊逸想谋害辜幸生？"姜明远说："天翼虽然欠着几家公司的债，可是宏兴才是最大的债主，而且辜幸生也多次说过，在外面有人想害他，派了人跟踪他。"

"老辜明说了是宏兴想害他吗？"

"明说倒没有，可是不明摆着的嘛！"

"还有几次，我听他打电话，说什么狗屁钻石王，就是个王八蛋，迟早要收拾他，不然，就会被他给整死。”姜明远补充说。

“可是据我们了解，最初是王俊逸借了钱给你家老辜，才让他生意上重新有了起色的啊。”

姜明远愤愤地说：“那是刚开始，王俊逸是借给天翼六百万，可天翼也没亏着宏兴，付出五分多的利息，若不是这高利息，说不定早还清了。现在，天翼也做铝管生意，而且比宏兴做得更大，王俊逸肯定会嫉妒的。”

李大菊也嚷道：“这事除了他没别人能做得出！他不就是个政协委员吗？这政协委员也就是交的税收多一点换来的嘛！我家老辜要是活着，这笔生意做成了，赚的钱不会比他少，交税也不会比他少呀！”

姜明远说着一口标准的普通话。辛欣不禁问道：“姜老师教几个年级啊？”

“教一、二两个年级，一共三个班的课。”

“啊，课时很多很辛苦的呢。”

“就是啊，好在我带了个实习生，倒是能帮我不少忙。”

“还有什么情况吗？”

姜明远摇头。辛欣说：“你们节哀顺变吧。破案的事，我们会尽力的，至于政府扶助的事，我们可以帮着向政府反映，如果确实困难，你们也可以直接向民政部门提出来。有了什么新的发现再与我们及时联系。”

二人出门时，辛欣走在最前面，她看到大门旁边靠墙脚倒放着的相框，心想也许是辜幸生喜欢的图画吧。李大菊上前来把门打开，相框就被门扇遮住了。

站在门边，李大菊把辛欣和肖潇送出门，姜明远最后从门里出来，与辛欣和肖潇握了握手说：“辛苦二位了。”

恐吓信明摆着是索债的，是宏兴还是其他公司所为？

四、债主、恩人、对手

宏兴公司在城东桥头，一座八层的楼房装修豪华气派。人称“钻石王”的老板王俊逸刚刚35岁，是个有头脑、会经营、敢想敢做的人。他高中毕业后就到北京武警部队当兵，后来转业至凤翔市床单厂做保卫干部，一年后，他就自己辞职出来创业。那时，床单厂效益还不错，人们对他的辞职颇不理解，但几年后，床单厂倒闭，王俊逸的宏兴公司却迅速发展壮大，成为凤翔市铝制品生产的龙头企业，近年尤其在铝管制造上独领风骚，成为了年纳税百万元的大户。在小小的凤翔市确实令人瞩目。

不仅如此，他还长得高大帅气，本来就是青年女子心目中的白马王子，加上立业后又离了婚，是个货真价实的“钻石王老五”。开始人们叫他王老五，但怎么听都觉得与他的年龄外型太不相称，于是，有头脑灵光的便叫他钻石王，价值昂贵又光芒四射的，倒是挺适合他。

王俊逸一边满面春风地与辛欣握手，一边笑容可掬地与肖潇点头致意，嘴里还向他的职员吩咐着：“倒水，倒水来！”

这是五楼最东头的一个套间，透过玻璃窗，可以看到楼房大门前花坛内花繁叶茂，一杆鲜艳的红旗迎风招展。楼房的后面是一个宽大的院落，堆满了各种管材。王俊逸稳稳地坐在了一只单人沙发上，踌躇满志、气定神闲。作为女人，辛欣感受到了来自这个年轻人的魅力。

“辜幸生？当然认识。他的天翼公司在最困难的时候，还是我帮了他一把，让他起死回生的。”听说是来了解辜幸生的，王俊逸开口便说。

“是吗？你们之间交情很好吧！”辛欣说。

王俊逸优雅地给肖潇和自己点燃了香烟，深吸一口后，长长地吐出了烟雾。他笑了笑，答非所问地讲述了一段往事。

从前，辜幸生很落魄，后来因他老岳父卖废铁卖得很火，他便帮他岳父的忙。他们把收购来的废铁卖到扬子钢厂去，本来这就相当赚钱，而辜幸生又能说会道，很会来事儿，后来，他背着他岳父把扬子钢厂收购的检验人员甚至包括过磅的人都打点好了，常常在废铁中掺杂着土渣烂石也一起过磅，所以很快发了，到后来辜幸生取代了他岳父。

但辜幸生这人贪心不足，他想独揽了所有收购废铁的生意，常常挤压打击其他同样做废铁的生意人，结果别人合起伙来，把他和那些收购的人一同告发了。上面来人一查，把那些收购检验的连同过磅的人全抓了，还判了几个人的刑，辜幸生也坐了一年多的牢，刑满出狱后，原先跟他的人也都散了，他这生意便再也不能做了。

但是，人的命天注定，辜幸生这人就是命好，他岳父不知怎么地利用了扬子钢厂的老关系，又替他接揽了扬子厂的旧厂宿舍开发工程，条件是要他自带资金。他苦于没有启动资金，于是找到王俊逸，王俊逸看在他妻子李大菊的面子上，借给他六百万，他又在别处筹集了一些，这样，赚取了他出狱后的第一桶金。

按说宏兴对辜幸生来说如有救命之恩。可是他为人极不地道，不讲诚信。归根结底就不是做生意的人。先前说好辜幸生这个工程做成，首先就还王俊逸的钱，可是他工程完成后，却一直拖欠着不还，王俊逸多次催促，辜幸生才分期还了四百万，理由是另外有几家也在催他还钱，他扯不过来，只好一家还一点再说。

“像这样出尔反尔，不讲信用的小人，做不成大生意，也不会有啥好结果!”王俊逸愤愤地说

“他确实没啥好结果。”辛欣说。

“辛警官这话什么意思?”王俊逸警惕地问。

“辜幸生死了，死于非命。”

“出车祸了吗?还是……”

“死于谋杀。”

“啊?!是不是啊?什么时候的事?我怎么不知道啊?”王俊逸显出了极度的惊诧。

“三天前，14 号的事。”

王俊逸沉默了，伸手去端茶杯，那只质地精美的青花瓷盖杯，杯盖翻开在一边，蒸腾的热气正从杯口迫不及待地向外冒着。这时他搁在水杯旁边的手机，突兀地响起，连带着哔哔叭叭地颤动，王俊逸手中的茶杯差点没摔掉，滚烫的茶水溅了出来，烫得他龇牙咧嘴地将茶杯在两手间倒换着。

他看了看来电显示，犹豫了一下说：“不好意思，我接个电话。”说完就匆匆走出了办公室。半晌他才接完电话回来，脸上现出不自然的笑说：“不好意思，一点生意上的事，耽误你们的时间了。”

“你们刚才说辜幸生是 14 号死的吧，有什么线索吗？是什么人要他的命呢？”王俊逸问。

“不知道，所以才来你这儿呀，你们之间往来较多，也许能给我们提供点线索吧。”肖潇说。

王俊逸沉吟一下说：“那是，你们警察来查我很正常，我也能理解，但我要申明一点，我刚才说的不过是气话。你们该不会怀疑是我干的吧？”

王俊逸说，现在外面传说他与辜幸生不和，包括他家里人，大菊姐也对他横鼻竖眼的，好像是王俊逸欠了他们的钱一样。其实王俊逸一向很尊重大菊姐，李大菊原是床单厂的车间主任。也正是冲着这层关系，王俊逸才借钱给辜幸生的。

“你们想想，他要真的死了，我那两百万找谁要去？我会这么傻吗？他的命哪值两百万呢？”王俊逸说着，又找出了那张欠条来，六百万的借据下面，注明已还四百万，还欠两百万未还。有双方签名，另还有见证人签名。

两百万可不是小数字，从前辜幸生借钱时，恨不得吃饭、睡觉都跟在王俊逸的屁股后面。可是后来，他生意做成了，钱挣到手了，王俊逸再打他电话，他却不接了。辜幸生不还钱，王俊逸就请人去催，但前去要债的人，总是碰不到他。王俊逸请去要债的就是洪茗货，这个大家都知道。

王俊逸有点不满地说：“其实，他也不是只欠我一个人的债，他欠好多人的债都没有还，你们怎么就单单怀疑我呢?”

“只是例行调查。就是怀疑也很正常嘛，真相大白前每个有关联的人都可能被怀疑，何况还有债务关系，我们都会查到的。”肖潇说。

王俊逸一连说出好几个公司及法人代表的名字，并将它们写在了一张便笺上，递给辛欣，说现在辜幸生欠他们的钱也都没有还清。

王俊逸这两天都在市里开会，电话也不方便接打。今天他是因为公司有事特意请了假回来的，却刚好碰上了辛欣肖潇来调查，早一点或晚一点都可能见不到他。

辛欣和肖潇告辞。透过走道的大玻璃窗，后院中一堆一堆的大小、长短不一的管材，尽收眼底，却看不见一个工人，辛欣怀疑他近段的营销有问题。辛欣笑着说：“不用送了，王总，祝你今年生意更上一层楼，利润翻番，利税翻番啊。”

“谢谢吉言，谢谢，谢谢。”王俊逸心不在焉地点头作答。

警车开出宏兴大门后，肖潇对辛欣说：“辜幸生如果真是这么个人，欠债不还、言而无信，王俊逸即使不希望辜幸生死，至少也是对他心怀怨恨的。”辛欣点头。

五、钻石王的神秘事

市里的人大政协会正在召开，作为人大代表，辛欣不得不安排其他人继续调查案件，自己参加大会，听市长做政府工作报告。

会议中途，辛欣上洗手间，发现这一层楼的洗手间有两个隔档上了锁，门板上贴着纸条说厕所已坏禁止使用，另几个隔挡全关着门，已经满人了。她不得已顺着楼梯就下到了一楼的卫生间里，一楼会议厅有相当一部分坐的是政协委员们，今天是大会，两会的委员代表都在一起听报告。

辛欣正要出洗手间，忽然听得隔壁男间传来了一阵刻意压低的声音，却是那么熟悉：“你现在在哪里？钱我马上打到你账户上，我这儿开会不能请假的……说好了再不要打我电话的呢——你怎么知道我这个号的？我……”辛欣出女间，迎面碰上了正走出男间的王俊逸，他非常热情地主动打招呼道：“啊，辛警官，您也上厕所啊？”说完就果断地关掉了手机，又对着辛欣十分勉强地笑了。

“啊，你也开会呀！”辛欣答。

“啊？是啊！开会！呵呵。”

“给谁打电话啊，这么神秘？”

“啊？！神秘吗？不会吧！一个客户，客户！”王俊逸故作轻松地笑了两声，掏出纸巾来擦拭额头，一边说道：“空调不行，太热了。”便匆匆地走过走廊进入会场。辛欣心里好生奇怪，她的腿关节在下楼梯时很不得劲，心想是不是受了凉呢。她感觉王俊逸完全不是昨天在宏兴见到时的从容不迫、运筹帷幄的样子。

好奇的辛欣就留了心，她坐在会议厅大厅的二楼，这里实际是老式影院式的上下两层相连的大厅，二楼只有一楼的一半大小，悬空式，从上面可以清晰地看到一楼主席台及听众席一楼前半部的情况。果然，王俊逸从一楼侧门进了大厅后，坐在了前面第三排的中间一个片区，这里是全市民营企业家中的纳税大户席位，王俊逸年交利税一百多万，在这个小小的县级城市，这里应该有他的一席之地。

可是，辛欣注意到，在余下的一个小时不到的报告中，王俊逸进出有五次。搞企业的真是坐不住啊，太忙了，忙来忙去不都是忙的钱吗？她嘴里这样嘀咕着，一边看了下手表，时间是 18 号上午 10 点 28 分。她用手机给肖潇发送了几个信息。

市政府会议中心是八十年代的老式电影院改建的，在一片水域环绕的中心小岛上，环岛建有一片西式楼群。小岛与外界的通道仅一座小桥，非常便于封闭式管理。与会者全部集中食宿，时间是 6 天。

辛欣来到会务组，查看了每天到会务登记请假情况，发现王俊逸从 14 号下午报到至 18 日，一直都在开会并住宿在会议中心没有离开，仅仅 17 日也就是昨天请假半天，那正好是她与肖潇去宏兴公司调查的时间。

看来王俊逸说的是实话。他不具备 14 日晚上的作案时间，但还是不能排除。他本人没有离开小岛，并不等于他没发出指令。就像自己刚刚不也发了几个信息出去吗？辛欣再向肖潇发了一个短信。

下午，人大政协会分组讨论时，辛欣请了假，继续案件的调查。

肖潇告诉辛欣，她看到的王俊逸在开会的那个时段的所打电话，全是与街头的一个商亭里的公用电话联系的。商亭里是个十三岁的小姑娘，当时正在一边做作业，一边顶她妈妈守亭子，因为平常在这打电话的人不多，而且那个打电话的人很特别，说的话也不是本地口音，所以她还记得，说那个人留着一头很长的一边倒头发。

这个情况实在太重要了。辛欣与肖潇再次来到那个商亭，一个中年妇女说女儿上学去了，晚上回家。于是二人晚上又去了一趟小姑娘的家里。

小姑娘闪着一对乌黑的大眼睛回忆，打电话的，是一个长得很凶样子的男子，这几天他都在这儿打电话，上午他一连打了好几个电话，结账时还讨价还价说薄利多销、多打优惠，问能不能少给两块钱，小姑娘摇头说不能，那人就只得付了钱。

肖潇问他什么样子，小姑娘说："二十多岁，头发蛮长，往一边梳的。"小姑娘在头上比画了一下。那人说话声音很冲，因为是地方口音，有些话小姑娘听不懂，只大概听出他是找人要钱，电话里还提到："你再不把剩下的钱都给我，我就不走，等着警察来找我。"小姑娘听说让警察来找，就特意看了看那人，那人横了小姑娘一眼，扭转身向另一边去说话了。

肖潇说："这个人再来打电话，你们就马上跟我们联系。"说着把名片给了她妈妈。辛欣叮嘱别让他察觉。

这个与王俊逸频繁联系的男子也蓄着一边倒的长发！他是否就是茶楼约见辜幸生的男子呢？

对王俊逸的调查进入秘密侦查阶段。

凤翔市西郊有一片山环水绕、鸟语花香的风景区，四星级酒店凤凰山庄就建在凤凰湖边。从市中心到凤凰山庄不过十几分钟的车程，王俊逸从梅苑酒楼出来，就匆匆地独自驾车沿湖蜿蜒急行。

凤翔市不大，来这里休闲娱乐的人屈指可数，主要是外地旅游观光的游客或市政府领导接待的宾朋，而市里主要领导的活动安排，王俊逸总能了如指掌。所以该不该来这里，什么时候以什么身份来这里，他总能成竹在胸。

当车停在山庄主楼门前时，旋转的玻璃门后走出来一身制服的保安，王俊逸下车警惕地环顾周围，瞥见停车场中寥寥无几的车辆中，有一辆红色的小车，他嘴角微牵、浮起一丝笑意，熟稔地将车交给保安停泊，自己则径直走入门廊，迅速穿过大厅，拐入一间绿荫密植的咖啡屋。

一对情侣亲密相携，也进入了咖啡屋，坐在离王俊逸不远处。咖啡屋客人寥落。王俊逸的对面端坐着的竟然是柳媚。他们的对话断断续续地传了过来。那对情侣似在亲密耳语，实则另有所听。

…………

王：“最近天翼怎么样？”

柳：“这两天我请了假。黎明找到你了？”

王：“你怎么可以把我的电话告诉他？他说什么了？“

柳：“就说有很急的事。”

王：“他不就是为工作的事吗？老找。”

柳：“他说一定要找到你，你差他什么钱？电话不通……我知道他弄错了，就告诉他嘛。你……有事瞒我……”

王：“胡说！我能有什么瞒你吗？”

…………

柳：“他可并没犯罪呀，而你……却是……”

王：“却是什么？你可不要瞎想！……柳媚，我想这段时间我们还是少见面为好，等以后再联系好吗？”

“人家这不是想你了嘛。”柳秘书撒娇，忽而又正色说道，“也行，可是黎明好像很急呢。”

王：“知道了，你别管。”

“我们……”柳媚深情款款地注视着王俊逸。

王：“还有，你从前对我说过的天翼的事万万不可对人说起，否则……”

柳：“知道，我们……”

王俊逸有点心猿意马，他温情地拍了拍她的肩，站起身说：“我今天还有很多事，等我忙完了再联系你好吗？”说完，他便起身离开了。留下柳秘书独自一人坐在那里发呆。

六、失踪的钻戒和女秘书

儿子的家长会，辛欣没能参加，她已记不得这是第几次在儿子面前说话不算数了。这天下午，她特意抽空去市一中找老师沟通，在操场上，远远看到姜明远在教学楼门前与一个穿碎花连衣裙的年轻女老师说话，她担心被姜老师看到又说案子的事，耽误了见儿子的班主任老师，便拐向教学楼的侧门。回家后，辛欣夸张地讨好了一番儿子。看到儿子不以为然的样子，辛欣又一阵失落。

在天翼公司，辛欣和肖潇碰到姜明远也在办公室。一见两位警察来了，高原华就气愤地说：“这些人太不通情理了，辜总尸骨未寒，连后事还没有料理呢，居然还要上门来索债。过去两军交战也还要等人家办完丧事，他们一点人性都没有。”

姜明远眼睑浮肿、脸色晦暗，消瘦了很多，果然一见辛欣就说：“辛警官，案子还没破，这又是恐吓信又是上门逼债的，您说这还让不让人活了？”辛欣有点心虚地想昨天下午要不绕道算是见不着儿子老师了。

昨天晚上洪茗货又带着两个喽啰跑到李大菊家去了，洪茗货说他本不想去家里，是辜幸生总躲着不见他，逼着他到家中来找人。李大菊当即气哭了，说人都死了，还没入土，你们还这样逼债，还有没有一点人性，洪茗货当时还不相信，以为李大菊是说气话。后来看到李大菊和姜明远都是悲痛难忍的样子才相信，临走时还丢下一句话：“人死债不能死。”

高原华说姜老师今天来公司是查账的，他想知道跟宏兴的债务问题以及公司财务情况。辜总在时，高原华不好多问，所以上次没说清楚。今天在辛欣来之前，高原华已陪姜老师查过了，有个两百万的资金竟是转到另一个以天翼名义开的账号上了，而会计居然并不知情。此外，还有几个大家都没发现的账目问题也都被查出来了。

辛欣和肖潇让姜老师陪着，再一次来到李大菊家，家中仍是整洁舒适。进门处，鞋柜上的仿真红梅衬着墙壁上的山水油画，很是协调。

大家落座后，李大菊又开始在一边伤心落泪，不停地用纸巾擦着眼泪，好久后才控制住问："是不是案子有进展了？"辛欣说："案子正在调查，就是来看看你。"李大菊表示感谢，说她身体有病，医生说是体胖和长期心情不好造成的，她只是虚胖。

李大菊与辜幸生有一个女儿，是抱养的。后来却得了小儿麻痹症，现在在市高中住读。平常李大菊一个人在家早就习惯了，辜幸生从前虽然不怎么着家，可是隔三岔五的还有个人回来，这下再也不回来了。

李大菊絮叨着，话音已经变了调，她抽出了茶几上盒子里的抽纸，捂住了脸。这时，姜明远双手端着两杯泡好的茶水过来，分别放在了辛欣和肖潇的面前，他细长而白皙的手掌外缘仿佛还残留有粉笔灰的痕迹。

"辜幸生手上是不是戴了戒指，是什么样的？还能找到发票吗？"辛欣问。

"是啊，一个很大的钻戒呢，在你们那吗？"李大菊突然醒悟道。

"我们没看到戒指，只是看辜幸生的左手指上有戴戒指的痕迹猜测的。"

"造孽啊，这是谋财又害命啊。那是他刚刚做了笔大生意挣了钱后买的，当时是十多万，我不让他买，他偏要买，说戴着不仅有面子，而且能保值，现在怕有二十多万了吧。可是，面子有什么用呢，连命都丢了。发票？我找找。"李大菊说着就急着去卧室找发票。

姜明远拦住她说："丢都丢了，要发票有什么用啊。都这么多年了哪还能找到呢？”

“我找找，应该在的。”李大菊固执地说。

“找到发票就能找回戒指了？找到戒指也找不回命了！”姜明远显然不满地说。

李大菊不管不顾地去了卧室。一会儿，她从卧室出来递给辛欣一张发票，同时还附有一张镶钻金戒的图片，辛欣看那发票上盖有国贸大厦的印章，价格一栏写的是13.9870元。

辛欣问：“是跟这个图片上一样的吗？”

“一点不差，因为这么贵重的东西，每件货都有一个身份证明的，说是镶的钻若有松动或戒指本身脏污了都可拿去免费修护清洗；若不喜欢这个款式了，还可以包换的，所以我把这些都保存着。”

这真是个意外的收获。

“还有个问题，我们也想了解一下，你们不要有什么想法，只是例行的调查，这个……辜幸生除了生意的需要外，他……会不会在外面还有什么人呢？”肖潇问得小心翼翼的。

“这个……”李大菊显然已经明白，十分尴尬。

“这个我们就不太清楚了，他这个人虽然这几年发了点小财，但似乎还没有听说这方面有什么的。再说了，如果真有这样的事，我们作为家属也总是被蒙在鼓里的，或者就是最后才知道的。”姜明远答道。

从失踪的戒指入手开展调查能否发现点蛛丝马迹呢？辛欣立即布置警力。

这个时候，一个新的情况突然出现，令刑警们异常兴奋：天翼公司的柳媚秘书突然失踪了。报案的是公司副总高原华。

天翼公司因为辜幸生的死亡，生意一落千丈，所有事务都陷入停滞，汇到浙江的资金所订货物也迟迟没有发来。而制作管材的机器设备，已淘汰卖掉，也为了筹集部分资金，新的机器设备还没有及时跟上，所以生产也无法正常开展，库存原材料也无法变成成品，供货商却催着要货款，新老债主的索债、李大菊派来查账的，还有辜幸生后事的料理等等，高原华一直疲于应付，正在这个节骨眼上，柳秘书却又请了病假，一连两天没有上班。病假时间过后，高原华再打她的电话却是停了机。派司机小黄去她住处寻找却发现她已经搬了家。高原华感到事情重大，于是报了案。

辛欣立即派人一边寻找柳媚秘书，一边与肖潇一起迅速赶到天翼公司。

柳秘书的办公室在辜幸生的正对面，门被打开后发现，里面被清理过，没有任何私人的物品，显然，柳秘书是经过深思熟虑后离开的。

“她是四川綦江人，大学毕业后应聘到我公司五年了，在凤翔市没有亲戚朋友，平常也就是与我们公司的人来往。”高原华介绍说。

“她住哪里？谈恋爱了吗？”

“没谈恋爱。在慧安路有一套单元房，是她自己购买的。”

“哦？那里是一年前才开发出来的高层居民小区，房价都在五千元以上，柳媚秘书收入不低呀！高总你好像没对我们说实话呢？”辛欣意味深长地说。

高原华嘿嘿地笑了：“不瞒你们说，她跟辜总关系是挺好的。”

“挺好？”

“嘿嘿，就是……情人关系呗，她原来想嫁给他的，但是辜总有家有口的，不可能离婚。这事其实大家都知道。”

“李大菊也知道？”

高原华说：“闹过！姜老师也多次来训斥过，还牵扯到公司的一些旧账。可是辜幸生丝毫没把他们放在眼里，还当着大家的面，指着姜老师的鼻子说他没资格教训人。姜老师是个很爱面子的人，当时气得脸都白了，搞得在场的人都很尴尬。”

江南春茶楼已恢复了营业，门前两个月朦胧鸟朦胧的茶色小灯笼，被换成了喧闹的火红色特大灯笼，而且五个排成一排，甚是火红。

厅内回旋着欢快的广东音乐《步步高》。客人却明显稀少。小“阿庆嫂”们都聚在前台无所事事。看到肖潇，尽管他穿的是便装，她们还是肃然注目。

肖潇拿出十几张女人的照片来放在台面上让她们仔细观看，然后问："有案发那天坐 27 号台的那个妖艳的女子吗?"大家都摇头说没有。

晓兰的目光惊奇地停在柳媚秘书的照片上说："这个人好面熟啊!"她又想了想，肯定地说："这个女子就是从前经常与辜幸生来这里喝茶的人。"晓兰曾猜想她怎么不来喝茶了，是不是已经结婚或者生小孩去了?她会是杀死那个男人的人吗?接着，她又自我否定了，因为那天，这个女子并没来这里嘛。那么他们分手了?晓兰问肖潇是不是怀疑这个女的请了那个喝玫瑰花茶的女人杀死了那个男的?是不是她被他抛弃，始乱终弃?!因爱生恨?!或者是那个喝玫瑰花茶的女子见义勇为?救苦救难?

晓兰一边猜测一边自说自话，她乌亮的眼睛恢复了活泼调皮与好奇，显然，那天的惊吓并没有影响到这个聪慧的女孩子正常的心理和判断能力。

晓兰肯定柳媚不是那个喝玫瑰花茶的女子。一年多以前，晓兰刚从农村来茶楼打工，见的人不多，加上柳秘书长得实在漂亮，打扮也时尚，又常来这里喝茶，正是晓兰心目中向往的城市白领的生活模型及羡慕的自己模样，所以牢牢地记住了她。

晓兰肯定地说："这两个女人是完全不同类型的人，喝玫瑰花茶的女子比柳秘书高得多，也许是年龄大一些的原因吧，显得衣着打扮有点过火，很妖艳，但气质上却又要沉稳得多，说话走路都慢条斯理的。总而言之，那个女的虽然打扮妖艳前卫，却和风细雨平易近人，而柳秘书却趾高气扬，拒人千里，目空一切、不好接近。"晓兰说到这里时，有点愤愤然的。

刑警们刚刚被点燃的兴奋又一次失望了。

七、反水的杀手

辛欣知道肖潇在调查另一条线索，她便去拜访市京剧团的胡老师。胡老师原在县京剧团拉京胡，退休后一直在票友协会常年义务拉琴，深得票友们的喜欢。辛欣的唱腔有的就是胡老师给伴奏的。胡老师操起琴来陪辛欣过把瘾。师徒二人闲聊甚欢。

在胡老师家待了差不多两个小时后，辛欣回到了刑警队办公室想心事。又想起儿子说他眼睛看不见黑板，想要换到前排座位，可那是要向老师送礼的，她对老公说还是由他去送的好，老公爽快地答应了，可是辛欣心里颇不是滋味，她感到儿子对她越来越冷漠了。

父亲曾对辛欣说："不要让工作占据了你生活的全部，女人还是要照顾好家，哪能让一个大男人整天围着锅台转呢？"父亲还说："就是威风凛凛征战疆场的穆桂英，在家中，也仍然是侍奉公婆、尊长爱幼、勤劳持家的贤惠女子啊。"刑警还要兼顾家务？谈何容易！她当时故作轻松地回答父亲说：谈恋爱时就说好了的，我不可能老陷在家里侍奉他的嘛。

后来，辛欣无限感慨地对老公说："这么多年，你确实经受住了考验，而我却要打退堂鼓了，这个案子搞完，我就去找头儿谈，换岗！"老公笑说："耳朵都听起茧了。你也别谈了，我们都习惯了。你要是突然改变，回归家庭了，我们反而不习惯了，洗衣服都不分颜色地一统乱搅，把我好好的白衬衣搅成个迷彩的了。"儿子也凑热闹："你不回来，家里安安静静，你一回来，座机手机轮番轰炸，对讲机还带了一个'争吵会'回来，不吃不喝也不睡觉，老有人在里面吵架，吵死啦！"一家人哈哈大笑。

这种时候不多，却总是那么温暖地牵动着辛欣的心。辛欣还是决定等这起命案破后，她就找头儿谈调动的事，女人年纪大了，搞刑侦就不适合。

唉，儿子，儿子！她突然想到她还应该去一趟第一中学。不仅为儿子。

几天在外奔波，办公桌上已积满了灰尘。辛欣开始一边心不在焉地收拾着桌上堆积的报纸和各种文件，一边思考着这几天各组的调查所得。

19 号这天，洪茗货去过宏兴公司，在那里待了不长时间就出来了。然后再没有去过。但是，他这几天却显得特别大方，老请他的那帮小喽啰在馆子里吃饭喝酒，还去迪吧“嗨”过几次，估计是得到了王俊逸的赏钱。王俊逸为何赏他？仅仅是索债有苦劳还是另有原因？辛欣让治安队别抓他，再盯他两天。

王俊逸的生意突然空前地兴旺。他的管材卖得很火，院子里的存货差不多都销售一空，工人们也在加班加点生产，不断地有大型货车进出，拉铝管、送材料的，两会一结束，他就忙着不断在酒楼歌厅宴请宾客，出入在凤翔市高档的娱乐场所。

辛欣已安排几班人紧盯着王俊逸。昨天晚上，好像是有新情况，不知道后来怎样了。

这时，电话响了，肖潇的声音兴奋而急切：“辛队，我们把那个跟王俊逸打电话的神秘人抓到了，已经带到了一中队，你快过来吧。”

一中队是刑警办案的地点，离分局有五六分钟的车程，为了安全起见，审讯嫌疑人时，一般都会在那里。

辛欣立即赶到了刑警一中队，肖潇一看就是一夜未睡的样子。

原来，昨天中午，王俊逸与柳媚在凤凰山庄匆匆一见后，便离开了那里，回到自己公司待了三个小时，随后，他又到金玉龙酒店吃饭。饭后，他没有像平常一样吆五喝六的，而是与那一大帮人散了。然后他回到公司，一直待到晚上九点多。他没有开车，一个人打的去快乐驿站娱乐城。看样子好像是要见什么人。

小梅立即向辛欣报告，辛欣让肖潇赶到了快乐驿站。肖潇就从那会起一直忙活到现在。

在快乐驿站娱乐城，王俊逸一个人进了包间，在那里待了大约半个小时后就离开了。小梅带人跟踪王俊逸而去，肖潇仍然守在包间外面。

大约又过了一个多小时，一个年轻的瘦高个从里面出来，肖潇假装喝多了酒、走错门的样，与他对面撞上，他一闪身，长长的一边倒的头发甩开来，特别引人注意。后来经治安人员的检查确认，年轻人与两个小姐在里面刚刚吸食过麻果和 K 粉。

肖潇跟着这个年轻人先去了光明旅馆，然后又去了长途车站，肖潇感到，这个时候再不动手，他就要逃跑了。于是果断地把他带到了一中队。肖潇说："来不及报告就把男子带回了。刚刚已做了尿检，阳性的。"

长发男子 28 岁，1 米 78 的个子，偏瘦型，正哭丧着脸坐在角落里。他叫黎明，是四川綦江人，来凤翔市玩，有十多天了。

"说吧，货是哪来的？"辛欣问。

"……"

"问你话呢？"肖潇伸手去揪他的耳朵，却吓了一跳，他右边的耳朵居然没了。难怪他的头发留得那么长，一直倒向右边遮住了耳朵的缺陷部位。

"怎么回事？"肖潇问。

"小时候打架被人剁了。"

"货是哪来的？"辛欣问。

"一个朋友请客。"

"朋友叫什么？"

"……"

"一起还有谁？"

"就我，叫了两个小姐。"

黎明很快就交代了吸食毒品的事实，说他其实并不吸毒，只是吸点麻果玩玩，这天是朋友请客，让他过过瘾好好玩，他推辞不过，也就吸食了几颗，那 K 粉都是请来的小姐们要的。

"你跟宏兴公司的王俊逸是怎么认识的？"辛欣单刀直入。

"朋友介绍的。"黎明知道瞒不过了。

"哪个朋友？"

"天翼公司的柳媚姐、柳秘书，我们是老乡，她跟宏兴的王总是恋人。"黎明犹豫了半天才说。

"什么恋人！互相利用罢了。"肖潇不屑地说。辛欣只看了他一眼，肖潇便止住了训斥。

"柳秘书为什么介绍你跟王俊逸认识呢？"

"我让她帮我介绍工作。"

肖潇将他随身的包裹打开，现出了五扎未开封的百元大钞。辛欣继续问："说吧，这钱是怎么回事？"

"……"

"你住宿的旅馆边有一个商亭，你自己有手机，为什么总去那里打电话？"

"王总欠我的钱，我催他还钱，他又不让我用手机。"黎明瞪着吃惊的眼睛半天才缓过神来说。他不明白警察是怎么会盯上他的。

"他那么大的老板，欠你什么钱？我们盯你俩可不是一两天了，要不然也不会因为你吸食点摇头丸，我们就来这么多人陪你玩吧？"肖潇说。

辛欣盯着黎明意味深长地说："三天前有个欠王俊逸钱的人死在了茶楼，你知道吧？"

"我没有杀人。"男子条件反射地说。

"没有杀人？人怎么死了？王俊逸为什么给你这么多钱？"

"人不是我杀的！"男子立马强硬地辩解，之后憋了半天，终于说，"是的，他是请了我，但是人不是我杀的，我是骗王总的，为了弄点钱，所以对他说人是我杀的。"

"讲经过。"辛欣轻描淡写地说。

"其实，我没有想去真的杀那个辜……辜总。"

黎明低垂着头，长长的头发掩住了整个脸面，他吞吞吐吐地讲述了事情的经过。

黎明与柳媚秘书是一个村子的，前年他到凤翔市来玩，找过柳媚，请她帮忙找工作。当时她说这里的工作也不好找，不过会帮他留意。上个月柳媚就邀请他来这里，说介绍一个人让他认识，可能可以帮他找到好的工作。

十天前，柳媚和王俊逸两人在一个大的酒楼包间请黎明吃饭，非常盛情，黎明看他俩含情脉脉的样子，王俊逸不断地对柳媚献殷勤，柳媚也对王俊逸送秋波，就知道他们是恋人了。尽管王俊逸离过婚，柳媚还是黄花大闺女，可是现在这世道就是这样的，成功的男人可以随便换妻，越换越年轻，越换辈分越小。

这一次饭桌上，王俊逸答应介绍黎明进入一家大的公司做事，这让柳媚很意外，因为当初说好，让黎明来，是让他在王俊逸的公司做事的。黎明当时也不好问，心想反正是做事，管它在哪呢，只要能赚钱就行。后来柳媚也说，她不知王俊逸怎么变了，还劝黎明，说反正在哪都是凭力气挣钱，先做着再说。

次日，王俊逸又约黎明去一个路边小酒店喝酒，黎明以为是让他去见那个大公司的人，到了那才知道只有王俊逸一个人。

王俊逸说他的公司现在遇到了麻烦，要是早几年，他接受黎明进他的公司一点问题也没有，但现在另外有一个人想要抢他的生意，并且已经让他公司的产品滞销在家很久了。他爱柳媚，所以不愿意让黎明一进公司就面临发不出工资的境地，这才考虑要介绍他进一家好得多的大公司，这大公司朋友开的，绝对不会亏待黎明。将来等他自己的公司情况好转了，他再让黎明进到他公司去，做个部门经理都是没问题的。黎明当时很受感动，当场站起身来连着敬了王俊逸三大杯酒。

趁着酒劲的高兴，王俊逸说想请黎明帮个忙，黎明正愁没有什么办法表达对王总的感激之情，他拍着并不厚实的胸脯说："王总，什么叫帮忙啊，能为您做事是我的造化，就算是我提前上班吧。说吧，我黎明就是再赔上只耳朵也在所不辞。"他心里想的是，这个忙，王总绝不会让他白帮。

后来，王俊逸就让黎明上了他的小车，然后开到一个无人处，告诉黎明一个电话号码，说就是这个叫辜幸生的人对他生意有妨碍，抢他的生意，挖他的墙脚。让黎明把他做掉。黎明一听是这个忙，心里就害怕起来，说王总您是开玩笑吧。王俊逸正色说他绝没有开玩笑。王俊逸说肯定不会让黎明白帮忙，他开出十万元的价钱，又劝黎明说："你是外地人，做完了就拿钱走人，警察是绝对不可能怀疑到你身上来的。"

黎明在家乡谈了个女朋友，一直没钱娶她进门，来凤翔市之前，他对女友发誓说，一定要赚一笔钱，回去娶她。听说一下子能赚到十万元钱，黎明就有点心动。王俊逸又说了一大堆动听的话和诱人的条件，说等风声过去后，他一定给黎明安排个好的工作等等。

借着酒劲，黎明答应了王俊逸，至于用什么方法去做掉辜幸生，黎明现出他的半只耳朵说："这个不劳您操心，我黎明可不是吃素的。"王俊逸叮嘱一定要稳妥有效才好。

可是，酒劲过后，黎明又后悔了，他心里真的不愿去杀人，他和那个辜总无冤无仇的，干吗要去杀他呢。再说他也不想去坐牢，几年前，他可是尝过那坐牢的滋味的。况且这个抓住了就是杀头的罪，他再想弄钱，也不会去干这拿命换钱的傻事吧，命都没了，还要钱有啥用呢。黎明就想一走了之，但是走了岂不是白忙活了一趟？回去怎么跟女朋友交代呢？黎明从家乡来凤翔市这多天，已花了几百块钱呢。真是没脸就这样走。

黎明一个人待在旅馆里想了几天几夜，想出了这出妙计：何不将计就计地赚它两笔钱呢，反正，等我拿到钱后远走高飞，他们谁也找不到我的人了。

黎明觉得这真是一条两边讨好，赚钱得利的妙计。在辜总那边，我是与他消灾，得他钱财。我饶过他一命，他感谢我是天经地义的；在王俊逸这边，我是得他钱财，与他消罪，我要真听了他的话杀了辜总，他作为幕后指使者，绝对也是死罪啊。

黎明还想，我告诉姓辜的有人要取他性命，他今后肯定会做事小心了，不再干那些妨碍别人生意的事了，或者要干就干得谋略一点，干得别露出马脚嘛，这社会不就太平无事了吗？他想他这钱赚得一点也不亏心。

14 日傍晚，黎明按照王俊逸提供的电话号码，打电话给辜幸生说有要事相谈，辜幸生问他是谁，说自己并不认识他，会有什么要事？黎明说："你不用认识我，但你必须见我，因为有人出钱让我取你的性命。"辜幸生听到这里，就有点紧张，说你可不要乱来啊。黎明说："我要是乱来就不会给你打这个电话了。"辜幸生问："那你什么意思？"黎明说："我什么意思，见面不就知道了吗？"于是，二人约好去江南春茶楼。

黎明先到茶楼，找到13号台位坐下，再给辜幸生打电话。一会儿，辜就到了。黎明看到辜幸生肥硕的身板和质地考究的衣着、皮包，马上非常得意自己的决定，心想这么膀大腰圆的人，王俊逸让我来做掉他，他不是丧心病狂就是想害死我啊，幸亏自己聪明，化不利为有利，把这人化为自己的财神了。

他对辜幸生说："一看辜总就是做大事的人啊，难怪有人要与你为难。"

辜幸生问："是什么人要与我为难，给了你多少好处，我倒想知道我这颗脑袋值多少钱呢？"

黎明说："是什么人，你不用知道。反正有人出二十万买你的性命。"

辜幸生冷笑："哦，不是很高嘛。"

黎明说："其实，我与你一无怨二无仇的，我实在不忍心加害于你的，可是，我煞费苦心的，又冒着言而无信、出尔反尔的恶名来救你，你总不能让我白放你一马吧。"辜幸生说那是当然。黎明继续说："这样吧，你给我一笔钱，我立马就走人。"

听说是要钱，辜幸生放下心来，叫服务员上来几盘精致的点心，不慌不忙地笑了笑，说："空口无凭啊。我怎么相信你说的是真话呢？向我要钱的人多啦，各种理由都有，有说我欠他钱的、有说我欠他情的，还有说我是靠了他的前辈的荫德才发家的；说被人雇请来取我头、想放我一马、开口要钱的也大有人在啊，请问壮士你背后的人属哪一种啊？我怎么知道你是不是诈我的呢？"

这一番话让黎明颇感意外，原以为辜幸生会对他感激涕零的，不想却这样沉着冷静，他愣愣地看着辜幸生，感觉这人深不可测，他居然会有这么多的冤家对头！黎明正不知如何应答，辜幸生却笑了，明确地说："给你钱，没问题，二十万一点也不多。你告诉我是谁雇你，我马上给你现钱。"

黎明不愿说，辜幸生问："是洪苕货还是王俊逸？"黎明说："真看不出来，辜总你的对头还不少呢。"辜幸生说："生意场上竞争是正常的事，谁有本事谁就做大，大家拼的是实力和能力。其实不仅是做生意，做人也是一样啊，包括像你们年轻人谈恋爱不也一样吗？也是能者上，庸者让嘛。有能力的人站出来接受商业大潮的洗礼就像有本事的人接受漂亮的女孩子的挑选一样嘛，还不是优胜劣汰吗？可是有人却想用这样的杀人越货消灭对手的方法来达到恶意竞争、出人头地的目的，最终是不得善终的。"

一席话，让黎明佩服得五体投地。可不是吗？自己的女朋友愿意等着自己挣钱回家去娶她，也不愿嫁给家里为她选中的有楼房的瘸子，优胜劣汰嘛！

哎呀，这个辜总真是太有水平了，这样的人怎么可能故意地去妨碍别人做生意呢，肯定是你自己太没水平了嘛。黎明不禁无限佩服自己的决定。他说："辜总您说得太对了，但您是明白人啊，我可以帮你，但我不可以出卖朋友的，您就别再逼我了好不好？"

二人正在谈判中，辜幸生的电话不断响起，他很不耐烦，一再叫不要打他的电话了，可是，还是有电话打进来。最后，他又接了个电话，说有个亲戚找他，他得离开一小会，只几分钟就回来，可是，辜幸生这一去就再没有回来，黎明给他打电话，他电话却关机了。

黎明搞不明白是怎么回事，既担心自己没把话说明白，钱要不到手，又担心辜总是借故离开去报警说他敲诈。可是哪样他都无法说服自己，只得耐着性子等，直等到茶楼快要打烊了，他不得不结账后离开。

黎明出门后不久，突然想到辜幸生没有理由这样对他置之不理，即便报案也不会这长时间没啥动静。再说他只是与他谈判，又没有要挟恐吓他，警察来了也没法把他怎么样。

黎明猜一定是手机没电了，说不定辜总还会回来找他的。于是转回到茶楼门外等候。一会儿，果然发现来了好多警察，他脑子一炸，想辜幸生你个忘恩负义的小人，真的告发了我？好在他当时站在一颗粗壮的梧桐树后面，借着深夜的黑暗，没有任何人注意到他。

又过了一会，他看到从警车上打下来的雪亮的勘查灯光处，有警察把辜幸生抬上了一辆车，他心里咯噔一下，不晓得辜幸生是死是活，也不敢打听，就逃离了现场。

回到旅馆，他思前想后，觉得一种可能是另外有人谋害辜幸生，还有一种可能是王俊逸要弄了他，另请了高手。他决定要打电话去问问王俊逸，可是，当晚电话老打不通。

15号早上还不到八点，他却被小旅馆的老头叫醒了去接电话。是王俊逸打来的，他催黎明快一点动手。狡黠的黎明马上就知道了王俊逸并不清楚那天茶楼的事，于是顺水推舟地说："请王总耐心等我的好消息。"

他立即去了茶楼探听消息。果见茶楼气氛异常，他轻而易举地就搞清楚了昨晚这里发生的事情，确认辜幸生已经被人毒死。他马上给王俊逸打电话。可是电话仍没打通。

16号一整天，黎明都在外面商亭打王俊逸的电话，一直到17号，终于打通了。王俊逸说自己这两天都在市里开政协会，不能接打电话。说现在是请假回公司有点急事才接到他的电话。黎明便告诉他，自己已将他交办的任务完成了，让他把剩下的钱付清。

黎明以为王俊逸会很快答应并把钱给他的，可是黎明不知道，当时正是辛欣与肖潇在宏兴公司调查，王俊逸不可能与他细说，所以只是简单地告诫他这两天不要外出，只能在旅馆等他的安排，而且特别说到不要再打他的手机了，说他会把情况核实清楚，主动与黎明联系，然后就匆匆地挂断了电话。

黎明一直等到第二天，不见王俊逸有什么动静，非但如此，王俊逸的手机居然停机了。他不知道，王俊逸正派了人去打听辜幸生的情况。黎明怕事情有变，就把电话打给柳媚，问王总的手机怎么停了，柳媚说不可能，一定是他把号码弄错了，便把王的号码又说了一遍。黎明还以为王总换了个新号码，不料柳媚说："王俊逸一直就是这个号。”黎明才明白自己一直打的号才是王俊逸给的一个新号。

黎明心里便很不是滋味，感觉王俊逸这人太狡诈，没有辜总厚道，所以敲他一笔钱也是应该的，心里不免又暗自得意一番。同时他又怕王俊逸知道了真相后不给钱，便守着商亭的公用电话连着给王俊逸打了几个电话，催着他给钱。说再不给钱，就等着警察来抓他。王俊逸说他正在开会，实在不方便出来，还发脾气问他是怎么知道他这个号码的。

辛欣明白，这催钱的电话，正是市里两会期间，她在厕所碰到王俊逸时打的。难怪王俊逸当时语无伦次。

“直到昨天晚上已经很晚了，他才打我旅馆的传呼，请我到娱乐城去，说把钱给我，让我立即离开凤翔市。”黎明说，“我本打算拿到钱后就远走高飞的，王总也催我早点离开，可是，那两个小姐非要跟我缠绵，没想到，唉，到嘴的鸭子飞了……”黎明无限懊恼。

“你们怎么商量的？究竟给了你多少钱？”

“也没有怎么商量，只说让我帮忙把辜总做了，给我十万元，先付我五万，打到我家里的卡上了，这五万因为我钱花光了，要求他给现金。”

“柳秘书知道王俊逸让你杀辜幸生的事吗？”

“那我就不清楚了，可能柳媚姐她不知道吧。反正那次谈话只有我和王总两人，也许他不想让柳媚姐卷进来吧。”

“柳秘书现在在哪？”

“她不是在她的公司就是在家里，怎么，你们找不到她吗？”

由于黎明的反悔，王俊逸雇用他铲除忘恩负义的竞争对手的行动流产。但王俊逸的目的终究是达到了，他的生意日渐兴隆。是意外的得来全不费功夫？还是预谋的踏破铁鞋无觅处？他有没有另请高明？那个坐 27 号台喝玫瑰花茶的妖艳女子在哪里？现在似乎还没有一点线索。

八、双面小蜜

如果王俊逸另请了人，该如何继续侦查？如果他仅雇请黎明一人，那么案件到此就又回到了起点。辛欣决定再会一会王俊逸，同时她也不得不将思维拉回到案发初期所搜集到的情况上来，对所有线索进行一番梳理。

辜幸生的通话记录，除已经调查并排除的生意往来人员外，只剩下柳秘书、光明旅馆旁商亭——现在可以肯定是黎明的、还有一个尾数是133的手机号。133这个电话在发案当天二十点二十五分时，给辜幸生打了个电话，通话时长一分六秒。二十一点十八分时又给辜幸生打了第二个电话，通话时长二十三秒。这个电话过后二三十分钟，辜即被害。在黎明的嫌疑暂时被排除后，这个电话显然成为最大的疑点之一。可是，调查这个号码，却发现是个充值卡号，三十元的充值卡仅仅打了这两次电话。好狡猾的罪犯！

21号，也就是黎明被抓的次日，辛欣和肖潇赶到拘留所提审洪茗货，因为另一班人马报告：洪茗货和喽啰们头一天晚上在餐馆酒后闹事被抓，其中一人供出前两天曾与洪茗货一起去南湖公寓索债的事。

洪茗货穿着短而宽的玄色绸衫，黑色圆口布鞋，满脸的横肉，一副黑社会大佬形象。他大大咧咧地与肖潇打个招呼后，就满不在乎地坐在警察面前。

“说吧，这次除了打架，还有什么事？”肖潇问。

“都说了，没事了。”

“索债的事？”

“那算什么呀，得人钱财与人消灾嘛，又没把人咋地。不过是修了封家书贴人家门上嘛，哪个晓得他已经死了呢，我还以为他在躲我呢，可好，这回躲到阴间去了，哈哈。”

洪茗货一副幸灾乐祸的赖皮状。那天，估摸那个时间辜幸生家里应该有人，洪苕货约了另外两个喽啰，在辜家门前敲了半天门，里面却无人应声。洪苕货气得在门上狠狠踢了两脚，骂道："一个人也没有吗，死绝了不成?"扭头发现，隔壁一家门外放着一个小学生书包，他从书包里找出一个本子，撕了一张纸，又找出一支铅笔在纸上写下"欠债不还，小心狗命"的字，觉得还不解气，就又找出支红色蜡笔来，在纸上画上了一把血淋淋的匕首。然后将字纸插在了辜家门上贴着的"福"字里，对另外两人说："过两天再来，我就不信碰不到人。"

过了一天，他见恐吓没有效果，便又带着两个喽啰去了辜家，这次倒是碰到李大菊和她表哥都在。当辜妻说她老公已经死了时，他还以为是说气话呢，可是后来发现他们神色悲哀，便不得不相信了。他感到十分意外，把这些情况告诉王俊逸，发现王俊逸似乎早就知道辜幸生的死，他埋怨王俊逸没早点告诉他，害得他冤枉多跑些路，不料王俊逸不仅没有怪他索债不力，还奖励他五千元钱，说他索债虽无功劳却也有苦劳。所以这两天他都带着他一班小喽啰进出餐馆。后来，却因为嫌老板宰客，砸了桌子打了人被拘留。

结合黎明的交代，洪苕货的话应该是可信的。

再一次见到柳秘书，是她在深夜独自一人驾车出城，被检查站的民警带到一中队时。辛欣仔细打量了她一番，已经30岁的柳媚人如其名，时尚妩媚，细嫩的肌肤如质地优良的瓷器般光滑润泽，丝毫看不出岁月的痕迹。

辛欣不禁感叹，女人还是不要太逞强的好，想自己不过大她六七岁，多年的刑警生涯，沐雨栉风，宵衣旰食的，与男人一般摸爬滚打，养成了豪爽率真、粗粝旷达的风格，可是，辛欣骨子里却始终艳羡着小女人的婉约清丽与娇柔，就像花木兰荣归故里"脱我战时袍，着我旧时裳，当窗理云鬓，对镜贴花黄"。自己也到了要回归女人本性的时候了吧。调换岗位、休养生息的想法再一次冒了出来。

是肖潇的问话声把她的思绪迅速拉回到现实。

柳媚被带到警队，刚开始还叫冤屈，说自己没做任何违法事，凭什么扣她。肖潇只说了一句："黎明都交代了，你还隐瞒什么呢?"

柳媚马上梨花带雨地哭开了，说自己这辈子让辜幸生害惨了。

柳媚根本不知道王俊逸要杀辜幸生。她出生在綦江的一个偏远农村，好不容易读完大学，可是毕业后却四处找不到工作。五年前，她来到凤翔市，应聘在天翼公司，刚开始，她只是一个埋头做事的小职员，后来，因为天生丽质，得到了辜幸生的额外青睐。一番甜言蜜语、软硬兼施外加因势利导后，柳媚做了辜幸生的贴身秘书，这秘书其实也就是人们所熟知的“小蜜”。

柳媚是家中长女，下面还有弟妹四个，她是家中唯一的大学生，全家人倾其所有供她读完大学，好不容易在天翼安定下来，她心中对公司是怀有感恩之情的。所以，当辜幸生对她软硬兼施并许诺给她婚姻，承诺一定对她负责，给她一个稳定的港湾，一个可以安身立命养尊处优的家时，她便屈从了。女人嘛，总是要找个男人过日子的，与其找个初出茅庐的愣头青，不如随遇而安地将就眼前这个人吧，好在他也算是事业有成者，这么大一份家业不是谁都能轻易得到的。

可是，她等了他差不多两年，他却越来越不再提及当初的承诺。柳媚总不至于为这种无望的等候再白白地浪费掉自己已近尾声的青春吧。

柳媚由怨到恨。

这期间，她还忍受着来自辜幸生家庭成员的骚扰与羞辱。她想离开天翼另谋生路，可是辜幸生却不放。说随便她走到哪里，他都会找到她。当然，另一方面她也知道再要找这样的靠山恐怕不容易了。而辜幸生还奢望着柳媚为他生儿子呢。为了笼络住柳媚，他给了她一张两百万的支票，还告诉她说这钱本来是还给王俊逸的，意即柳媚在他心中比什么都重要。

柳媚不管这些，她认为她得到这些是应该的。且不说这两年的空白等候，就冲着她平白无故地时常受到他家人的羞辱，他也应该补偿她。他那个老婆，张牙舞爪地上来就挠伤了她的脸；他那个舅兄，一付居高临下振振有词的样子，说起话来尖酸刻薄，还无耻地说天翼也是他的财产，可笑之至。这一切，让她在众人前颜面尽失。亏得柳媚早已不是当年那个只顾埋头做事的小职员了，这几年的摔打，她已修炼得快刀枪不入了，她当即反击说：“你们别逼我，逼急了，我就跟他生个一男半女的，瓜分他的公司财产，抢占他的半壁江山，要不就去告辜幸生强奸罪，强占了我一清二白的女儿身，让你们家及天翼名誉扫地，彻底玩完。”这下还真把他们给唬住了，从此再不找柳媚的麻烦。

柳媚半真半假地把这些告诉了辜幸生，辜幸生听到柳媚要为他生儿子的话，一激动就给了柳媚那张两百万元的支票。

其实，在此之前，一次工商联的会议上，柳媚结识了年轻英俊又风流倜傥的宏兴公司老总王俊逸。无论是年龄、学识，还是风度、谈吐，王俊逸都更胜辜幸生一筹，柳媚的心为之怦然而动。而王俊逸见到柳媚也同样是眼前一亮。

随后王俊逸开始了对柳媚若即若离、似有若无的追求，这使原本在情感上就备受煎熬的柳媚完全失去了判断能力，她犹如枯木逢春、久旱遇甘霖般，迅速而狂热地投入到王俊逸的怀抱。当然，这一切都是瞒着辜幸生的。

最近几个月，王俊逸突然史无前例地关心起柳媚来，从肌肤的纤毫到生活的点滴，从情感的微妙再到工作的程序，无一不是王俊逸的关切关爱。柳媚便在一种沉迷的状态中，絮絮叨叨地、有意无意地向王俊逸透露了所有有关天翼公司的经营情况。

前一段，辜幸生向她炫耀要购买浙江某公司管材生产线，欲把本市的管材生产、销售市场全部垄断的宏伟蓝图，柳媚虽然口里说着佩服辜总的眼光和魄力，心里却认为他做的是如同当年卖废铁一样的事，不仅是损人利己，还挖人墙脚、过河拆桥、恩将仇报，很不地道。怎么说当初人家王俊逸也是对天翼公司有恩的，这时的柳媚已完全站在了王俊逸的角度考虑问题，女人往往从感情出发看待事物。所以，当王俊逸对她感慨说现在生意不如从前好做，产品的销量大不如前时，她就把辜幸生的活动告诉了王俊逸。王俊逸是多精明的人啊，他马上就明白了这一段时间经营不顺的症结所在。

最开始得知辜总被害时，柳媚曾怀疑过是不是洪苕货干的，此外，她心里对王俊逸也有所怀疑，但她不敢确信，所以她没有主动把辜幸生死亡的情况告诉王俊逸。

辜幸生的死，让柳媚十分意外，同时也有点失落有点伤感，毕竟她失去了一个靠山。曾经想要摆脱辜幸生，真正摆脱了，她却有点茫然得不知所以。总之自己在天翼待不下去了，这个公司将来还不知是谁的天下呢。她请了两天的病假，将办公室内的私人物品搬到了家里，计划着重新找个工作。

18号那天黎明急切打她电话，问她如何能找到王俊逸，她说工作的事不急，慢慢来。黎明竟然吞吞吐吐地说王总欠他一笔钱，她大为诧异，而他却再也不愿细说，她只得说你给他打电话，黎明却说王总电话关机了。后来才知他们二人原来有过另一个联系号码。这引起了柳媚的怀疑，他们之间能有什么事瞒着她呢？

想到黎明的莽撞，特别是联想到近来王俊逸有意无意地向她打听警察到天翼公司调查的情况，以及天翼宏兴历来的过节，她突然有了不好的预感。黎明是自己的老乡，又是通过自己认识的王俊逸，辜幸生却是自己的老板，一旦王俊逸或黎明真是自己怀疑的那样，自己吃里爬外、脚踏两只船的行为也一定会败露。即便辜总的死与他们无关，失去了辜总的庇护，她是无法在天翼立足的，更别说他家人会怎样报复自己。

她感到事情不妙，自己可能闯了大祸，她吓得关掉了手机，并立即着手找了个临时的出租屋搬了过去。

可是侥幸和好奇之心又促使柳媚拿起了电话，她约王俊逸去凤凰山庄，想找他最后谈谈。她想得到证实，想亲耳听到王俊逸对她说辜幸生的死与他毫无瓜葛，那样她在道德与良心上的谴责会小得多。此外，她更想看看王俊逸对自己是否有个好的安排。

没想到王俊逸竟然推三阻四地才答应见一面，更不能容忍的是，他将她一个人留在山庄咖啡屋先自行离开。这在他们交往的一年多时间里，是从未有过的。她的自尊受到极大打击。他还说这段时间彼此少联系为好。这么说，自己的猜想是对的？王俊逸果然就是幕后的指使？他指使黎明谋害了辜幸生？她突然感到来自心底的恐惧。此外，她也明白了这两年的情感付出只是一厢情愿，她有一种再次被欺骗被利用的感觉，而且这是来自于自己所爱的人的欺骗与利用，更让她伤心欲绝。

她在郁闷孤独与惶恐希冀中度过了两天，仍然没有收到来自王俊逸的任何信息，她彻底绝望了她想：这就是叛徒的结局，来自腹背双方的唾弃。她决定离开这个城市，便刻意选择在深夜出城，却还是被逮住了。

关于为何介绍黎明给王俊逸，柳媚证实了黎明的说法。她本来是想帮黎明的，因为她尝到了作为一个毫无背景的大学生找工作的艰难，更何况是黎明那样只有初中文化的人。不料，倒是害了他。柳媚说到这里时，眼睛里有了真诚的泪水。

“辜幸生对你不是呵护有加吗，怎么就当起了王俊逸的内线呢？”肖潇问。

“什么叫呵护有加？他不过是个骗子，是个强奸犯，设局把我灌醉后，霸占了我。”

“所以当你与王俊逸好上后，你就有条件也有理由帮助王俊逸来惩罚辜幸生吧？”

“哈哈哈哈，”柳秘书发出一阵惨笑，然后眼睛里再次有了泪光，她说，“你们所讲的惩罚是什么意思？是说我杀了他吗？第一，辜幸生眼里只有钱，他四处结怨，是多行不义必自毙的结果，与我何干？第二，我绝不可能帮王俊逸去杀辜幸生！”柳媚说她虽然恨辜幸生，但还没到不共戴天、非置他于死地不可的地步。当辜幸生一而再再而三地欺骗她，让她无望地等他；当她想离开他而不得时，柳媚也许有过杀他之心，可是终究没有化为行动，毕竟辜幸生对她还是有过帮助、有所补偿的。特别在这个时候，柳媚遇上了王俊逸，她认为，自己真正美好的人生也许才刚刚开始，徜徉在恋爱温馨中的女人是不可能动杀念的。

柳媚说：“辜幸生活着能见证我的成熟和未来的幸福，那会引起他内心深处的懊丧甚至嫉恨，对他来说，那岂不是比死更为有效的惩罚吗？所以我不可能杀他。何况天网恢恢、疏而不漏，我还不至于拿自己年轻的生命去跟他同归于尽吧。”

柳媚一席话说得同年龄的肖潇唏嘘不已，事后，他常说："男人远不是女人的对手。即便你上了她的床，还不定是谁消费了谁呢。"

"冒昧地问一句，在你以外他还有别的女人吗？"辛欣不得不暗自佩服眼前这个年轻女子的直率和大胆。

柳媚说她觉得这一点还是可以肯定的，那就是辜幸生在她之外应该不会再有别的女人，因为他一直指望着她为他生个儿子。三四年前，辜幸生常常带她去江南春茶楼喝茶聊天。后来，柳媚租了房子，他们便不再去那了，辜幸生隔三岔五地去她的租住屋。再后来，她买了房子，二人更是有了固定的住处。辜幸生一星期差不多有两三天的时间都待在柳媚的住处，而白天两人也在一个公司上班，总能见到。天翼来往的客户和朋友，柳媚基本都认识了解。

14 号下午下班后，辜幸生有一个应酬，柳媚不愿同去，一个人回了住地。辜幸生是准备晚饭后去柳媚那的，结果，到七点半钟，他打电话告诉柳媚有人约他去谈事，可能要晚一点，让不要等他，说如果太晚了就回李大菊那边去，因为柳媚半夜被吵醒就睡不着。二人约好第二天早上五点整在路上汇合，然后一起去机场飞浙江。结果辜幸生被害。

柳媚讲述的一些细枝末节引起了辛欣的注意。

九、我不出征谁出征

辛欣和肖潇这是第三次来到李大菊家了，事先他们已通过电话，知道姜老师也在李大菊家。

把客人们让进屋后，姜老师就一边收拾着茶几上的细碎物品一边说："辛警官，你们的工作也是很辛苦啊。"

"是啊，没办法，总有人不让我们安宁嘛。"辛欣说，然后又突兀地问了一句，"姜老师早年是在县剧团工作吧？"

"是啊，他早年演过不少老戏呢。"李大菊端着茶水从厨房出来时随口回说。

“是吗，演过哪些戏呢？”

“多啦，像什么《杨门女将》《贵妃醉酒》……”

“嗨，那都是十几年前的老皇历了，甭提了。”姜明远打断了李大菊的话，谦虚道。

“表哥小时候就聪明伶俐，口齿清脆，因为这样，上初中时就让剧团的老师相中，去了县京剧团学戏，不知道羡煞多少亲朋好友呢。”李大菊随口说道。

“哎，哎，不说了，说那干吗，来，喝茶吧。”姜明远说。

“看您这手就是典型的兰花指嘛，呵呵。姜老师今天又让实习生带课了。”辛欣话锋又一转。

“是啊，没办法，她们母女需要有人照顾。”姜老师说。

“真是个好表哥好表舅啊，一直对她们母女悉心照顾。”

“应该的，你们有所不知，从前都是表妹在照顾着我的。”

“那是，从前——从上小学开始，一直到你结婚生子，你这个表妹真是没少照顾你啊。李大菊原来是市床单厂的女工吧，年轻时你挺能干的啊。”

“现在年纪大了，啥也干不成了，一身的病，虚胖。”李大菊说。

“是的，那时她身材高挑，做事干练，人又热心，很受工友们的喜欢，还被提升为车间副主任呢。只是吃了很多的若啊。”姜明远说。

“是啊，那时的辜幸生还只是一个向往城市生活的农村回乡知青，读完高中没能考上大学，就只有回到家乡，又不甘心从事农业生产，所以就游村串户，也常到离村子不远的床单厂找点零活做做。年轻女工们有的离城中的家较远，就在集体宿舍住，李大菊就是其中住在集体宿舍的女工之一吧。”

“辛警官，你们连这个也调查到了啊？”李大菊说。

“当然。这样一来二去地，你们二人就认识了，辜幸生凭着他能说会道的本事，对李大菊展开了猛烈的追求，理所当然地，这段情缘遭到了来自你们整个家族的强烈反对，反对最坚决的当然是你的表哥姜明远。”

“是的，当初我确实反对过他们的婚姻，可是她非要嫁他，谁也拦不住啊。”姜老师说。

“姜老师的父母早亡，一直是李大菊的父母亲关照着你吧。也许是从小养成的习惯，这种关照逐渐也传承给了李大菊，虽然李大菊小姜老师两岁，但因为姜老师一直瘦弱又内向，而李大菊却高挑健美又泼辣大胆，所以，是李大菊一直充当着保护者的角色。”

“没错，可是，辛警官，你们是警察，放着人命关天的案子不去破，却跑来说这些陈年旧事，太不靠谱了。”姜老师不满地说。

“作为表哥的姜老师你，自然也对这个比自己强势的表妹表现出了特有的亲近和依恋。”辛欣自顾自地继续着。

“这个不是很正常的事吗？”姜明远强忍着反感说。

“这个当然正常，可是，后面的事情就不是你所预料的正常了。因为，李大菊要嫁给辜幸生，这让你这个做表哥的太失望了，你一直以为李大菊对你是情有独钟的，却不料她对你只有血缘亲情，而对心事活泛又会甜言蜜语的辜幸生才是男女爱情，你当然很受打击，但是以你当初的能力，你只能接受事实。你找到辜幸生，让他保证一辈子对你表妹负责，让她永远幸福快乐。为此，你还让辜幸生摆了一桌酒席，请来一帮床单厂的姐妹作证，当着众人的面，要他发誓一辈子对李大菊好，否则不得好死。有这事吧？”

“这些你们怎么也知道了？”李大菊不解地问。

“床单厂虽然倒闭了，但那帮女工还是能轻易找到的呀。”辛欣说，“有一件事这里不得不说，辜幸生与柳秘书的私情其实你们早就知道，怎么却一直不肯承认呢？仅仅是为了顾及面子吗？是不是还有别的什么？辜幸生在被逼无奈时向柳秘书也讲过这一段陈年旧事，目的是让她再宽容一些离婚的时间。”李大菊的面色十分难堪。姜老师则警惕地地听着辛欣的讲述。

“可惜呀，辜幸生虽然还记得当年的誓言，但却不再愿意兑现它了，他想让柳秘书为他生个儿子好继承他如日中天的事业。而没有婚书作保障，柳秘书是绝不可能盲目地为他生子的，不仅这样，最近一年多以来，她已经移情别恋，心生离意，而辜幸生却一直蒙在鼓里。

"辜幸生希望柳秘书能一直陪在他的身边，但又不可能与之结婚，也许是觉得像柳媚这样的女人终不可能守他一辈子，也许是他内心深处愧对李大菊吧。总之，他不想把事情做得太绝，总想找到一个和缓的办法，能够两全其美，就在这种犹疑与纠结中，姜老师你发现了他的私情。这已经不是第一次了，五年前你也发现过他的一次外遇，那一次你成功地劝阻了他，使他与他的那个女朋友分手。当然那一次，他染上了性病，并传染给了李大菊，这才是他与女友分手的真正原因。而这一次你阻止不了他了。

"他的这种花花事极大地伤害了李大菊，其实多年前，辜幸生因掺假和行贿坐牢时，就让你及你们两家蒙受了耻辱，但好在他那时全都是为了家庭，所以你们还能理解原谅。然而后来的事，却使得李大菊羞愤而自暴自弃，身体每况愈下，现在已多种疾病缠身。而这一切也大大地伤了你这个表哥，一个怀抱感恩之心的暗恋的情人的心。"

姜明远不屑地沉默着。李大菊有点羞愧地红了脸。

"你找到柳媚秘书，希望她能够主动退出，却发现柳秘书不仅不想嫁给辜幸生，而且早就想要摆脱他。你明白了，如果没有柳秘书，也还会有张秘书、李秘书。所以还不如装作不知道的好。还有一点让你投鼠忌器的是，如果惹急了柳媚，真的如她所说，给辜幸生生下一男半女，呵呵，非婚生子女可是与婚生的一样有继承权的啊；何况柳媚也是兔子急了要咬人的，你们担心她真的会去告发点什么，比如强奸之类的。这是你们故意装作不知他们私情的原因。所以你们不再骚扰柳媚，而是有可能动了斩草除根之心。"

"哈哈，辛警官，你居然认为是我杀了我妹夫！这也太荒唐了吧，我杀了他，我表妹就能幸福了么？他们孤儿寡母的！"

"至少你能够亲自来照顾你表妹了。这是你年轻时的一大愿望。你的妻子已经在一年前去世了。两个青梅竹马的人，在经历了人生的种种悲欢离合，于中年之后走在一起互相扶持照应又何尝不可？何况现在中老年人的同居扶助也不太讲究一纸婚书。"

"笑话，荒唐，要照顾表妹，要感恩，我可以有无数种方法，何必要去犯法？"

“是啊，这些也许还不足以让你动杀念。可是，还记得县京剧团有个拉二胡的胡老师吗？他可是十分地佩服你呀。当年他与你一同选进县京剧团，你攻青衣，他学京胡。你们二人一度成为莫逆。他不仅了解你与表妹的那段情事，更知道，天翼公司最初实际是两个男人合伙出资经营的。

“这两个男人以收废旧物质开始，生意逐步扩大，最后专收废金属，卖往扬子钢厂，生意十分红火。可是好景不长，其中一人在一次送货途中死于车祸，一年后他原本身体不佳的妻子也伤心而亡，留下一个儿子尚未成年，于是另一男子开始承担起照顾这个孤儿的责任，实则指望这个儿子将来能与自己的独生女儿成亲，但天不遂人愿，女儿爱上了另一个人。

“这男子后来把公司交给了自己的女婿经营，却被这个女婿偷奸耍滑几乎搞垮，人还坐了牢，后来，男子找到了那个已死的合伙人的旧友帮忙，给出狱后的女婿找到了在扬子钢厂开发旧厂房的工程，使之东山再起。这男子常说天翼有一半的家产是孤儿的。这个男子就是李大菊的父亲，五年前，他已去世。而那个死于车祸的合伙人就是姜明远的父亲。姜老师，你就是那个孤儿。”

姜老师眼里闪现出泪花。

“李大菊父亲在世时，辜幸生还能每年给你分一点红利，自从李大菊父亲去世后，辜幸生常借口公司运转不好，少分或不再分你利润。而这时你又离开了剧团到学校，对于你来说，等于是避长扬短了。在知识分子的队伍中，你再也找不到从前的优越感。学校里的升迁、评职称，你总也赶不上。住房老旧，妻子病逝，儿子又正在上学，你找这个妹夫拿钱，却每每遭到嘲讽和数落，你说出当年姑父的遗言，他却笑你个呆子，说一个死人的话当不得真，说当年岳父真想给你家产就会写在纸上，现在空口无凭的，何况这多年，是他辜幸生在经营着天翼，与你姜明远毫无关系，从前分你红利也不过是看在岳父及两家亲戚的分上，没想到你还真赖上了他。他还说，你以为生意那好做啊，给你个公司你也倒腾不起，当年李大菊幸亏没看上你，不然现在也没钱治病，照样病死在医院。你除了会唱两句戏文和说一口京腔什么狗屁本事都没有。这话不仅扯烂了你作为男人的面子，还伤到了你的心灵深处。你要争回你认为本该属于自己的财产，靠他的良心发现是不可能的，而且由于柳秘书的存在，他很可能会让这份家业流入外人之手。”

姜明远听着辛欣的话目瞪口呆。

“近一年来，你关注着天翼的发展，当你发现天翼与浙江的合作有大好前程，它很可能会取代宏兴成为凤翔市管材制售巨头，特别是洪茗货替宏兴不断地来索要两百万的债务时，你觉得时机成熟了。因为辜幸生如果不在了，你就会成为天翼的老总，而天翼与宏兴的债务矛盾及业务的竞争，会把警察的眼光引向歧途，事实也正是这样。洪茗货可没少牵扯我们的精力啊。”

辛欣说到这里朝肖潇看了眼，肖潇坚毅的脸庞黑而消瘦，眼光却炯然有神。

“你暗中查访柳秘书，发现她的生活奢华。而你的妻子病逝时，辜幸生却以她病入膏肓无救治必要为由，拒绝资助。事后你在公司查账也证实了那两百万的巨款去了哪里。你们多年的姻亲，你父亲生命的投入，却抵不上一个陪他才两年的小蜜。这成为多年积怨的导火索！促使你动了杀念。”

“这种人还不该杀吗？死有余辜。哼哼，可惜，要杀他的人多的是，我不用自己动手。就算你的理由成立，那也只能证明我有犯罪的动机罢了，可是法律追究的是行为犯又不是思想犯，你有什么证据来认定我杀了我妹夫呢？”姜明远困兽犹斗地说。

“是啊，”辛欣话锋一转，问道，“呵呵。姜老师今天又让实习生带课了？”

“啊，是的，怎么啦？”姜明远疑惑地问。

“十四号晚上也就是发案那天晚上，你也是让你的实习生代你上的晚自习吧”

“什么意思？”姜明远有点明知故问。

“没意思，很没意思。”辛欣说，“十四号晚上你确实有晚自习课，但是你却让你的实习生代替了你上晚自习。这本来是件很平常的事，可是你却特别强调你那天晚上在上晚自习，对这么一个无关紧要的细节你却要反复地强调，倒引起了我们的注意。结果我们只是随意地问了问，呵呵，那个年轻的女实习教师——我们便轻而易举地就发现了破绽。你想证明什么呢？”

“没想证明什么！”姜明远有点猝不及防。

“结果却适得其反，像那句名人名言：开屏的孔雀露出了屁眼，呵呵，是不是有点聪明反被聪明误啊，姜老师？”辛欣望着有点吃惊的姜明远笑了。

“真没想到，你看上去这么文静端庄的女子会说出这么粗俗的话来。我就是没上晚自习又能说明什么呢？我有作案时间了？哈哈，那天有时间的人千千万呢。”

“可是，你有所不知，14 号晚上辜幸生被人约到江南春茶楼 13 号台去谈事，这事，也是性命攸关的事——你不知道也行。却有一个电话把他叫开了，他便坐到了 27 号台，他在离开 13 号台时，对那个人说了一句：‘我亲戚找我有急事，我去去就来。’就此一去不复返，死在了 27 号台。而你们家再没有别的亲戚了。”

“这话谁能证实啊？我们有谁给他打过电话吗？”姜明远对李大菊说，李大菊疑惑而茫然地摇摇头。

“是，这话谁也证实不了，可是那坐 13 号台约他谈事的人没有任何说谎的理由。当然，那个‘亲戚’用心良苦地买了个充值卡打的电话，所以究竟是谁打的，我们已经查不到了。”辛欣说。

“这又能说明什么呢？”姜明远说。

“这也不能说明什么。其实，对 14 号晚上您是否上晚自习这件事的怀疑与调查都还在其后。最初我们也没有觉出异常。问题是，你对辜幸生那枚价格不菲的钻戒的态度也不同于常人啊。一般来说，平常人都会要求我们在缉凶的同时，尽可能地挽回财产的损失。如果是家财万贯富贵有余的人家，也无所谓了，可是，你多年的教师生涯，收入并不高，妻子去年又病逝了；你表妹家房屋倒是宽敞，但天翼公司目前资金吃紧，辜幸生又死于非命，孩子要读书，要治病，乡下三位老人要赡养，以后用钱的地方多得是，你不能不为表妹和你自己的将来考虑吧，但是，你却对找回戒指持截然相反的态度。”

“戒指在你们那吗？你们找到戒指了吗？”李大菊有点脑子进水似的急急地问。

“我们确实找到了那枚戒指，你知道我们在哪里找到的吗？”辛欣转向姜明远问，姜明远疑虑地望着她。

辛欣从肖潇手中接过一只精致的首饰盒打开来，那枚粗大的钻戒就在里面。

“啊，就是它！就是它！”李大菊急急地将它拿起来辨认着内面，“是的，这上面有一个辜字呢，原来准备铸个李字的，后来觉得姓李的太多，就铸上了这个辜字。这戒指还是我们看好样式后订制的呢。”李大菊说完又开始了抽泣。

“这个盒子可是典当行另外搭配的。姜老师觉得合适吗？”辛欣问。

姜明远从恍惚中醒来：“我觉得你犯了个观念性的错误，家庭不富裕，就一定是爱财如命的人吗？人命和财产之间，孰重孰轻？我们的第一要求当然是迅速破案，至于这枚戒指，我们相信，等案子破了，自然会有结果的。”

“的确应该是这样，但现在这枚戒指已经找回来了。案子似乎还没有破，不过把顺序颠倒一下也是无妨的。”辛欣笑眯眯地注视着姜明远说，“典当行的人提到，典卖这枚戒指的人是个妖艳的女人，啊，又是一个‘妖艳的女人’，那天在茶楼里，也是一个妖艳的女人坐在27号台座喝着玫瑰花茶，后来，辜幸生就是死在了那里，那个妖艳的女人却不翼而飞了。这当然是同一个女人了。到哪里去找这个妖艳的女人呢，这真是大海捞针呢。”

姜明远的嘴角露出了轻蔑的微笑。

“可是世间万物真是奇妙啊，或许，你的疏漏也许正是别人的缜密，又或许，你的专长正是别人的痴迷呢。呵呵，你不知道，在那个茶楼里工作的服务员中，就有一个痴迷文艺的女孩子，只可惜她生错了地方，没有接受到系统的艺术教育，她只能从广播、电影——也不太多，农村中有喜事时才看得到露天包场的那种——学得一些皮毛，更多的是早年我们这个凤翔市还只是个县城时，那个县级京剧团——”辛欣说到这里故意停了一下，然后继续，“过年过节送戏下乡，让这个生长在山中的女孩子有了接触传统戏剧的机会，使得她能惟妙惟肖地模仿出剧中人物的动作、声音来。这真是为我们查破案情打开了思路，提供了很好的线索啊。这个天资聪颖的小姑娘，有着惊人的记忆力和模仿力，真得感谢她啊！她的描摹使人一下子联想到了传统戏剧中的年轻的女子形象——青衣。很高兴地告诉你，我也是京剧爱好者，而且尤其喜爱青衣行当。”

姜明远厌恶而警惕地注视着辛欣。

“这里又不得不说到我们第一次来李大菊家的情形了。”辛欣转而对肖潇，“还记得我们第一次来李大菊家里吗？进门的玄关处墙壁上原本挂着的是一幅演出剧照，却不知为什么被摘了下来，但又被大意地放在了门后角落处，我想应该是李大菊在匆忙间不明就里地取下来，却粗心大意地随手放下的。这可是个致命的疏忽啊，由此我想，她根本不知道为什么要摘下这幅剧照。不过是听从了某个人的指示而已。那个人只能是你了。

“你没有亲自把这幅剧照摘下，因为你的心思都放在了如何将我们的注意力引向宏兴公司上，你忙着引导李大菊如何对我们提供情况。也或许是洪茗货的恐吓信打乱了你的计划，否则，你可能会在熬鸡汤的那天亲自摘下那幅剧照。你没有想到我们会要求去或这么快就要去李大菊家里查访。

“那一天，你听说我们要去李大菊家中，脑中迅速搜索着家中可能有的疑点，你想到了这幅剧照，但又无法脱身亲自来摘下，于是只得在电话中仓促地嘱托李大菊——我清楚地记得你打电话时远离我们的情形。而她根本不知道你的目的，只是习惯性地听从你的安排，所以她随手摘下了那幅剧照，又稀里糊涂地放在了门的后面。等到我们要进门时，你走在我们的前面，李大菊在里面开门，门扇把相框遮掩住了，你没看见，你只注意到墙上已没有了这相框，所以你放下心来，把我们让进屋后进厨房去端茶倒水，你不知道门被关上时，那幅剧照又露了出来。所以当我们起身离开时，我便看到了那幅剧照，那幅剧照应该在墙上挂了很久了，因为墙上有印迹显示着。为什么却要取下来呢？我有点疑惑。我记得后来，我们还来过这里一次，而第二次我们看到了什么？

辛欣走向那面墙，指着挂在那里的一幅油画："看到的是这幅油画。显然，这是刚刚从外面随意买来挂上的，因为这实在是一幅拙劣的风景画。关键的问题是，在一个主人刚刚新丧的人家，谁还有心思去挑选一幅风景画来装点家室呢？这不得不引起我们的思考，只能有一种解释：为了掩盖什么。这便理所当然地把我们的注意力引向了那幅已经取下来的剧照上，那是你九十年代的剧照吧，这真的就是——怎么说啊姜老师？对了，欲盖弥彰！"

姜明远的脸色涨得通红。

"那幅剧照，我们后来在现在的市京剧团也就是原先的县京剧团档案室里看到了，那是当年送戏下乡时的经典保留节目《穆桂英挂帅》，主演就是姜老师您啊。"

李大菊紧张而疑惑地看着双方。

"想当年桃花马上威风凛凛，滴血飞溅石榴裙，有生之日责当尽，寸土怎能属于他人，番王小丑何足论，我一箭能挡百万兵。"辛欣唱完，笑着说，"不好意思，姜老师，我献丑了。"

"哪里，你唱得蛮有韵味。"姜明远有点心不在焉。

"难怪您一口标准的普通话说得那么地道啊。您那次来报有恐吓信时，我注意到了您的口音，当时就非常的惊讶，我记起了小时候老师教我们认字时的事：老师领着大家读：'吃、吃，吃（音QI）饭的吃。'呵呵，现在想来还很搞笑的。在我们这个小小的城市里，能说这么流利而标准的普通话的人真是不多见呢。这么多年过去了，普通话的推广普及通过不断地考试考级等手段，确实取得了很大的成效，但像您这样不仅发音标准，而且字正腔圆、声音清亮的还是太少。不是经过严格的训练，在我们这个小地方是不可能有那么标准的京腔京韵的，也正因为这样，所以在剧团不景气时，您能顺利地从那里调到了现在的学校任语文老师。当然现在不一样了，现在普通话普及率高多了，尤其是在中小学校的教师中。"

“辛警官，你费神费力地说了这么多，究竟是什么意思啊？”李大菊有点傻乎乎地忍不住问。

“那个妖艳的喝玫瑰花茶的女人其实是男扮女装的呀，他装得比女人还妩媚妖娆。可惜戏剧的舞台夸张不是生活的平庸真实，在剧团经过多年的科班训练，无数次的重复，一些程式化的动作已经形成了习惯，而习惯性的动作是很难克服掉的。比如这种专业的兰花手指，姜老师，您说呢？”辛欣比画划了两下，“我学不像。姜老师，我很佩服您在舞台上的表演。有一定的距离、有炫目的灯光、有动听的音乐，这一切会将戏剧中夸张的人物形象在观众眼中虚化，又演绎成一个真实的世界，所谓舞台小社会，然而，社会这个大舞台却容不得夸张与做作。尽管你已经刻意地生活化了，但在现实生活中的人们眼中，您那习惯性的表演痕迹却能让人联想到戏剧舞台。毕竟，生活中即便是女人也不见得这么夸张的，更别说男人，一个男人要在生活中假扮着女人去做掩人耳目的事，比在戏台上难多了。姜老师，你被你曾经在舞台上获得的掌声迷惑了。”

姜明远的脸色由红转白。

这时，辛欣的手机急促响起，是老公打来的电话，她看了看，果断地将它按得偃旗息鼓，然后继续说：

“我们再回过头来想想：对十四号晚上行踪的谎言、对昂贵的戒指的反常态度、对剧照的刻意遮掩、茶楼女服务员的描摹，茶客关于辜幸生接到亲戚电话的证言，这一切让我们产生了一个大胆的猜想，或者就叫推理吧，你就是那个妖艳的喝玫瑰花茶的女人！

“14号晚上，二十点十五分时，你用你早已买好的充值卡打电话给辜幸生，摸清了他在江南春茶楼，然后用你多年训练有素的对女性体态特征的模仿表演以及化妆术，扮演成女人到茶楼，在27号台坐下后，你换成了男装。这就是茶楼里没有人注意到你是何时离开的原因，而且你提前付清了账。你将事先准备的毒液倒在了一只玻璃杯中，然后电话邀约辜幸生到27号台。

“辜幸生当时正与人谈着一件性命攸关的事，他本不想见你，但听说你在同一茶楼的27号台时，他便答应了你的请求来到27号台。

当他的面，你往毒杯中注入玫瑰花茶，请他喝下，茶楼那昏暗的灯光帮助了你，茶楼那特有的嘈杂和间或的喧哗也帮助了你，他喝下了毒茶，他挣扎过呼喊过，但终究没引起足够的注意。然后，你搜走了他身上的所有物品，当然还有那枚金戒指，你还拿走了你喝过的玻璃小茶杯，再擦掉了所有可能留下的痕迹，装在一个大号背包内，走出茶楼。”

“这不过是你们的推理而已。”姜明远有气无力地说。

“你以为天衣无缝了，可是聪明反被聪明误啊，你在换衣服时，将自己的头发掉在了现场。正因为有了上面那些推理，我们才有理由秘密获取了你的——”她顿了下，选择着词汇，“身体的检材。因为仅靠推理只能提供我们一个侦查的方向，而法庭上却要有确凿的证据。检验的结果，现场上的那根头发就是你留下的，而此前你说连电话都没有打给辜幸生，根本没有去过那里，你怎么解释?”

李大菊似乎听明白了，她伤心又惊异地问道：“明远哥，这究竟是怎么回事啊?”

姜明远没有吱声，颤抖着双手点燃了一支烟，开始低头沉默。

有手机信息的声音，辛欣翻开来看到老公发的短信：儿子座位已调到前排你还是干刑警适合别找头儿谈了反正我们已习惯了。后面是一个笑脸图。

辛欣心情大好，嘴角溢满了笑容。每当这时，她才觉得当刑警其实也蛮快乐的，这也许就是她总想着换岗却总也没换的原因吧。但今天她又对李大菊怀有一种同情。她接着说道：“我记得《穆桂英挂帅》的唱词最后一句是：我不出征谁出征！我不挂帅谁挂帅！国难当头，穆桂英舍生忘死大义凛然为国报效，真是巾帼英雄啊，而当亲人有难、家财流失、人格遭轻贱时，你一须眉男儿，当然不会坐以待毙了。

“况且你还认为这是匡扶正义，除恶安良，更别说还能一箭五雕呢，其一，根除了折磨李大菊的心头之痛；其二，保全了家庭的名声；其三，家产不再外流；其四，收复父辈的家业；其五，圆了你多年知恩投报照顾表妹的心愿。”

“他这种过河拆桥、背信弃义、抛家不顾的小人，难道不该受到惩罚吗？”姜明远突然义愤填膺地大叫。

“要惩罚那也是法律的事。”

“法律的救济是九曲回肠！”姜明远怒吼。

“所以你才快刀斩乱麻，快意恩仇？！”

“这么说真是你吗表哥？你怎么这样傻啊？”李大菊呼天抢地地跪倒在姜明远身边，抱住他的膝盖撕心裂肺地干号起来。

“大菊，他的尖刻和对我的羞辱你都看到了，再说我也是为了你啊。”姜明远泪流满面。

辛欣示意，肖潇把手铐戴在了姜明远垂落的双手上，将门打开，另有两名刑警走了进来。外面警车响起了警报声。

辛欣对众人笑道：“我们该去会会王俊逸了。”

桃之夭夭

1

一个男子快步走向街对面的农业银行自动取款机，他应该也是去取钱的吧？等等，又一个男子走过去了？居然也是走向那个自动取款机?！天啊，那边发生了什么?！接下来，倪森惊骇地看到了他最不愿看到的一幕：四五个年轻力壮的男子快速向那个银行自动取款机走去，他们从不同的方向，走向同一个自动取款机？他们是干什么的？从哪里冒出来？怎么之前没有注意到？那些人仿佛突然间从天而降，然后，不约而同地走向同一个自动取款机。

“猴子快开车！”倪森的声音突兀而坚定，可能真像猴子和胖子事后所说的有点变了调。油门本来就没有熄火，可是受了倪森情绪的影响，猴子的脚踩在上面特重，发动机突然加速发出“呜”的吼叫声，车子一下子蹿出老远，惊得街上的人纷纷侧目，幸好没有撞上什么。倪森死盯着车窗外，那几个男子已经把那个正在自动取款机上取钱的人扑倒在地。街上一些人踮起脚尖伸长了脖子向那边看热闹。还有人向那边跑动着，也许他们认为是取钱的人遇到了打劫的劫匪吧。可是打劫会有这样明目张胆的吗？简直是弱智！

也许是车声太大，取款机那边的几个男子有的向这边张望，并企图往这边奔来，但人群已经围住了他们，他们寸步难行。怎么好像还有个女的？是的，这个女的倪森见过。那是在凤翔市全城“禁摩”的时候。

“禁摩”就是取缔摩托车和机动三轮车载客营运。说实在话，摩托车和三轮车载客营运确实太不安全，驾驶员多是残疾人员，出事的十有八九都是他们这些无证照车乱窜拉客造成的，最主要的还是，他们居然与出租车抢客源。所以取缔他们，倪森他们举双手赞成，这既有利城市的行车安全畅通，更有利凤翔市的城市形象提升。可是那些“摩的”及家属们却都到市政府上访，市里就组织了一大批人去维护秩序，与他们谈判。有信访局的，有民政局的，还有公安检察院的。这个女人当时就在场。还就数她最和善，很有亲和力的一个大姐形象，不像有的人要么高高在上，很轻蔑的神色，要么吆五喝六，很敌视的模样。今天她在这个地方干吗呢？难道她是……

倪森果断地告诉猴子和胖子：“走吧，再不走就迟了。”

直到车行至通往南河市的高速路时，他们才稍稍松了一口气。开车的猴子不停地抽着烟，大大咧咧的胖子也没了往日的唠叨，大家都不出声，这种沉闷让倪森有一种死到临头的窒息感。他忍无可忍，故作轻松地咳嗽一下后，打电话给“精脚”，可是“精脚”的电话却关机了，倪森的心再次往下沉，但不能说，难道刚才的一幕在另一个地方重演过？想到这里，他倒吸一口凉气：“他们还真是快呀！”

倪森说：“沿着这条路，一直往南走，一个小时就可以到南河市，我们在那里换一辆好车。”“确实应该换辆好车。”猴子眼睛盯着前方说道。胖子也冲倪森点了点头。倪森压抑的心，总算稍稍松了口气，可是歉疚却如影随形。

2

辛欣接到9. 11案件报案时，她正哼着刚学的《梨花颂》站在厨房里炒着嫩毛豆米。凤翔市城区公安分局刑警大队副大队长的她，平常的业余爱好就是K歌和唱京剧。这是京剧《大唐贵妃》中的一段唱腔，她没有看过这曲戏，但从戏名和唱词，她知道这是讲唐明皇与杨贵妃的爱情故事。唱腔确实美，她青衣老生一担挑了，越唱越有味，但那唱词虽好，辛欣却总觉有哪儿不对劲，哪儿呢？

就在精神食粮与物质粮食都要美味入口入心时，恼人的电话铃声响起，同时对讲机也开始呼叫。正在洗菜切菜的老公趁她接电话时迅速关了炉火，从橱柜中拿出一包旺旺煎饼塞到她手中叮嘱：“路上吃。”她不知好歹地埋怨了一句：“就是你不让我找头儿谈换岗的事嘛。”

现场在洋澜湖边，尸体已被打捞上来，老远地，那种熟悉的恶心的腐臭味就随风飘来。辛欣凭嗅觉就知道，那尸体已呈腐败巨人观了。稍远处，一些群众正对这里指点议论，他们站在警戒线外的上风处。

侦察员肖潇看到辛欣后，就从一帮正忙于勘查的刑技人员中走过来说：“是一对，很有情色味道的哎，都没穿衣服，是用床单被套包裹着捆绑了沉湖的，被早起打鱼的老头发现。没有发现衣物和其他东西。”

辛欣走近，看到湖岸泥滩上并排着的裸体双尸，确实已呈巨人观了。辛欣说：“通知姚福明家来人辨认吧。尸体已严重变形，但男尸的左手小指残缺一节这个明显特征及同色系质地的床单被子还有尼龙绳等应该可能辨认得大概，然后还应该做DNA提取物比对。”

辛欣的判断是有根据的。十天前，姚福明老板家人报案称姚福明已于9月1日失踪，电话关机，同时消失的还有他的一辆宝马越野车及多张银行卡，辛欣派人跟踪追查这些银行卡，发现以后几天，姚福明的银行卡在几个银行ATM机上分别提取了大量存款，记录显示，这些取款每次都是49000元。调取其中几个银行最近几次的取款录像，发现该卡取款人每次都头戴宽边大草帽，大墨镜，身着极普通的白衬衣黑长裤，从步态和体形看，是四十五岁左右的男子。

辛欣预料到姚的银行卡还会在各个银行的ATM机上继续取款，

于是在各处都布置了警力，果不其然，就在第二天，辛欣他们就抓住了取款人，这个取款人很快就交代了，他是一个靠挨家挨户收破烂为生的，一周前在街上碰到一个瘦个子年轻人，让他帮忙取钱，说是取一次钱就给他一百元钱，他问为什么你自己不取，那人说你取就取，不取拉倒，问那多干吗。他想这钱来得肯定不正道，但反正又不是自己偷的，管那么多呢，如果被捉与他无关，如果没被捉，赚一笔是一笔，比收破烂来钱快多了。于是，他就按他们的要求，打扮一番，取了好多次钱。果然他们也讲信用，每次给他一百元。没想到这次却栽了。

辛欣推断，姚福明很有可能已经遇害。所以当她一接到洋澜湖边发现双尸的电话时，脑海中立即出现会不会是姚福明的念头，直至到达现场，看到尸体及裹尸床单被子等物，她立即就做出了让人辨认的决定。

辨认的结果证实辛欣的判断正确。辛欣安排肖潇带领几个刑警向发现尸体的现场周边扩大搜索范围，希望能找到与案件有关的犯罪物品。自己则带领另一帮人把被害人亲属们领到刑警一中队去了解情况，同时也安排人调查姚福明的社会关系。

姚福明今年五十五岁，同龄的妻子长期无业，一直在家做全职太太。两个儿子都已成年成家。姚福明原来做矿石生意，小打小闹地积蓄了一点资金，正逢浙江一老板花巨资在凤翔市购买了一座矿山的开采权。可是倒霉的人喝凉水都塞牙缝，他挖山开矿半年多都没有挖出矿石，还赔进去不少钱，于是将开采权低价转给姚福明，姚福明的妻子极力反对，认为别人半年都未挖出的瞎矿，你姚福明哪里就有福气，能挖出什么宝贝来呢，两人争吵不休，姚福明还是我行我素，请来的风水师也认定这里有宝，更增加了姚福明的信心。他不管不顾如着魔般把所有的精力财力都投入到了矿山开采上。真是瞎猫子碰死老鼠，运气来了门板也挡不住啊。一个月后，还真就挖出了矿石，不仅有铁矿，还有一些共生矿，如锰、硫、铜等。仅一年的时间，姚福明的资产就达亿元。他购下了四处房产，两个儿子各一处，老婆一处，旧房给了老人居住，另外自己还私自隐匿了一处别墅。这个情况家里人并不知道，是通过其他知情人调查了解到的。

肖潇的电话打了进来，说他们在湖岸搜索时，发现了一辆宝马越野车，价值200余万元，辛欣问了宝马车号牌后，放下电话又问姚福明家人他的车牌号，果然就是姚新买的车。辛欣立即联系技术人员去那边现场，同时自己也往那边赶。

凤翔市位于长江中游南岸，山环水绕，洋澜湖在它的主城区东北片。有低矮的小山环绕湖周。在玉屏山和鸡冠山之间有一座新修不久的公路桥叫玉屏桥，横卧湖面通往郊外的山里，因为凤翔市的远景发展是向这边拓展，所以现在这一带还较为偏僻，只是为了便于鸡冠山里的鸡冠镇人出山方便，就先建了这座公路桥。

宝马车就丢弃在鸡冠山那一边。辛欣驾着警车刚刚拐上玉屏山这边的桥头，远远就看见在偏僻的对面湖岸上有一片杨树林，树林中好像有一群人围在一处，她知道那是肖潇和市公安局技术人员在勘察。她走近后看到了那辆宝马车，车的后备厢盖并未锁闭，张着一条几厘米宽的缝隙，车周围有一些杂乱而模糊的脚印以及比宝马更宽一些的车轮胎印还可分辨，除此并无打斗等痕迹。玉屏桥下的洋澜湖水波荡漾，再往北稍远处就是汇入长江的入江口，所以这里可能是湖水最深处。

三天后，现场检验结果出来，宝马车边的宽车轮印是一辆中型巴士车所留，DNA检验结果证实男尸就是姚福明，其身体遭钝器多次击打致颅骨骨折而亡，而那女子则是他新认识的凤凰山庄酒店的领班，名叫桃子，26岁，系颈部窒息致死。

从已掌握的情况来看，这就是一个俗不可耐的情杀案。辛欣突然明白，为什么觉得《梨花颂》的歌词有哪不对劲了，杨玉环是真的爱上了李隆基么，如果他不是皇帝？又如果她原来的丈夫也是一国之君，结果又如何？

大家分析罪犯应该是三人以上，合伙杀人后，用车载尸到这里，从桥上抛尸入湖，再将死者的小车开到桥对岸丢弃。

因为按一般的推断，尸体从这里抛下后应该流入长江，再随波流入下游直至消失，而几公里远处的长江大桥上灯火通明，监控密集不便于行动，玉屏桥夜间却几无人车。但是，这个季节正是长江中下游涨水的汛期，今年的雨水又特别迅猛，江水形成倒灌，将湖水顶得回流，所以尸体反而在离入江口更远处的湖中浮起。

3

“精脚”的电话一直都打不通，倪森的心情更加沉重。所幸的是，他们行动迅速。钱也带得差不多了。按人均五十万元钱，倪森已分发给各人送回家中，这样多少可以让家人有个好的物质生活。另留五十万哥几个可以另起炉灶，不信打拼不出一番新天地来。“精脚”为人实在，他就是有什么意外，也不会对不住哥们的。

“森哥，前面好像有个汽车美容城，是那儿吗?”一直专心开车的猴子问。天已黑了，这就是南河市的城郊结合地，前方有七彩霓虹闪烁，是大大的“818 车城”几个字。倪森说对，“就是这儿，猴子你在车上等着，不要熄火，我和胖猪下去看看。”

这是一家中高档的汽车美容店，除了修理汽车，给汽车美容外，还有出租汽车的业务，店门外排列着六七辆小车。见有人进来，老板迎了出来。“你是魏老板吧，我们是‘精脚’的朋友。他介绍我们来看车的。”倪森言简意赅。老板非常热情地把他们领到门前的那几辆簇新的车前一一介绍。其实，倪森和胖子都知道车行是怎么回事，这几辆车要说是新车，只能哄外行，明明是二手车或者干脆就是二手组装的车，喷上新漆冒充新车，他们都很厌恶这样的人，可是却不会去拆穿。与人方便，自己方便。他们看中了一辆黑色马自达 6 型，老板说：“要买就 17 万，连牌照一起卖。”“买车是要过户的，太繁琐。”倪森说，“就租吧。”老板说：“租车一天 300 元。”倪森知道这只是个开价，给买主留下了砍价的空间，但他当即就付给他三万元钱，说三个月后再来还车。懒得与他讨价还价，一则因为他是“精脚”的朋友，二则他们耽误不起时间。

“这些车的车牌可全都是真的啊。”老板补充说。这时他们才注意到这几辆车牌照居然全是 8 和 1 的组合数字，比如 1818，8181，1118，8111 等，挺有特色的。他们租的这辆车牌号是 8811。按规矩老板是要留下租车人的身份证复印件的，倪森说：“我们都是‘精脚’的朋友，朋友的朋友也是朋友，还有什么不相信的呢？身份证就算了。”老板说：“我只是看看，不复印也行嘛。”于是倪森只得把身份证给他看。老板把身份证看了半天，又交给他老婆看，他老婆很年轻，但倪森觉得她并不漂亮，要说漂亮，还就数自己的老婆，这个念头一闪，他忙打住了。然后老板就把证还给了他。这时，倪森突然想到了一个问题。

等到老板把车钥匙交过来后，倪森就把 8811 开到了路上。心想这老板是个精明人，车果然盘得很好，是一辆不错的车，马力足，迅捷轻巧又不引人注目。精明的猴子看见他们开着车子过来，迅速跟了上来。

两辆车一前一后开出城有十几公里，来到一个偏僻的乡村小路上，然后把原先车上的东西全部转移到马自达上，猴子上了马自达，三人一起调头回南河市。因为再往前边很长一段路都不可能有住宿的地方了。原先那辆白色的车就让它留在了那条乡村小路上。

“车钥匙?!”倪森说。

猴子会意，手一扬，钥匙随即被扔到了那辆白车边的土路上。明天，也许就会有人惊喜地发现它，或者就有爱占小便宜的人将它据为己有并开到别的什么地方。那样就再好不过了。虽然那样会给这占便宜的人带来一些麻烦，但那也是活该的。天下哪有那么多便宜让你白占的，占了便宜就得有所付出。就像有的人，占便宜占到别人老婆头上了，那就得付出重大的代价。

倪森想到了刚才一闪而过的那个问题，他说：“我们三个人应该去照个相。”胖子不明白，“这都啥时候了还照哪门子相啊。”猴子聪明，他只瞟了倪淼一眼，立即明白他的意思。猴子把车开到了一条小街上，找到一家照相馆，三人各照了登记照，然后又来到一座公路桥下，按墙上面的电话找到了他们想找的人，一个干瘪的中年男子。真的是处处留心皆学问啊，倪淼以前曾来过这里，也是陪人送客人来的，走在这一带时，就注意到了公路桥上办理各种证照的小广告，没想到这次竟派上了用场。眼见得天色已暗，他们加倍地给了钱，希望能快点把想要的东西办好，干瘪男答应快得很，做起来却一再让他们稍等、稍等。等东西办好交给他们时，已是深夜了。倪淼按相片发给猴子和胖猪时，他们各自盯着看了很久才装进衣兜里。这样，他们的行动就方便多了。他们要去南方的昌城开卤菜馆的。没有这些准备可行不通。

他们要从卖卤菜开始，再开早餐店、开餐馆一直到开酒楼。倪淼负责经营，胖子负责炒菜，猴子负责采买，几年以后，他们再想办法，把家人接来，在一个新的城市开始新的生活。美好的生活任谁都会憧憬的，他们的问题是要先解决好眼前的困难。

又累又饿的，夜间行车也许不安全，三人只得先找个地方住下，旅馆就算了，更不安全。

他们反复寻找比较，终于找到了一家私人出租屋。说好三人住一间房给五百，房主是个老大爷，起先还有点犹豫，听说他们出五百元却只要一间房，便疑惑地看了看他们仨，最后眼光停留在倪淼脸上有五秒钟，倪淼适时地递上了新办的身份证，他戴上了老花眼镜凑近灯光看着，问："谁是刘江？""我。"倪淼笑着答应。"他叫夏俊雄，他叫张幼林。"倪淼指着瘦猴和胖子对大爷说。大约是倪淼帅气而白净的脸庞和金丝边眼镜让老人产生了好感，当然也有五百元一晚的价格让他动心，他答应了让他们借宿一晚。五百元住一晚，这应该是五星级酒店的价了。

倪淼对老人说："大爷，我们去南边赶生意，走得急，手机的电池没电了，把你手机借我打个电话吧，我付钱的。"老头儿说他跟太婆又不出远门，不用什么手机，家里有座机可打就行了。说着把桌子上的座机指给倪淼，倪淼过去拿起听筒用夸张的手势拨了几个数字，然后对老人说："电话怎么打不通啊，坏了吧？"老人不相信："刚才还打电话的呢，怎么会不通呢？"说着他走过来拨电话，果然听不到一点声音了。他奇怪地左瞧右摸，不明白怎么好好的电话说坏就坏了，倪淼说："那就算了，我把手机充充电再打吧。"心里想的却是：唉，这也是没有办法的事啊。

这家人好在只有老年夫妇二人，还有一个小院落可以停车，进院当面就是一栋两层楼房，老年夫妇住在一楼的三室一厅里，二楼的三室一厅出租。出租屋是刚刚空出来的，还没有新的客人入住，倪淼他们在房间里吃了刚刚在一个小商亭里买来的方便面，然后趁着老夫妇都睡着时，猴子一个人下去把马自达的 8811 车牌换了下来，挂上了一块 166 的车牌，这车牌是倪淼临时拿上车备急时用的，他公司里这种牌子还有好几块，偶尔也用。这可预兆到一路顺溜。

这是他们出行的第一天晚上。连日来东奔西走的实在太累，真想好好睡一觉，可是，倪淼却辗转反侧，不能入睡。如云似霞满眼的桃花，眩目慑魂。一张粉白嫩红的女人脸就在这桃花丛中冲着他微笑，那样灿烂，那样妩媚，人面桃花相映红啊。可是转眼，这张风情万种的俏脸就变成了青面獠牙的鬼怪向他扑来。他惊出一身冷汗。睁着眼睛，他又想起读过的古诗：去年今日此门中，人面桃花相映红。人面不知何处去，桃花依旧笑春风。他记得老师说过："美好的事物往往蕴含着一些伤感的情愫在内才更加耐人寻味。"他喜欢老师的讲课，所以，高中毕业后，他考入三本大学。可是，以知识改变命运的时代一去不复返了。与他父亲同时代的人，因为考上大学，后来都当了政府部门的头儿，最差的也是个公务员，生活无忧，所以父亲就鼓励他好好学习，希望他能改变自己和家庭的命运。他考上三本时，父亲是那么的高兴，感觉自家也出了大学生，为他争了面子。但是，他改变了自己和家庭的命运吗？或许是？

一路风餐露宿三人终于来到了昌城，这是中国中西部一个不太发达但也不太落后的城市，之所以选择这里，是因为不太落后的城市，人们的消费水平也不会太低，他们的餐饮业才有发展的可能，而且这样的城市外来务工的人员也不会少，他们才可以安定下来，所谓大隐隐于市啊。选择它的不太发达，是因为这样的城市，人员信息也不会很发达，干扰也不会太多，便于他们安居乐业。

4

双尸命案，全身赤裸，一男一女。死后捆绑沉湖，明显的情杀情形，当然要从被害双方的社会关系开始调查，而双方的配偶是最具嫌疑的人员。姚福明的妻子比他大两岁，已经五十七了，没有文化，也没有什么社会关系，长期在家做全职太太，且体弱多病。案发前，是她与亲属一道来报案说姚福明失踪，案发后她就住进了医院。

而桃子的丈夫则突然失踪。他是安达出租车公司的管理人员，今年 26 岁，二人育有一子才三岁，由爷爷奶奶代管。桃子大学毕业后，曾在武汉打工，后来回到凤翔市，认识了她老公，二人结婚，桃子后来在大世界娱乐城当服务员，再后来又被凤翔市最高档的星级宾馆凤凰山庄挖去，当了那里的迎宾小姐，由迎宾小姐最后当上了餐饮部领班。就是在那里，桃子又认识了铁矿老板姚福明，二人近段时间来往较为密切，桃子的丈夫有重大作案嫌疑。而且与他情同手足的三个人：牛小磊、张细吆和朗宁也一同失踪。而弃车现场的足迹也证实很可能由三人以上作案。随后，刑事技术人员根据现场痕迹物证锁定了这四人为犯罪嫌疑人。

案件一下子由侦查转为追逃。

分局派出所民警分别走进这四人家中做工作，敦促他们投案自首。朗宁就是在民警上门做工作的第三天来投案的。他交代：那天他正在陪老婆逛街，突然接到了牛小磊的电话，说倪森有急事要他们一起去解决。他就把妻子送回家，开着自己的白色面包车与牛小磊一道到一个路口接了倪淼和张细吆，然后去了一个居民楼。但是他并没有上楼去，他只在楼下等着，另外三人上到楼上去，过了半天，他们三人才下楼来，但却抬出了两具尸体，然后送到玉屏桥那抛入水中。过后，倪淼说这几天要用车，他就在他家门附近下了车，后来，他很害怕，就没再与他们联系，老婆追问车子的事，他只说朋友借去了。后来，倪淼送来了五十万元钱，但他那时已经躲到乡下他姨妈家了。只是偶尔打个电话与家里联系一下，后来，他也在电视和网络上关注着这事，知道了尸体已经从湖中捞起，他们已被通缉，而且民警也多次上门做他家人的工作，于是他投案自首。

详情朗宁并不清楚。而且他说他也不知道倪淼三人会逃往何方。辛欣按照出城的路线，兵分几路，按有可能的方向循线追踪。辛欣自己则带人一直追到了南河市，在派出所里看到了那辆白色面包车。

一个村民早起时看到了白色面包车，然后发现了地上的车钥匙。这个村子常有车子来来往往的，要么是拉农货的大卡车，要么是坐人的小轿车，已很少见到这样的白色面包车了。满村子问过去，没有一个人能知道它的来历，警觉的村民立即向派出所报了警。南河市警方立即从车子牌照查找到了凤翔市。

辛欣立即带人赶来。她从车上提取了一些有价值的痕迹。车牌显示正是朗宁的私家车。根据车子停留在村子的大致时间判断，开车人应该在城内逗留甚至住宿过。他们同时推断：逃犯弃车于郊外村路，一定另换了代步工具。辛欣让肖潇和几个刑警一道在南河警方的配合下上网查询全城所有大小宾馆旅店这两天的入住情况，但都未发现与这三人相同体貌特征的人。而出租屋则满城皆是，排查如大海捞针，颇费时日。辛欣将所有的资料留下来请当地警方配合协查，自己则与另一班南河民警对全城城区周边的汽车城进行走访。然而，一切似乎都是白用功。

5

还是噩梦连连。绚烂的桃花和那个俏丽的粉脸，让他恋恋不舍，转瞬却变成落红满溪与青面獠牙；还多出了个披头散发、满身血污的人，向他挥舞着四肢袭来，突然又变成了无头无面，仅剩四肢的怪物，接着变成巨型的铁钳向他钳来，或成高高的城墙向他挤压过来。

与桃子相见是在那个满天满眼的桃花如云似霞的早春，桃子拎着一兜行李站在路边茫然四顾，似在寻找能载一程的车辆，当时倪森陪着猴子正好是送完一趟客人返城。瘦猴开着的士就在桃子身边停下。瘦猴问："美女去哪?"桃子摇了摇头。那对乌黑的眼眸在粉白嫩红的脸庞上顾盼生辉，坐在副驾座上的倪森一下子便喜欢上了她。倪森说，"我们免费送你，上来吧。"桃子眼中露出不相信的惊喜。"来吧来吧，反正我们顺路。""帅哥你真逗，我还没说去哪呢，你咋知就是顺路呢。"三人都哈哈哈地笑了。瘦猴说："美女的表情就是我们的心情，美女的要求就是我们的追求。"倪森跟他异口同声地说："美女的想法就是我们的做法，美女的去向就是我们的方向。上来吧!"说完二人大笑，桃子也不由自主地跟着笑了。

桃子很大方，真的就上了他们的车。倪森问："你不怕遇到坏人吗?"桃子说："你文质彬彬的，还戴着眼镜，一看就是读书人，能坏到哪里呢。"倪森说："万一我们是披着羊皮的狼呢?"桃子说："我怎么看你像披着狼皮的羊呢。"哈哈，漂亮还加机智幽默！倪森对她的好感又增加了几分。倪森认真地说："你要真的碰上坏人咋办?""那我就跳车呗！呵呵!"真是倪森喜欢的类型。他当时想，这姑娘胆子真大。可是再怎么样，他也没有想到，她的胆子大到了没有边的地步。

桃子是来凤翔市找工作的，有家人要找个做家政的，她拿着别人写的一个地址就过来了。可是在车水马龙的街上，迷了方向，正要问路，猴子的车就把她给捡到了。她那会儿根本就没经过家政培训之类的职业训练。看着她楚楚可怜的样子，倪森担心她在这家做不长，就把自己的电话留给她，说以后有什么需要帮忙的就打电话。

果然，两个星期后倪森就接到了桃子的电话。说不想在那家做下去了，让帮忙找个工作。倪森说工作可以慢慢找，先帮她租了个小屋，这样，二人有了常聚的理由和空间。桃子说那家的女主人太难伺候，不是嫌菜咸了，就是嫌衣服没洗干净，还老是怀疑桃子偷用了她的化妆品，倪森说："菜咸只怪她自己口味淡；衣服没洗干净一定是她自己弄了洗不掉的脏东西；至于化妆品，桃子你本身就是清水出芙蓉，天然去雕饰。一定是她自己跟你比着自惭形秽嫉妒了，就胡乱猜疑的。"事后倪森回忆自己说这些话时怎么会那么顺溜，多么酸啊，可是他当时就那么顺顺溜溜地说出了口，而且把桃子说得心花怒放，一拳打在他的肩膀上说："帅哥，你怎么句句话都跟我想的一样啊。"就这样，他们开始了热恋。

倪森长得高大帅气，桃子娇小玲珑。两人走在一起，真是天造地设的一对儿。桃子的娇艳让倪森痴迷不已，他带她去看通宵电影，去公司上班的地方，去参加各种朋友聚会。听到众人夸他们金童玉女、郎才女貌，倪森喜不自胜。要的就是这种效果啊。桃子很快就接受了他的求婚，他们的儿子不久就降生了。儿子自小由奶奶带，一是桃子年轻不会操持，二是倪森也舍不得让她太辛苦。后来她说在家没意思，说家乡的小姐妹们在娱乐城陪客人唱歌，工作轻松收入又高，还有好吃好喝的。她也想出去找个工作，倪森坚决反对，但架不住桃子的缠磨。现在想来，一切都是从那时开始发生变化的。

"森哥，到了，前面就是昌城。"猴子说。昌城与他们想象的一样，城市不大，外来人员却较多，有利于生意的兴隆。他们先要租个房安顿下来，才可慢慢按计划一件件开始做，网上去搜寻出租屋信息是最快捷又稳妥的方法。

就找网吧。开着车，沿着一条不太宽的街道寻找，什么"一网打尽”网吧，什么“自投罗网”网吧，什么“防盗网”网吧，还有叫“一网情深”网吧的，或干脆叫“网恋”网吧的，个个都大红大绿的霓虹闪烁，个个看来都俗气又触目惊心，狗屎！倪淼心想真晦气。终于，他们找到一个叫“向网未来”的小网吧，僻静又祥和。倪淼把车停路边，让猴子去上网，搜寻出租屋的信息，他和胖猪就等在车上，车子照例不敢熄火。猴子很快写好了几个电话号码回到车上，说了几个出租屋的情况后，他们选定了其中一家，然后就把电话打过去。

毕竟是几千公里之遥的偏远小城市了，为防交警查假照，倪淼让猴子把车牌换上了8811。又找了辆出租车带路，来到了昌市城乡接合部的一个集贸市场旁。从一条刚刚两车宽的小巷进去，有一幢五层高的楼房，他们要找的出租户就在这里。

电话再次接通时，一楼西边的一户门打开了，五十岁上下、长着一副马脸的房东出来迎接他们。胖子在车上等着，倪淼和猴子一起去看房。马脸房东领他们一边每间屋子转，一边不停地介绍屋内摆设和用途。两室一厅的老式套房带厨房卫生间，里面床铺和厨卫设施都齐全。倪淼问马脸房东住哪儿，他说住的地儿离这挺远，所以希望能一次付清两个月的租金。价钱是在电话中就讲好了的，一个月三千。倪淼说：“没问题，既然你住得远，也免得来回跑的辛苦，我们先住三个月，房租一次性先付给你算了。”这可能太出乎房东的意料了，他激动得有点不知说什么好，只一个劲地重复着说太好了太好了。然后忙不迭地介绍说他这屋子多好、多安静、多便捷，出门就是市场，停车就在门前有场地。拐弯就是大马路。他还主动问有什么需要他帮忙搬的。他们说谢谢，自己能搬。他又说有事随时打电话等等，然后就喜滋滋地把钥匙交他们走了。

辛欣正欲无功而返时，南河警方摸到的一条消息让她和肖潇燃起了希望：南河警方也正在按照公安部在全国范围内的“清网行动”指令，在全城布置了对宾馆旅店、娱乐场所及出租屋的清理清查行动，南河派出所将辛欣他们介绍的追捕对象特征向每一个民警协警及治保人员作了介绍，要求他们在清理出租屋时注意可疑人员，决不要放过一个疑点。

南河派出所民警沙秋生在走访社区时，碰到了出门买菜的张老爹，张老爹一把拦住了他，气愤地说："现在的伢们咋都变得这么坏了呢？"沙秋生刹住自行车，一只脚支在地上问："张爹谁气您了吗？"张老爹说："昨天晚上，三个年轻伢来我屋里过夜，我好心留了他们，他们倒好，故意把我家的电话机线给拔了。我说怎么好好的突然就坏了呢，刚刚让电信局来人看的，说是被人拔下来的。你说现在的年轻伢咋变得这样坏了呢，没事拔人家电话线干吗。我孙子要打不通我电话，他们会急死的。什么风气啊这是。""他们哪来的呢？"沙秋生问。"哪晓得呢？只听得是说普通话的，不是我们南河的人。"这时，跟在身后的张太婆说："他们的小车号是166，你们能找到他们吗？"民警说只有尾数不好查找。民警问清了那三个人的体貌特征，再把照片拿出来，张老爹和张太婆说就是这三个。辛欣知道，这三人中，牛小磊当过保安，他应该知道这个时候他们已经被通缉，所以拔掉电话线以防老人认为他们可疑向公安机关报告。

南河市东边是黄河的拐弯，西边是绵延的群山，只有一条通往南边的大路，辛欣决定沿路向南边各地要求协查，并把所获新情况向凤翔市公安局汇报，要求更新上网追逃情况，特别要求协查车牌尾号为166的小车，不论真与假。

6

三个人都不怎么说话，可是倪淼知道，每个人心里都装着心事。这屋子的设施还真不错，虽然外面天气实在闷热，但室内开着空调，就舒适多了。卫生间有热水器，厨房里有天然气，只要把食物准备齐了，吃喝拉撒全在屋里，不用出门也挺安全的。

一楼的两间卧室窗户朝着楼房前的空地。总有人往窗内探头探脑，每一双探寻的眼睛都让倪淼他们觉得惊心动魄。于是他们拉上了窗帘，室内迅速黑暗，他们又像坠入了无底的深渊。于是点起长明灯，猴子说："都分不清昼夜了，真是暗无天日啊，要是被人看到，还不更加疑心啊？"倪淼也觉得有点欲盖弥彰，也许把窗子糊上纸会好一些？

胖子开车去文具店买来一大摞白纸和糨糊，然后又去买生活用品。倪淼与猴子一起用白纸将所有的窗子玻璃全部糊上，这样，既透亮又从外边看不到里面。然后把另一间卧室的床，搬到里间来，三张床全集中在里间并排放在一处，三个人就在一个房间。倪淼说："这样彼此照应起来更方便。"其实他知道，三人中谁都不敢单人睡一室，而更为重要的是，猴子这人太聪明，他担心他有什么别的想法，比如自首争取宽大处理甚至戴罪立功等。

胖子回来时，三人都已又累又饿。胖子带回了一大堆熟食和米饭，还买了一些新鲜蔬菜和肉食，当然还有一大些咸菜和好放置的食物，如土豆、洋葱等，这样，以后多少天，他们都可以不用出门了，外面实在太闷热，走在外面，人心惶惶的，也不安全。

三人围坐在卧室里吃着烧蹄花、熘猪肝和米饭，还有听装啤酒。一连几天，他们吃的都是方便面，吃得恶心。久违了的饭菜香，让他们有点狼吞虎咽。"还好吧？"猴子问。这句通常的问话在他们仨，已经有了约定俗成的别意，大家心领神会。"还好，我这么快的速度，不可能就有什么情况的。"胖子说这话时明显的中气不足。但他们相信他的话没错，只是他总有些提心吊胆的感觉。

终于有个比较安逸的窝了，倪淼举起酒灌对他俩说："从今天开始，咱们就算有了一个正式的家了，咱们就是同甘共苦的亲兄弟，这段时间，我们要休养生息，三个月后再慢慢开始做生意。做生意，不能性急，要慢慢地从长计议。"

"做啥生意好呢？"胖子问。

"就从你的拿手戏做起嘛，我们先做卤菜。"

“那能赚什么钱啊？”胖子很不自信。

猴子说：“我看行，你爸妈开的是小餐馆，门面太小，生意当然不是很好。”

胖子说：“门面大的也租不起啊。”

猴子又说：“你爸妈现在应该可以租个大点的门面了。”

胖子说：“可是他们两人也忙不过来呀。”

倪淼担心这样说下去会碰到想家之类的敏感话题，忙岔开话说：“我们过段时间也可以租一个大的门面了，不过先还是从小生意做起，我们先卖卤菜。胖子，你家的卤菜味道实在不错的。”他还想说什么，突然觉得这话也不能再说下去了。

从前他们隔三岔五地会聚在一起喝酒打牌。去得较多的地方就是胖子家的小餐馆，胖子妈妈做的菜挺好，特别是卤菜，牛肉、猪肉、鸡蛋、鸡肫、豆干儿、千张、海带、藕……好像什么都能卤了来吃，还有泡椒、泡豇豆等等，加两个小炒，就着白酒、啤酒，真叫一个爽啊。倪淼想，这会儿，他们两个应该都想起胖子妈做的菜了。所以不能说了。

沉默了半天，胖子突然说：“这会儿我妈不知是不是跟我爸坐在一起喝啤酒呢。他们肯定会说我……唉，也许根本就没心思喝酒了。”

倪淼忙接过话说：“我们休整两天后，胖子你也去弄点东西来卤着我们先自己吃，也试试手艺吧。”猴子马上赞成说：“对，自己在家也做点好吃的东西吃。”倪淼说：“这一天挺辛苦的，我们早点收拾了休息吧。”

倪淼最后一个洗完澡，躺到了靠门的床上，猴子在最里面靠窗，胖子在中间，倪淼回到卧室时，猴子和胖子已躺下了。他们都太累了，需要好好休息。

仍然听得见外面别人家的电视声音传过来，还有对面楼上小孩子的笑声，大人的说话声。

连日的长途奔波，让倪淼的骨头像散了架似的疼痛，他急需躺下来休息，可是却睡不着，对面楼上孩子的笑声，让他强烈地思念起儿子来，从此以后，儿子就是个没爹没妈的孩子了，爷爷奶奶不知道还能照顾他几年？与小伙伴吵嘴，被骂成有娘生无娘管的人，被骂成杀人犯的儿子时，他会怎样的无助和委屈？他天真无邪的小脸上会挂满了泪水投向奶奶的怀里问："他们骂的是真的吗？为什么爸爸妈妈不要我了？"才五岁，小小的年纪可能还不明白突然失去双亲会意味着什么，但这样沉重的包袱却会伴他一生，等他成年后，他又该怎么看待他的父母亲？儿子出生时，他认为他是世界上最幸福的儿子。因为有这么多的亲人爱着他，怎么转瞬，他就几乎成了孤儿？倪淼的眼泪也潮水般涌来。他翻了个身，闭上眼睛，强迫自己不去想这些。可是又有满天的桃花纷纷扬扬向他飘洒而来，是落英缤纷，是桃之夭夭！

其实，倪淼一直就是一个听话的好孩子，高中毕业后，他顺利地考上了三本大学，学的是国际贸易，毕业后，满怀信心参加了国家公务员的考试，居然通过笔试进入到面试环节，但就在这传说中的考家长的环节，他不明不白地落选了。后来他又考过两次公务员，一次仍然是面试落选，一次连笔试也没通过。那种备考的艰辛和等待的煎熬，还有说不清道不明的落选后的委屈与伤心，唉，"便纵有千种风情，更与何人说？"只有"执手相看泪眼，竟无语凝噎"了。他再不敢奢望进入金领阶层。

后来，他便开始四处联系与专业对口的工作，却四处碰壁，最后不得已，还是在叔叔的朋友开的的士出租公司当了个办公室职员。因为喜欢读些杂乱的书文，又偶尔弄点文墨，在凤翔市日报上还发过两篇小散文，后来还写过两篇小报道，主要是城市的卫生环境要大家共同关心等题材征文。稿费也就十几元钱，但他很受鼓舞，可是工作的事闹得他没有心情再继续写这些小东西了。但却因为这些，叔叔的朋友把他安排在公司的办公室，主要做一些接待投诉或纠纷处理的工作。事情不多，但经常要动笔写一些材料，向交通局等政府部门汇报。专业没对上口，也算是与爱好对口了吧，这也是不幸中的万幸。叔叔这样安慰他。他心里不屑着：我的爱好岂是写那些狗屁报告！后来，他的爱好就被逼着转向了如何能挣钱。

看在叔叔的面子上，老板一个月给他一千五百元的工资，对于刚刚工作的年轻人来说，在那个小小的凤翔市还算不错。他的同学中，有的甚至还没有找到工作。原来他还准备去沿海一带再找找，后来，有先去了那边工作的同学说，那边工资虽然高一些，但房租却贵得离谱，生活费用也高得吓人，加上交通费、电话网费、人情往来等，一月下来根本不可能有剩余的。这样，他就在叔叔朋友的公司待了下来，好在跟着父母，啃着老，还不算太缺钱花。也许是因为听了很多同学们在外打拼不易的遭遇吧，所以当他遇到桃子时，是发自内心同情的。

一个女孩子，大学读的也是三本，更难找工作了。桃子先在一家私人企业做文秘，但她学的却是财会。可是人家私营企业的财会怎么会让一个非亲非故的人去沾边呢？招进去，是因为她漂亮的脸蛋被老板看上了。当她发现了老板的用意后，毅然离开。这一点让倪淼佩服。好不容易又找到了一家个体文印社打字，可是这家女老板，上班时总嫌桃子的效率太低。女老板从不想想，她联系了好几家行政事业单位都在她那小小的文印社定点打印或制作设计，有时像是几家约好了一样同时来活，又都要得紧急，特别是应付检查的文件材料，全都要集中在一个时间段内来抢任务。就是这样，老板却只请了两个女孩子，上班时忙起来连上厕所的时间都恨不得规定几分钟，有时还憋得差点尿裤子。特别难受的是眼睛，桃子高考时也没有过这样眼疲劳的，后来眼睛经常有刺痛的感觉。桃子不得不离开了文印社，到一个有钱的人家去做家政，其实也就是保姆，按说，一个女大学生是不屑于去给人当保姆的，可是人家出的钱多啊，桃子抗不住钱的诱惑，再加上她碰的壁越多，越知道找工作的艰难，只好先屈就一下，暗中留心再找新的工作。就在这个时候，她碰到了倪淼，她碰到他当然是他的福气，那时他就是这样认为的，而他碰到了她就像老鼠碰到了大米，嘿嘿，他篡改一下。只是这大米也许后来霉变了，也许是被掺了毒，唉。

7

因为与她有着同样的经历，所以当桃子说到求职经历时，倪淼一下子觉得亲近了许多，如果说那天的偶然见面只是喜欢只是欣赏，那么后来帮她租房则让他有一种被人信任、被人依赖的快感，这是他从未有过的一种情感体验。桃子出生在农村，但家离凤翔市并不是很远，大约一个多小时的车程就到了她们小镇上，小镇离她家得步行一个多小时，村子里已经很少见到小时所见的鸡犬相闻、男耕女织情形了。听到牛的吽叫就更稀罕了。比桃子小两岁的弟弟也在南方打工，当年为了供她上大学，弟弟高中读了一年就辍学外出打工，因为家中不可能供两个孩子上学，他要是继续读下去，桃子就不能上学。弟弟把上学的指标让给了她。家中唯一的收入靠父亲在矿上帮人开采铁矿石，两个孩子读书的费用让父亲备感吃力，省吃俭用已经完全不能满足需要，且差距越来越大。这时村中先前外出打工的人员传回来的信息是，外出打工远比在家务农来钱快，弟弟就动了心，父母也只得依了他。

桃子家在那个村子条件还算不错，毕竟上面没有老人负担，只有姐弟二人，别人家一连两三个女孩后才生个男孩，根本不可能把孩子供到读大学。所以桃子还算有幸能把大学读完。毕业后就急着找工作，因为再也不好意思让弟弟拿钱供她了，可是一个三本毕业的女大学生，要想找到一份称心的工作，谈何容易。

她先后在几个城市打过工，后来，父亲因矿山塌方砸伤了腰，再也不能在矿上干了，她便回到了凤翔市，想着离家近一些，隔三岔五可回去照顾一下父亲，减轻母亲的负担，于是，她就在一家个体文印社干起了打字员的活。

开始恋爱后，倪淼总觉得自己对她的爱远远多于她对自己的，他的爱是那么狂热，开始总喜欢带她去各种朋友聚会的场所，渐渐地，他不能忍受那些不相干的臭男人对她投来的色迷迷的眼神，常言道：女人的眼神带钩子，会钩人魂魄，倪森觉得这些臭男人的眼神才是带钩子的，他渐渐发现桃子面对他们眼睛里面伸出来的爪子，起先是惊恐不安，后来是羞涩胆怯，再后来已逐渐变得有了小小的得意之色了。他当然不会允许这种不安定因素蔓延下去，他果断决定：攻下最后一座堡垒，夺取最终的完胜。

又一年的人面桃花相映红的季节里，在她玉摇花颤、痴笑嗔怒中，他把他积攒了二十四年的爱全部倾注到她的粉雕玉琢之中，她艳若桃花的脸庞和莺歌燕语的娇声让他幸福沉醉。可是，可是那朵朵花瓣迎风飘飞的绚烂在哪里？等他清醒过来，他没有看到渴望已久的桃之夭夭、落英缤纷。默默起身，点燃一支香烟，那种揪心的懊丧与疑虑使他不能吐出一个字来。这种时候，她却默默地走过来搂住了他，那本该温馨无比幸福至极的人生第一拥，却让他有一种彻骨的寒冷和刺痛。因为它彻底地粉碎了他的侥幸，无声地证实了他心中的猜疑：他不是她的第一。

他听到了一声清脆的巴掌声，他的手掌一阵热辣，这猛烈地一击明明是打在了他自己的心上，怎么耳边传来嘤嘤的哭声却是她发出的？她的嘴角流出了鲜红的液体，粉嫩的脸上顿起几道紫红指印。

凄厉的笛声由远而近，划破长夜的寂静。倪森和瘦猴嗖地翻身起床，胖子也立即坐了起来，笛声停在了不远的地方，好像就在巷子口，倪森冲到窗子跟前去，耳朵贴着玻璃听外面的声响，瘦猴已经跳下床拉开门冲出了卧室，冲向了北边的阳台。阳台虽然已经封上防盗网，但那天房东已指给他们一个活动的门，平时从里面锁着是一整块防盗网，若遇发紧急情况这个门打开可供人员逃生。倪森听到了猴子开铁门的声音，立即喊住他："别慌，回来！"因为他看到黑暗中被糊上白纸的窗子玻璃上有红光在闪烁，那不是他们猜想的可怕的灯光，而是……是火光！这时人声的嘈杂他们才得以听明白，是失火了，消防队员赶来救火了，刚才的笛声是消防车的声音。

好一阵心慌过后，倪森对猴子说：“我们说好有难同当有福同享的，你慌什么呢？”猴子笑嘻嘻地说：“森哥，太突然了啊，是……梦游？梦游！呵呵……”

8

我怎么就不梦游呢？那些情形都发生在梦中多好，噩梦醒来是早晨，一切还是恢复成原样多好，你还是我完美无缺的爱人。倪森常常一个人这样呆想。

桃子向他坦白了一切，她在武汉打工期间，有过一段感情生活，只是那个男人有妻子儿女，她不可能登堂入室。感情受挫时，也正好是她父亲受伤时，她回到凤翔市来求发展，遇到了倪森，因为他的猛烈追求，与他恋爱了。在不拿结婚证的情况下，桃子坚决守住最后一道防线，因此，倪森一直把她当作心中的女神，爱她崇拜她，可是她居然骗了他。桃子说是他的狂热感动了她，她以为他不会在乎这个，废话！有哪个男人会不在乎他所爱的女人的第一次不是给予自己的啊。

但是，他战胜不了自己对她的感情，他欲罢不能。何况，他们已经拿了结婚证。他想，从前的她都是因为种种原因一时糊涂，误入歧途。如果自己给她一个温暖的家，她不再是无根底的浮萍浪迹天涯时需要找到一个什么靠山，如果需要，他就是她的靠山，只要他们相亲相爱，一切都能够像那天她哀求他时说的一样：重新开始。

倪森终于和桃子结婚。他在中断了与她的联系三个月后，又主动找到了她。他努力做到如他们从前设想的一样，他要忘掉那些不愉快的事，重新回到开始那最美好的时候。

他陪她回到家乡去看望她的父母，二老祖祖辈辈都在农村，看到了这个城里长大的小伙子无比欢喜，只是他们已经年迈体弱，他说：“爸爸你们放心，我娶了你们的女儿，我就会好好地待她，让她幸福，等我有钱后，我还会把你们也接进城里去享福的。”她那天很幸福很依赖地看着他。他们的儿子在第二年出生。

儿子的出生，给家里带来了很多欢乐，也让家里住得更拥挤了。其实，倪淼与父母、妹妹，四人一直住在一个六十平方米的单元房中，两室一厅，小时候是兄妹一室，爸妈一室，长大后，倪淼就在客厅打一活动铺，再后来，为了让倪淼结婚，妹妹搬到了客厅里打活动铺，把房间让给了他们，倪父是铁路机务段的搬运工，母亲在机务段大集体做服务员，妹妹就在商店做售货员，倪淼不愿世代都在铁路上生活，所以大学毕业后四处闯荡，但还是没能闯出一番天地，就只能在这个出租车公司坐了办公室，叔叔的朋友认为对他是人尽其才、物尽其用了，而倪淼则认为自己是委曲求全了。没有办法啊，现在这社会干什么事不是凭关系啊。我先在这里屈就一段，慢慢寻求发展的机会，总比无所事事地没有人发工资好。

儿子一个小小的人儿，应该是不占空间的，可是不知咋的，到处都是他的东西、他的声音。他醒着时，他的哭声笑声、逗他的人声满屋子都是，他睡着时，他的衣服，玩具甚至尿布，满屋子都是，四口之家一下子变成了六口之家，现在挤得连空气都稀薄了，回到屋里他就有缺氧的感觉。

他知道这种感觉她可能更甚，因为他现在才发现缺氧的感觉最开始就是来自于她的抱怨。

最开始她是抱怨儿子的东西老找不着，后来又抱怨物件太多、太挤，儿子没有活动的空间，再后来她干脆就说房子太小，人太多了，喊着要买房子，因为，他们那栋楼原来的住户有好几家都买了新房子搬走了。剩下的也大都在筹划着买房。

开始他也有买房的打算，可是看了几处楼盘，便渐渐地失去了信心。以他这样的收入水平想买新房，就是老话说的：癞蛤蟆想吃天鹅肉，他原来以为他跟她好就是吃上了天鹅肉，可事实是他痴心妄想了。由此他也得知天鹅肉的难能可贵和可遇不可求。这一次他不再痴心妄想了。他想的要脚踏实地得多。毕竟隔壁左右还有好多家人家，也都是这样祖孙三代住在一处的，和平相处也挺好的，为什么我们就不能呢？特别是当她怨他挣钱太少，猴年马月才能买房时，他心里就很反感，“现在挣钱一要背景，二要本钱，三要技术，还要关系，我什么也没有凭什么啊。”她就怪他没有个有能耐的爸妈。“那我也一样要怪你没有，好歹我爸妈还在城里呢，你爸妈连城都没进。”这话就犯了忌。她不依不饶。“可是靠着岳父母发迹的也不是没有啊。”她又说他没那个命。“那你不也同样没那个命吗。”就是这样，吵不断，争更乱。

记不得是哪一天了，她突然说想出去工作，本来他是不愿让她出去风里雨里的，可是想想，怎么说她还是个大学毕业生呢，多年的教育不出去工作岂不白学了？再说老是闷在家里也会憋出病来的，更何况到后来她好几次刺激他说指望着他赚钱买房黄花菜都凉了，他想着你以为外面满地是黄金等你捡啊，你几年未出去工作，早已忘了挣钱的辛苦了，让你再出去受受二茬罪回来也行。就默许了她，她就是这样出去后就再也不愿回头了。

她先去了一家餐馆当服务员，说实在话，出去工作，不论收入多少，她的精神面貌比在家里时好多了，回到家里说说上班时的趣事，抱怨也少了。他想这样也挺好的，后来她的小姐妹们又撺掇着她进了一家娱乐城，说是在那里陪客人唱歌聊天，既轻松又来钱快。他是绝对不会同意她去那样的地方的，她却瞒着他去了，他奇怪怎么突然她上夜班的时候多了起来，悄悄打听，才知道她已经跳了槽，他坚决不同意她在那样的地方多待一天，否则他就要将她扫地出门，他家虽不富有，但却是遵纪守法之家，虽不是书香门第，但是知书达理遵守伦理纲常的人家。作为男人，他太知道那样的场所是什么样子的，她迫于他的压力，总算离开了那个地方，到了一家四星级宾馆，做迎宾小姐。这就是女人的悲哀，明明学的是财会，却学无所用，最终还是靠着天生的丽质，以貌取人地工作。他的讥讽没有能够阻止她，反而安慰他说：“等着吧，我会改变命运的。”果然，不久，她就从迎宾做到了餐饮部的领班。

环境的变化会给人不知不觉带来很多的改变，从前，她对他有感恩之心，不说毕恭毕敬，也是言听计从的，可是随着儿子的降生，特别是儿子渐渐长大后，家庭已经稳定，她不再害怕被扫地出门，中国老话说的母以子为贵，被她运用得如鱼得水。儿子的来临让她有资本以功臣自居，在他们这个几代单传的家庭里，在只能生一个的计划生育的政策下，她确实为他家立了功，只要不触及从前的伤痛，他们已经是一个非常和谐的家庭了。可是她的唠叨，她的欲望总是不断，先是票子，后来就是房子，甚至还有车子。

记不得是哪一天，她兴冲冲地穿了一件裘皮短装回家，说是在包厅里捡到的，他说失主一定会回来找的，她说大家全都喝得东倒西歪了，哪个记得是在哪里丢的？只要不承认谁也不能就认定是谁捡了。也记不得从哪天起，她身上开始散发出迷人的香芬之气，她说个别熟客，喝高了，每个服务员送一份小礼物，不收反而失礼。她回家的时间越来越晚，他不想她再去这样的地方，她就跟她急，说："这么轻松的钱不挣，你能有什么方法来钱快，让我和儿子早点住上新房子？""但是，你这样挣钱就能挣到买房子的钱吗？还不是蜗牛想追火箭一样。"她说："总比一个人挣得多一些，希望也就大一点。"他觉得好笑："那么多人住在老旧房里，不也照样过日子吗？当初你在农村住的房子是大，却是空空如也，不也照样过来了吗？"她说："最反感的就是你这样安于现状，不思进取。要是还住那样的空房子，我何必辛辛苦苦地读十几年的书？村中小姐妹有好多并没有读这么多书，嫁一个能干的丈夫现在过的日子哪个不比我强？成天打牌上网看电视的。我要再不抓紧挣点钱，那书不是白读了？我弟和我爹妈不是白供我了么？"这话说得他无言以对。她又说："当初我就是冲着你说有钱让我过上好日子才嫁给你的，当初你还对我爸妈说要接他们来城里过好日子的呢，我指望你要到什么时候呢？"他无言以对。

他在公司再怎么努力工作，也只是个打工的，一个月一千多的工资，房价却涨到了五千多，攒速赶不上涨速，攒钱的时间越长，离买房的距离就越远，说实在话，他已经放弃了买房的打算了，住在六十平方米的房内，妹妹出嫁后，爸妈也年纪大了，再等一两年，他们这儿就要拆迁了，那时还建房也会宽敞得多的，她却说："等还建？现在都现金拆迁了，补偿的现金全部拿出来买新房都不够买下这现有的六十平方米，想扩大面积，痴人说梦！"

后来，他听她说弟弟在外地病了，让一同去看看，那时，他的公司正在为出租车起步价的调整与市政府讨价还价，因为摩托车刚刚禁止营运，而汽油又不断上涨，此时不加价更待何时？所以他转身就忘了她说的话，那一段，他尽量在家少待，少与她碰面，公司的事稍有轻松，他就与弟兄们出去喝酒，免得听她的唠叨怄气。也不知她忙些什么。她回家的时候他已睡下，他起床时，她还没醒来，他们碰面的时间越来越少，记不得这样的时候有多久了，直到他发现有人看他的眼神不对时，他才开始警悟。

确切的消息来源于"精脚"的一次无意的询问，他说："淼哥，嫂子家里有人来，你咋不告诉我一声，家里住不下去我那嘛，何必去外面住呢？"他问在哪里看到她的，他说在鑫源宾馆看到她与一个男子在前台登记房间，他正要上去跟她打招呼，她却随那男子向客房部去了，朗宁还以为是她家里来人了才这样问的。他心里咯噔一下，开始回想起她身上的一系列变化，不想则罢，一想才惊出一身的冷汗。

他开始跟踪她的行踪。

9

辛欣和肖潇再次来到南河市是因为接到了南河市警方的通报说，在为清网行动组织的全城出租屋清查和出租车整治时，发现了可疑的情况，主要是他们留下来的追逃对象的相片，让出租屋主和租车业主认出了。辛欣欣喜地带肖潇再下南河，这次离上次来南河市时间已经是过去了十来天。

但是出租屋调查后，情况还是不明朗，肖潇把放大了的嫌疑人照片拿给两个老人看，他们却说，来住的人多，反正以前民警拿出照片来让他们认时，他们是确实觉得这几人面熟，至于是不是辛欣他们要找的人，不好肯定。而出租车店主则矢口否认了租他车的人很像那照片上的人的说法。这样，辛欣他们只得回到凤翔市，密切关注网上的动向。

很快布局对三个人的调查又有了新的信息：牛小磊在保安公司当过两年的保安队员，因为嫌工资太低，跳槽到了出租车公司，一次出车时与乘客争吵打架，把对方打成了轻微伤，被行政拘留十天，作为治安重点人员，派出所给他做了情报资料留存。肖潇将这新的情况及时补充上网，要求在协查中注意发现相同的信息。

桃子上班的宾馆是凤翔市最高档的四星级酒店，上下班的时间还是很有规律的，作为餐饮部的领班，一般最忙碌的时候是在中晚餐时间，早间和夜间轮流值班就行了，可是她整天都泡在外面说是加班加点，甚至夜不归宿。稍稍留心一点点就可以发现她的不对劲，只是他太相信她，他自信他们之间的感情是无人能离间的，毕尽他对她是有恩的。是他给了她安定的城市生活，他甚至不计前嫌接纳了她……想到这里他心在滴血。

这天她又说晚上有个境外的旅游团要来，到达的时间可能是半夜，夜里可能要加餐，她要加班，不能回来，他说："这段你太辛苦了，我也是太忙没有好好关心你，我就亲自送你去酒店吧。"她很是意外，说太阳从西边出来了，他说太阳一直都是东升西落的，只是你迷失了方向和时间时，会错把夕阳当旭日，那就会颠倒黑白不分东西了。她笑着说他说话还挺幽默的，他说："不仅是幽默，幽默在我们初恋时就有，只是现在多了一份哲理。"

下班的时间应该是晚上九点，计算着时间差不多时，他就进入酒店的大堂，他拿了张报纸在拐角处找了一个不起眼的地方坐下来，那棵粗壮的观音莲茂密宽大的枝叶，正好挡住了从餐饮部走向大门时看过来的视线。而他则透过叶的缝隙，对这条路线一目了然。

临近九点，他开始紧张起来，分针每接近十二一丁点，他的心就紧缩一点，九点过五分，她就急匆匆地从餐饮部走了出来，身上不再是惯常的领班工作服，而是华丽的时装。他怎么没见过她穿这身衣服？他承认已有一段时间没有陪她去买衣服了，不是他不愿陪她，而是她不愿意要他陪了，说他看中的都是档次太低的衣装，说与姐妹们一起去淘更好。他也省了听她的唠叨，多了些与弟兄们在一起喝酒聊天的时间，皆大欢喜。她后来买的衣饰也确实比以前要好看多了。这身淡紫色的丝质连衣裙，衬出的恰好是她黄金分割的腰肢，倪淼的心里莫名其妙地泛起了妒意。随着高跟皮凉鞋有节奏的咚咚声，他看着她袅袅婷婷地径直走向大门。

不是说晚上加班吗？不是说深夜有境外旅游团来入住吗？她从旋转玻璃门走出时，他就起身跟在了后面。悬着的心紧张得怦怦直跳，他希望她是走向回家的路。停车场中一辆高级越野车车灯亮起，她毫不迟疑地就奔向了它。血脉贲张直冲脑海，他紧跟几步想拦截她，她却已经上车绝尘而去。借着停车场的灯光他抢前几步看清了车牌照。

“让你旁边的男人接电话！”他命令她。

“怎么回事啊？我……”她还想狡辩什么。

“让他接电话！”他愤怒的声音不容置疑。

“你怎么回事？我……”

“婊子！让他接电话……”他嚎叫。电话却断了。

他醉醺醺地回到家，她已经坐在了床头，胆怯地看着他。儿子在床中间熟睡着。她是故意把儿子抱过来的吧，他把儿子抱回到了隔壁爷爷奶奶房里。返身关上了房门，她无助地看着他，他的左手已经抓住了她的下颚，举起的右手却停在了空中。她凄楚的眼神是那样软弱，满脸的泪痕如雨打梨花。他想起了上一次打她是在他们的初夜，他后来发誓不会再动她一根指头。他死死地揪住了自己的头发，一把一把扯了下来。那种压抑的干号一定吓坏了全家人，卧室外是爸妈的敲门声，室内却只有他一个人的干号。她趴在床沿上说：“我不是你想象的那样……不是的……”“不是我想象的哪样？还用得着我想象什么样吗？这一段我忙得连夫妻生活都没时间过了，正好把你空了出来与别人幽会？是不是？是不是？”“不是不是不是……”她拼命摇头，更激发了他的愤怒，他一拳一拳砸在柜子上，柜门砸开了一个洞，木板碴刺得他的手鲜血淋漓，他一点也没觉出疼痛。她抽泣得已经说不出一句话来，只是抓住了他的手，只是摇着头摇着头。

第二天，她守在床边等他醒来，要与他好好谈谈，他指着她的鼻子吼道：“闭嘴！胆敢说出一句话，我撕烂你的嘴！我会弄清一切，不用你嚼舌！”

他找到车管所的朋友，查到了那车的主人。一个十足的暴发户。人家花一两年的功夫没有挖出的矿石，贱价转手给他居然一个月就采出了矿，走的就是狗屎运。他盘算着如何教训他，公司却让他去处理那个两车相撞的事故，他不想去，可是办公室主任说事儿太多，忙不过来，不许请假。好，君子报仇十年都不晚，我就等一天又算什么。可是就是这一天，也就是第二天，他又看到了什么？

一切似乎都很平静，他和猴子、胖子三人在这个两室一厅的单元房内待了两个星期，每天重复着同样的生活，今天和昨天一样，昨天和前天一样。隔几天才去弄点新鲜的蔬菜回来，夏天的蔬菜不经搁，买多了会烂掉，买少了只吃一两餐。天天出去买又不现实，三个人都不愿在外面多待，总待在屋子里又闷得慌。吃得最多的还是土豆和榨菜，实在吃不下去了。

“买点好吃的回来吧，再这样下去我都要吐了。”猴子提议一起出去一趟。虽然还是有点担心，但耐不住他们的劝说，倪森就同意了。天快黑时，三人把车开到了离住地很远的一个大型超市，按老规矩，胖子留在车上，倪森和猴子去超市。

抬头就看到了墙上的监控探头，他立即低下头对猴子说：“这里不安全。”猴子会意说：“已经来了，我们行动快一点。”二人分工，猴子负责去拿吃食。他负责去拿日用品，他直奔日用品区，把牙具毛巾口杯肥皂等每样拿三份，又把拖鞋、凉鞋、运动鞋也每样拿三双。

在衣服柜也是按同样的上下衣一模一样全三份，他没有时间去挑挑拣拣，也不敢与任何人眼光交接，自顾着往购物篮中捡商品。

一长溜的收费处，每处都排了两三人的队。他低着头靠上一队人，心想要是在这里被发现，那可真成了瓮中之鳖，想到这里，心都快要跳出来了，后悔不该出来，更不该到这样人多的超市来。慌乱地瞅向四周，看哪里能快速逃离，胳膊却被碰了一下，手中的购物篮一下子掉到了地上。“哟，想什么呢？该你啦！”是后面排队的人催他交钱了。他忙乱地捡起地上的物品放入篮中。

回到车上时，猴子已经在车上了，他的心还在怦怦乱跳，却要假装没事一样。等到胖子松了离合器踩下油门，车向前走了两公里后，三个人才都长长地舒了一口气。猴子说：“超市以后少来。”他明白，猴子跟他一样怕了。

三人悄无声息地把车上的东西迅速搬回到租住屋里，摆满了客厅一地。除了日用品外，猴子拿了杂七杂八一大堆食物，甚至超市标价的标签也被他裹在米里买了回来，真想象不出他是怎样的手脚并用争分夺秒地抢购的。倪淼问：“这么多又重又笨的东西你是怎么拿的啊？”“呵呵，一路跑着拿的，就像不要钱似的，见啥拿啥。”猴子故作轻松地说。

这天晚上是他们出行以来吃得最舒服最畅快的一餐，他们把那一箱啤酒全喝光了。胖子又去开了另一箱啤酒。

“再怎么弄？”胖子问。“不是说好了的吗，过一段我们就去找个门面。”倪淼说。“我爸妈这时候也该摆上晚餐喝酒了吧？他们也许还会给我留一盘刚卤好的牛肉豆干，或者新拌好的毛豆，唉。”胖子眼圈发红，哽咽了。沉默半晌，猴子说：“胖子你喝多了，看看电视吧。”“我不！说说也不行吗？我就是想说说！”他突然大声嚷嚷起来。猴子立即去拿了条新毛巾来递给他，说：“你去冲个澡吧，刚买的新毛巾还有肥皂呢。”胖子哽了哽，抬手擦掉脸上的泪水，听话地站起身来拿起毛巾去了卫生间。

又是一阵沉默过后，倪淼说：“要是当初我们下手稍稍……不那么重……”“当初就听你不停地喊打打打，我们就不停地打了。”猴子垂着头瓮声说。倪淼说：“我也不知怎么，手就使上了劲，她就……”他举起手中的啤酒罐对猴子说：“是我害了你们，来，我敬你。”“淼哥说哪里话，我们仨从小一块长大，你的事就是我们的事，谁叫咱们是兄弟？”“来，干了。”说着三人仰头干了手中的酒，然后就仰倒在床上。

又看见了满眼的桃花，桃之夭夭，灼灼其华，她从绚烂的天边飘来，霎时逼近眼前变成了披头散发满脸血污的鬼怪，这鬼怪嘤嘤地哭泣着，又忽地没有了脑袋，只剩了四肢挥舞着，向他扑抓过来。倪淼全身一抖，惊出一身冷汗，发现自己仍躺在床上，那嘤嘤的哭声却时断时续，他突然惊醒，心里充满恐惧，仔细聆听，真真切切地听到了有人在哭泣。

声音来自一床之隔窗边的猴子。他在哭泣？！倪淼的心又一阵紧缩。悄悄走下床摸到他的床边，猴子的身子躺在床上一下一下地抽搐着，倪淼抚住了他的肩头又握住了他的手。他受了惊吓一样坐起来，知道是淼哥时，一下扑到了他的怀里，胖子也过来和他们抱在了一起，原来他也早醒了。三个人哭作一团，好半天才慢慢地缓过劲来。胖子说：“淼哥、猴哥，我们回去吧。”猴子受惊吓似的推开两人说：“回去，回哪去？不行！我绝不同意。我们这样虽然苦，毕竟还自由，‘回去’了肯定是死定了的，死前还有更加难受的滋味，那绝不是人受的。”

这大大出乎倪淼的意料，他原以为猴子脑瓜灵光，有啥想法也该是他有，他回去可以邀功请赏的，可是想要“回去”的却并不是他，倒是这个一直对自己言听计从最没主见的胖子。

“要不你们俩一起回去吧。”倪淼试探着说。然后他又说：“事情本来就是因我而起的，你们都推到我身上，自己就不会有什么事了。”猴子说：“都什么时候啦，淼哥还说这样的话。我们就是一根绳上的蚂蚱呀。”胖子说：“是啊是啊，我们就是要和你有难同当有福同享的。”

猴子才二十五岁，谈了个女朋友刚吹，也是嫌他是个开出租车的，没有大出息，胖子二十三了，连女朋友都没谈过。在家里是独生子，平常父母宝贵得不行。三人从小一起长大。倪森比猴子大两岁，猴子比胖子大三岁。猴子和胖子都只读到高中就不再读书了，从小他们就是倪森的跟屁虫，特别是三人后来又都在一个公司工作，都在给别的出租车主“挑土”，他们之间的联系更密切。所谓挑土，就是帮别的出租车承包人开车。捷达出租车公司是几个老板合资的，所有的出租车辆由合资老板出钱统一购回，然后从政府那里取得了实际是购买了跑出租的权利，再将出租车辆按一定的价承包给下面二级老板，收取一定的费用，五年后，车辆就归二级老板所有，但二级老板还得向公司缴纳费用。因为光有车没有营运权也不行。二级老板有的是自己跑营运，一般都要雇请一两个司机帮忙轮班跑车，这样人歇车不歇，获得的利润才是最大的。这被雇的司机就被称为是给人“挑土”的，猴子和胖子就是挑土的司机。

在外跑出租，什么情况都会遇到，有被敲诈的，有被投诉的，更别谈擦刮碰撞等事故了，往往就需要公司的人来出面调解。所以，他们遇到什么扯皮拉筋的事，一般都找倪森来化解。公司有什么事情他能照顾他们的就尽量照顾，所以他们更是对他言听计从的了。平常只要有时间，三个人总在一起，除了倪森新婚的那段时间，三人在一块的时间有所减少外，一般他们天天都要在一处聚聚，有时就是碰个面，打个招呼，但隔天又会在一起喝个小酒，打个小牌，K 个小歌的。后来倪森家里越来越拥挤，吵闹声和唠叨声越来越多，他就不太恋家了。猴子又失恋了，胖子还是个浑小子，不跟他凑一块又能去哪呢。三个人在一起的时间就更多了。

就在那一天，倪森没有请动假，他在路边帮一个司机处理与人撞碰的事故。突然，一辆白色宝马越野车从身边跑过，引起他注意的，不是那辆车，而是车的副驾座上有一个熟悉的身影，他扭头看它的车牌照，那一排数字刺激得他肺都要爆炸了。他立即打通了猴子和胖子的电话，让他们马上赶过来。胖子接到电话后就像得令出征一样，马上约了猴子，两个人过来时是坐在朗宁的面包车上的，两人都是刚刚交班，正要回家去，他们特意将跑车的时间调到一致。所以一个电话就把他们两人同时邀来了。倪淼把现场上的事情交给公司的另一个人，说我有急事，就不顾那人的一百个不情愿，上了猴子他们的面包。

三个人还不清楚怎么回事，朗宁开着车，猴子问：“去哪里？”倪淼说：“去南门村。”“去那里干什么呀？”三人同时问，他说：“有人想欺负你们嫂子，我们去修理他。”“啊？！”猴子和胖子同时吃惊地张大了嘴，半天后猴子才问了句：“淼哥你搞清楚没有啊？”胖子也说：“你弄错了没有了，嫂子还是个大学生呢，谁能欺负她呀。”“少废话！没弄清楚我会叫你们来？什么狗屁大学生，一个三本，不是扩招根本就不够上大学的资本。今天就是哥要你们帮忙的时候，我让你们怎么做，你们就怎么做。”他们就都愤愤不平地说：“淼哥放心，我们狠狠收拾那个狗日的杂种。”

桃子说她和他不过是一般般的朋友关系，虽然他一再地向她示好，但她不过是逢场作戏，与她没有丝毫的肌肤之亲，谁相信啊。从前在歌厅认识的一个狗屁老板，现在又跟踪到了酒店，如果不是那种关系会对你这样黏糊？桃子还说，还说什么？我不要听，只问你还见他不见，她拼命摇头、摇头。

可是，可是居然还是见了他，就在我去你上班的酒店跟踪发现你们的第二天，你坐在了他的车上。仅仅就在第二天，在我放下了挥向你的拳头却扯下了自己一绺绺头发的第二天，在我生怕丢了工作，忙着辛苦挣钱，还没来得及跟他算账的第二天！你逼着我快刀斩乱麻。

倪淼很快就找到了那人在城里原来的旧房子，南门村 13 号。谁知道是怎么回事，好像桃子与那人也只是刚刚进门吧，居然院门和大门都还没来得及关上，正好他们就闯了进去，桃子回头看见他就惊叫了一声，他一把将她搡倒在一边。狗日的老东西还不知大难临头了，居然理直气壮地问：“你们想干啥？”“想干啥？你要老子的人，老子要你的命！”倪淼吼道。看见三人气势汹汹的，他一把跪在了地上求饶说：“我有做得罪你们的事啊。”“把人家老婆骗到家来了还说没有得罪老子！”倪淼冲过去卡住了老东西的脖子说：“你不就是有钱吗，我要看看你有多少钱能买女人。”老东西被卡得不能说话，挣扎着指了指掉在一边的提包，猴子马上从里面拿出了三捆未开封的百元大钞，另外还有几张银行卡。

“密码？”

他张嘴不能说，倪淼的手稍稍松一下，他喘了半天气却仍不吱声。

“说不说？”他再次卡住他的脖子，他眼泪都下来了，不得已地点了头，说出了密码。说这卡上共有300多万元。不听这数字还好，一听这数字倪淼更是火冒三丈：“就凭着有钱就能买车买房吗？凭着有钱就能欺男霸女吗？凭着有钱就能为所欲为吗？”他冲着猴子和胖子两人发狂地喊：“打！给我往死里打这狗日的老东西！”猴子和胖子挥起手中的扳手和锤子对准了那个老男人就是一顿猛打，倒在一边的桃子早已吓傻了，这时却大声呼喊道：“不要打不要打了！”“你他妈的到现在还卫着这个该死的老东西！”倪淼一把卡住她的脖子，捂住了口鼻，她还拼命地挣扎，好似要护卫着那个狗日的，越发惹得他怒火万丈，一边下力地卡着，一边喊“打打打。”给那两人下令、助威，他们的工具也就雨点般不停地落在了那狗日的头上身上。

直到发现她瘫倒在他怀里不动了，那个狗日的也倒在了血泊中……猴子和胖子吓傻了，站在一边不知咋办。倪淼说：“你们把这狗日的衣服扒光了，用床单裹住捆好。”他想只有这样赤条条地，被发现了，要知道是谁还得费一番周折。可是，让他意外的是，桃子也没有了呼吸，那一刹那，他有点惊慌失措，想到他这一生就坏在了她的手中！他一不做二不休，索性将她也如法炮制一番。谁叫你这样伤我？这就是你应得的下场！完事后，猴子和胖子抬着那个老东西，倪淼抱起桃子，一起放到宝马越野车后备厢里，然后猴子开着越野车，朗宁开着面包车，一齐来到了玉屏山大桥上，将双尸抛入湖中。

“嗵嗵”两下，水花溅起的响声过后，漆黑的湖面就什么也看不见了，一切都将灰飞烟灭，借着湖水入江的水力，一切都将漂入长江，一切都将神不知鬼不觉的“逝者如斯夫”了。

他以为他会有雪洗耻辱后的舒畅，会扬眉吐气，可是，当那“嗵嗵”两声消失，溅起的水花落定后，他的心却突然一阵空洞洞地疼、怕。他筋疲力竭，全身瘫软，再也不敢上那辆越野车了。四个人在面包车上坐了很久，都不出声，空气似乎凝固了一样。

朗宁把面包开到前面下了桥后又走了一段，来到湖边的一片杨树林里停下，猴子和胖子下去抽起了烟，也给倪淼一支，烟快抽完时，他突然想起什么，说你们把烟屁股全扔水里去。猴子说，那车在桥上实在太显眼不如开到这里来，于是四人又把车开回到桥上，猴子和胖子去开那辆越野车，朗宁仍开着这辆面包车，一起再次来到这片杨树林里，丢下宝马后离开。朗宁说家中有事，把车留给他们，自己先回家了。

他们开始在各个银行的柜员机上拼命取钱，因为自动取钱一次不能超过五万，他们每次就取四万九，这个速度实在太慢了，他们要争取在事情暴露前取完卡上所有的钱。所以每次都是轮流戴上大墨镜和宽边草帽去取钱，一人开着车，而另一人则查看着周边的一切动静，发现异常就电话通知取钱的人，当然，他们都换上了新的手机卡。他们一天只能取四五次，一次四万九，十次才四十九万，而且要到不同的地点去取，否则一机一卡操作过频会被锁住，这样他们只得往返于几家银行之间，所以速度实在太慢。大约一个星期后，取了二百多万元，这时也许是灵感，也许是天照应，猴子突然觉得再不能自己去取钱了。但又不甘心卡上还有一百多万元，于是找了一个人帮他们取，每取一次钱，给他一百元的好处，真是有钱能使鬼推磨啊，居然就找到了这么一个人，他也是点子太低，在第三次取钱时就被捉了。倪淼三人在车上亲眼目睹了他被按在地上的那一瞬间，惊得目瞪口呆。他们知道事情暴露了。这是迟早的事，只是来得太快了点。亏得事先想得周到，那晚从玉屏桥返城后，除朗宁外，他们三人没再回家，一直租住在外面的小旅馆里，否则，后果不堪设想。他们把取来的钱分作四等份，一人五十万，还留五十多万三人共用，大家把钱分别送回到家里。

倪淼把三十万元钱放在大提包内交给父亲，说要出差一段时间，这个包你看好了，等我走后你再打开。另二十万元，他送回到了桃子父母那里。

日复一日地在屋子里待着，三个大男人，从前满街跑的大小伙子，一下子变成大门不出二门不迈的大小姐，那种难受和无聊，真是无法言说。最主要的还有对亲朋的思念，对前路的担忧。不开空调热得难受，开了空调又闷得难受。

他们弄来了扑克牌斗地主，这是平日里他们最喜欢玩的游戏。带点彩，谁赢了谁请客喝酒。可是从前百玩不厌的牌，现在却索然无味。

百无聊赖中倪淼感冒了，头重脚轻。胖子出去弄了点感冒药回来吃了几天，也不见好。猴子说要不去医院看看，倪淼说："算了，没事的。"其实他是不愿出去再受惊吓。猴子说这是空调病，老这样在屋子里待着不染病也会憋出病的，还是应该加强锻炼，增强体质。三个人就轮流掰手腕，可是几个回合后，结果总是一样，他第一，胖子第二，猴子最末，一点悬念也没有的比赛毫无乐趣。赢家不能从胜利中得到一点点快感，输家则越玩越气馁，一点意思都没有。

还是弄点体育器材回来好，猴子说。想来想去，他们觉得弄个沙袋来练习拳击是最好的。于是隔天的晚上，胖子买了个练习拳击的沙袋和三副手套回来。他们把客厅的吊扇拆下来，把沙袋吊到那个屋顶中央的铁钩上，一个简单的拳击练习室就成了。每天他们练上几个拳脚，出一身的汗，然后去冲个澡。

拳击的过程，是另一种平息悲愤的过程。如果不是那个暴发户，他们不会落到现在这样流离失所、不见天日的下场，他就该千刀万剐、死有余辜。而更让倪淼憋屈的是，仅仅为了钱，她怎么就可以弃他的恩情于不顾？婚前她就已经对不住他了，念在她那时年轻无知，念在她还没有遇见到他，一切都可原谅，可是她忘了自己的誓言，忘了他对她的恩情，忘了他作为一个男人的底线。士可杀不可辱！他绝不容忍！

那天用力过猛，是无心之为，更是潜意识之作，这样也许更干净，不然他们还怎么面对？反正她是铁了心要随那该死的去，那就随他去好了。我成全你们，成全你们！成全你们！！

他打在沙袋上的拳头雨点般落下，“嘭嘭嘭……”最后累瘫在地上，泪雨滂沱。

一天傍晚，胖子刚出去就打电话回来，说他在巷子口正要启动车子，一辆破卡车迎面驶来，错车时，他避让到了排水沟边，还是被剐蹭掉了一大块油漆，车门凹下去一大块，从前向后拉了一道长长的凹痕，按道理，赔礼道歉并恢复原貌是理所当然的。那个大块头却下车扬长而去。大块头就住在他们楼上。因为这个巷子里就只有他们这一幢楼房。平常他们的车是可以停在楼房跟前的，但因为楼前的停车位有限，一般总是先回来的车就停在了楼前的空地上，后回的车没办法才不得已停在离楼房远一些的巷子里，但他们总是谦让地把车停得稍远一些的巷子口处，为免被人注意，胖子隔两天把车牌换一换。

倪淼说：“胖子，得饶人处且饶人，这事虽然是那人不地道，但我们还是宽以待人的好，他总会碰到更狠的人。”胖子仍然愤愤不平，他闷了半天后很小声地叹句：“淼哥原来眼里揉不得沙子的。”倪淼装着没听见一样。猴子走过去拍了拍胖子的肩说：“胖子，人在矮檐下，谁敢不低头？这是生存的智慧。”胖子的话，让倪淼非常难受，他曾跟他们说过我是宁愿站着死也不愿跪着生的，可现在他这算什么呢？是生着，可是还不如死，是站着，也跟跪着没两样啊！猴子的话本来是安慰他的，却让他的心更加酸楚。

胖子气呼呼地把那人的样子形容一番，他们马上知道了这大块头。倪淼有几次从门缝中看到大块头从楼上下来时把手中的果皮纸屑之类的垃圾扔到他们门口的垃圾桶内，他走路总是哼着歌。扔扔手中的果皮也就罢了，有一次听到歌声，倪淼悄悄地从门缝往外看，歌声突然停止了，原来他竟偷偷地把一桶垃圾倒在了他们门口的垃圾桶内，然后一溜烟地跑上了楼。他是专程下楼来倒垃圾的，大概看到他们桶内是空的，为着省掉走出楼房到巷子口这段路，他就顺手倒在了他们的空桶内。这种爱占便宜的小人，放在从前倪淼会狠狠地教训他。现在倪淼想的是小不忍则乱大谋。

胖子的眼圈红了，他将眼泪生生地憋了回去，走到沙袋前狠狠地击拳。这个一向唯倪淼马首是瞻、忠心耿耿的兄弟，要是埋怨几句也许倪淼心里还好受一些。

这时门外响起了敲门声，胖子立即停下了拳头，两个人不安地看向倪淼。他们住进来差不多一个月了，从没有人来敲过门，无亲无故的，会是谁呢？倪淼定了定神，悄悄从猫眼往外看，马脸房东站在门外。

倪淼把门打开一条缝，房东堆满了笑的马脸就从缝里挤了进来。他探究地东张西望了一会后才笑着说：“你们住得还好吧？”“还好还好。”“没有什么不方便的吧？”“没有没有。”房东不断地向里内窥探，倪淼一直就堵在门口，没有邀他进屋，他也就不好再往里挤了：“啊，是这样，先前忘了对你们说，我们这个楼前停车是要交费的，虽然没有划出一定的车位。我先以为你们没车，所以当时也没跟你们说清楚。你们好像是有车的吧？”他边说边对每个人察言观色。倪淼说：“我们楼前没停车。”倪淼不直接回答他有没有车，也不直说停在哪。他说：“啊，巷子口也算的，因为就这一个巷子，也只通到我们这幢楼嘛。”看来，这个马脸知道他们有车。“啊，一个月的停车费不多，因为你们是外地的车牌，所以要一个月收一百元。”“这还不多啊？”胖子叫起来。倪淼说：“行，一百就一百吧，拿一百元钱给他。”他又说：“反正你们的房子租金也是一次交三个月的，停车费也一起交三个月的吧。”胖子还想说什么，倪淼拦住了他，说：

"三个月就三个月吧。"说完爽快地拿出三张百元钱给房东。房东马上满脸堆笑说："好好，这样免得我总是来打扰你们，你们忙吧，你们忙吧。"

房东走后，胖子非常气愤地说："这么个破地方，连车位都没划，也没见有什么物业管理，收什么停车费啊，随他信口瞎编，明摆着就是要钱。"猴子却阴郁地沉默着，倪森问："猴子想什么呢？""我觉得这个房东不简单，他是不是暗中在监视我们？他怎么知道我们的车停在巷子口的？"倪森心一懔，胖子紧张得眼睛在他俩脸上来回倒。过了会，猴子说："也许我们小题大做了。人家是房东，观察我们也在情理中。"倪森说："小心点不错，但是，我们这样给钱大方的房客恐怕也不多。"猴子接着说："是啊，要是有事，早就该有了，他也不会又跑来要钱吧。"胖子说："是啊，是啊，还是森哥做得对，舍财免灾吧。"倪森说："对我们来说也就几百元钱的事，对他来说，总不会与钱过不去吧。"大家便都不言语了。倪森心里却又增添了一份不安。

能带来一点发泄般快乐的沙袋没有几天就被他们视而不见了。还是闷得难受，不能去K歌，不能去飙车，不能去大排档喝酒、高声谈笑，不能看见美女时，跟猴子他们一样起哄，都不能了，憋得难受，更难受的是夜夜的噩梦、失眠，还有心痛。

胖子忍气吞声地把车送到修车场去修好了。这天他发现车的左前灯处又被擦掉了一块漆，刚好那辆破卡车才进到院子里停下。胖子忍不住走上前去说："你怎么又把我的车擦了？"大块头从驾座下来满不在乎地说："你为什么老停在那里拦路呢？"胖子说："这里都停满了车，我不停那里停哪里？"大块头说："现在这里一辆车也没有，你还停那里，不是有意拦路吗？"胖子说："我平常停那里是把这空地让给你们好停车。"大块头冷笑说："现在还有雷锋啊，谁信啊？"胖子说："你怎么不讲道理呢？"大块头说："你讲道理你就不会故意挡路了。"胖子说："我哪挡你路了，哦，挡了路你就有理由擦车啊，上次擦的我修了一千多块，你连个理都不赔是人不是啊?”大块头说：“你是人吗，你是人吗？好狗不挡路!”胖子呸了一声，骂：“你才是条狗!”大块头冲来就是一拳头，把胖子打得晕头转向，等他回过神来，大块头却不见了。

胖子回到屋里把事情哭着说了，倪森和猴子都气愤不已。胖子说这个面子不挽回来他再不出去了。只好猴子出门，猴子开着车在市场外的马路上走得好好的，突然从后面冲过来一辆卡车擦过他的车屁股后，耀武扬威地超到了前面，猴子认得这车，他加一脚油门冲上前与卡车并排，按下玻璃喊道：“兄弟，你怎么开车的啊?”大块头先是一愣，接着也怒气冲冲地说：“你在巷子里挡老子的道，出来在外面还挡老子的道。死一边去!”他的卡车上装了满满一车包菜，他是要赶着卸货的。说着，他加一脚油“呜”地跑了。

晚上，倪森和猴子敲开了大块头的门，大块头满身酒气地打开门，见是猴子，认得是白天开 8811 车的人，马上不耐烦地说：“哟嗬，怎么着，拦路不过瘾上家堵门啦?”“不是，大哥，我们想跟你起个和，这低头不见抬头见的……”倪森尽量诚恳地说。“老子跟你们有啥和起？老子起早贪黑赶时间送菜，你们狗日的车子总是挡着老子的路，擦你活该，老子还要撞死你们！一看就不是好东西!”“你说什么?”倪森的血往上冲。“说你们不是好东西，怂包!”猴子跳起来一巴掌扇在大块头脸上，大块头抓住猴子扭打起来。这完全出乎倪森的意料，他想扯开二人，大块头的骂声却句句刺激着他紧绷的神精：“狗娘养的……不是好东西，缩头乌龟一样，老子要告你们，肯定是牢里逃出来的。”倪森扯劝的手不由得卡住了大块头的脖子，猴子腾出来的手摸到了地上一只啤酒瓶，照着大块头的脸上砸去，破碎的玻璃碴划得他一脸的血，大块头倒在了地上。

二人迅速下楼。

倪森说：“赶快收拾一下，我们得离开这里。”胖子问怎么啦，没等二人回答，他就明白了，转身就去收拾东西。

天渐亮时，他们走在一条宽敞的水泥路上。猴子突然看到手上几道已结痂的伤痕，惊讶地说：“完了森哥，我昨天流血了。”倪淼只忧郁地看他一眼，并不说什么。马自达奔跑的声音单调而沉闷。沉默了半天，猴子又说：“淼哥，我们去看看祖国的大好河山吧。”胖子说：“我小时候就听我爸妈说过湖北人与四川人吹牛的故事，四川人说：‘四川有个峨眉山，离天只有三尺三’，湖北人说：‘湖北有个黄鹤楼，一半都在天里头’。看来还是湖北人会吹牛，可是那黄鹤楼究竟什么样子啊，我们去看看吧。”猴子叹口气，说：“都说湖北人是九头鸟呢，我倒想看看他们聪明在哪里。”倪淼想的却是，桃子最先打工的地方就是在武汉，在那里她遇到了初恋情人，他想看看是什么样的地方，养育出了什么样的人，让桃子迷得献出了第一次。就这样，他们在经过了一个月的蛰伏期后，不得已离开了昌城，他们要去湖北，去武汉，去看一看从未看过的风景名胜黄鹤楼。

为掩人耳目，临走前，倪淼打电话给房东，说他们要回老家一趟，这个房子他们回来还住，所以不退租，东西也都放在里面，大约一个月后他们就返回来。房东有点狐疑，倪淼知道他担心什么，说：“我们只住了不到一个月，房租已付了三个月的，下次回来，我们就把下一个三月的房租付给你。”他听了后马上笑着说：“没事没事，你们安心回家，这房子我给你们留着。”

他们换上了 166 号车牌，一路上真是挺顺利的，车行高速，沿路树木浓荫，田野辽阔，三人的心情也渐渐开朗起来。进入湖北，武汉在望。就要登临千古名胜黄鹤楼，倪淼的心情不免有点激动，如果一切都没有发生过，只是纯粹的旅游，那该是多么的幸福。从前读过的诗词浮现在脑海：“故人西辞黄鹤楼，烟花三月下扬州。孤帆远影碧空尽，唯见长江天际流。”他与桃子恋爱时就对她说过要来武汉，要让她故地重游，那时他并不知她的初恋情形。“城下沧浪水，江边黄鹤楼。朱阑将粉堞，江水映悠悠。”把这个天下名楼渲染得雄奇巍峨引人向往。为了舒缓和消解紧张与沉闷，倪淼有点夸张地向猴子和胖子讲起这些，他俩似懂非懂，有心无心地听着，有意无意地嗯啊两声。

前面就要出高速收费站了，166车紧紧地跟在一辆大货车后，货车出站，166进入收费口，突然出现两名交警，让车上的人下车接受检查。猴子反应迅速，大喊一声："冲过去!"胖子来不及想，听了猴子的话就急踩油门，车子像突然发疯似的紧随大货车冲过了栏杆，冲出了收费站，并迅速超到大货车的前方。三人都倒吸口凉气：稍稍再慢一点点，他们就会撞在栏杆上了。后面却响起了警报声，三人的心又提到了嗓子眼，个个都变成了司机，精气神全聚在了车辆的飞速行驶上。飞过几公里后，回头看后面，好像并没有车追上来。心却剧烈地跳着。第一个站口不能下路了，交警一定会安排拦截的人员在那等，他们决定在第二个站口下路。

但是，最担心的事还是发生了。在第二个出站口下高速时，车辆一减速进站，等着刷卡交费后栏杆升起，就在这时，交警再次出现在车前，胖子想故伎重演，交警的反应更快，在他加油前已经从窗子抽手进来拔掉了车钥匙，坐在驾座后面的猴子趁交警拔钥匙时推开车门跳下去就跑开了，胖子被堵在了驾驶座上，而倪淼没来得及起身，也被另一边的交警堵在了车内。怎么会这样？难道就这样结束了？两人一时还有点懵懂。胖子用绝望的眼神看着倪淼，倪淼瞪了他一眼："别慌，我们没有任何证据落在他们手上。"

交警一共四人，把他们带到路边。查验驾照和身份证，发现车牌照是假的，倪淼用普通话对他们说，"那就该罚多少钱罚多少钱吧。""这不是罚钱的事!"交警说要把他们送到就近的派出所去。倪淼的心直往下沉，有点历经大风大浪，却在阴沟翻船的悲哀。但不到最后时刻，绝不轻言放弃。这是他反复对猴子和胖子说过的话。他请求说："车是我们从租赁公司租的，我们也不知道车牌会是假的，这责任应该由租车公司承担，不能耽误我们的事啊。"交警说："那你们的人跑什么呢?!"

他们被送到了临近的吴城派出所。看到派出所的牌子，倪淼的心就掉进了冰窟。

两个中年警察过来问话，其中高个子被人称为何教，依旧是姓名年龄家住哪里。倪淼对答如流：“我叫刘江，是汶川映秀镇人。”然后何教问：“车上怎么会有两副牌照？”他说：“不知道，车是租来的，租车的是那个跳车跑了的夏俊雄。”又问：“怎么会带那么多的钱？”是的，有五十多万元钱在车上呢。倪淼说：“是夏俊雄做生意的钱。”“夏俊雄怎么会丢下这么多的钱和车子跑了呢？”他答不上来，只能沉默。这事坏就坏在用了假的车牌照，可是如果用真牌照，那边凤翔市的人也许会尾随而来，凤翔离南河也不是很远，他们只要查到818车城，就会闻着味儿追查8811车，即使凤翔市的人追不到这里，昌城的人也许会跟踪到这里。这真是个两难的悖论。

何教还捏着他们的身份证：“啊，昌城下河外镇啊？小陈，前段时间我们不是正好去过那里追逃吗？那两个命案逃犯就在那里落的网。你还记得个下河镇吧？”高个子的话让倪淼的神经高度紧张。当时办证时我随口瞎编的地址，没想到昌城还真有这么个镇子，也许平常在地图上看到过昌城的这个地名，急时就随口说了出来吧，不然怎么瞎编就编对了呢。可惜，他们在昌城待了一个多月，从未想过要去看看这个小镇。

小陈一看就是个机灵人，他马上接话：“是啊是啊，那个小镇建得真漂亮，就那么小小的一个镇子，几条街我们跑几个来回就熟了。哎，你们住在哪条街道上啊？”这一问，大大出乎他们的意料，好在倪淼脑子反应较快，他说：“我从小跟奶奶一起在外地长大，对那个地方不太熟悉。”“那么你呢？”小陈转而突然问胖子，这个傻胖子，憋了半天居然回答说：“我也是小时候跟我爷爷一起长大的，不熟悉那地方。”蠢啊！

“哦，难怪我们听你们口音也不像是那边的嘛，那边的人说话跟我们这里还是有很多相像的地方，旧时有江西填湖广、湖广填四川的说法你晓得吧？好像没听说过。所以，你们那边的口音跟我们这边有很多一样的发音咧。”这个高个子家伙好像对地域口音很有研究，倪淼只得闭嘴。

“看你们好像出门很长时间了吧？怎么连衣服鞋袜全都是一样的啊？”高个子每一次开口问话，都让人心惊胆战的。倪森这才注意到当初为了节省时间，在购买物品时一切东西都来不及挑拣，全按三份看好就买下。现在看看身上的所有衣物，真是一模一样。包括新买的手机也是一样的，对这些他们早已见怪不怪的事，民警们看着却很新奇。高个民警又说：“听口音你们好像是凤翔一带的人吧？”倪森心中暗暗叫苦，他犀利的目光看过来时，倪森只能摆出一副满不在乎的样子，把脸侧向一边。胖子也学了他，摆出的是死猪不怕开火烫的样子。对，就这样！熬他个无凭无据的，时间到了自然就会给我们放行。

果然，二人被关了起来。车上所有东西包括手机都被扣下了。但手机里除了他们三人彼此之间的号码外，就只有一个号码，没有其他任何信息。这个应该经得起检查，即使从车牌查到了那家车城，那个老板也不可能知道他们更多的情况。倪森和胖子心有灵犀般地不再多说一个字。

这一待就是三天，难熬的三天。

辛欣回到凤城后，就盯紧了网上追逃，所有调查后的信息更新上网后，她和肖潇轮着在网上搜寻。刑警大队也有专门的网上追逃人员，但她仍抽出时间亲自上网追踪。终于等来了这条信息：十月十三日夜，几千公里之外的昌城，三个外来人员将出租屋楼上的一名送菜卡车司机打成重伤后，连夜出逃，不知所终，其所驾车辆牌照系南河市的 X 字 8811 号，而三人中有一人手部被啤酒瓶划伤，现场留下数滴血迹，昌城公安将其 DNA 图谱上网追逃，正与凤城的网上通缉对上。

辛欣看到 X 字 8811 车牌号脑子里灵光一闪，感觉这个数字与曾经去调查过的南河市 818 车城有关联，可是又说不出联系在哪里，她决定派一班人去昌城调取那边的情况，自己与肖潇再来南河。

辛欣一来到这个车店门口就有一种异样的感觉。这里说是车城，其实就是一个汽车美容保养店。四五个员工一律着红色工装，默默地做事，门前一溜排小车锃亮地排列着，辛欣立即明白了异样在哪，也明白了自己的直觉为什么会认为 8811 号牌照与这个车城有关。

一个管事的中年女子走过来与他们搭话。肖潇问谁是老板，女人说老板不在，有事跟她说一样，肖潇指着门前五六辆并排着的车辆问："这些全是你们店里的车吗？"女人说："是的，你要租车押上证件和一定的租金就行。"肖潇问："没有证件不行吗？"女人说："这个要老板说了算。""老板呢？""老板不在。""去哪了？""去凤城了，什么时候回来不清楚。"女人见肖潇很着急的样子，就很同情地看着他，却是无能为力。辛欣说："老板出去了，你管事的又做不了主，那岂不耽误生意吗？"这时，一直在一旁做事的年纪稍长一些的男子说道："跟老婆怄气了，老婆一气之下回了娘家，老板追老婆去了。"原来车城老板叫魏新明，四十多岁了，才娶了个年龄小很多的老婆，整天宠得不行，刚刚为一点小事怄气回娘家去了。老板顾不得生意，急急忙忙就追过去了，也来不及交代生意上的事情。

"你让他马上赶回来，就说他这店里出租的这些假牌车，还有私自组装的车充原装车出售的事，已被我们发现了，让他赶快回来接受处理。"一起协助而来的南河市南河派出所的民警沙秋生说。管事的中年妇女连忙答应着去打电话。

就在这时，远远有个清脆的声音喊："沙和尚，沙和尚。"沙秋生亲热地应声道："嘿，白骨精，你来干什么？"辛欣他们看到一个漂亮的女孩领着两个三十岁左右的男子向这边走来。一介绍，原来是吴城市吴城派出所的民警何教导与小陈。

何教导认为随车带着两块车牌及大量现金，身份也是假的，前言不达后语，被关押后又一言不发的人，极有可能是背有大要案的疑犯。便让小陈通过网上查询，查到了 8811 车牌主人是南河市南河区的魏新明，可是他居住的却是一个拆迁区，这人究竟去了哪里，却不知道。何教导认为要弄清楚情况，只有实地调查一番。于是亲自带着小陈追查到南河市，另外还安排了民警顺着手机上的信息一路追查到了昌城。

三人的手机上除了他们彼此之间的号码外，都只有一个联系人，或被注明叫房东朱，或叫房东，或叫朱。而这个号码应该在离吴城两千多公里外的昌城市。于是，他们一路追查去了昌城市。

何教和小陈到达南河市时，已是华灯初上时分，饥肠辘辘的两人就在街边店每人吃了碗面条，就直奔南河派出所而来。

南河派出所的户籍民警小白，正要回家，听了情况介绍立即再次打开电脑帮助查询，查到的情况却与何教和小陈在吴城查到的情况一致：找不到魏新明的住址。小白说："要真是个大要案的逃犯从我们这儿逃走了，那我可担不起这责任哦，这电脑里查不到的资料，我们试试从原来的纸质档案来找找怎么样？"说着，她从档案室里间抱出了几大摞纸质档案袋，略显歉意地说："要录入电脑的东西太多，这一部分档案虽然已经录进了电脑，但我们再看看，也许能有什么新发现呢。"

何教和小陈顾不得一夜未眠，又开始一页一页地翻查起这纸档案来。年代久远的纸张早已泛黄，发出阵阵霉变和灰尘交织的气味，三个人不断地被呛得连连咳嗽。"要不把空调关了？通通风也许好一些。"小白细心地问他们，然后又给他们每人的杯子里换上了新茶。

将整个档案来回查看了两次，仍然没有新的发现，还是不知道这个魏新明拆迁到了何处。那就从魏新明的关系人再查，他的关系人也就一个：妻子许丽，仍然是一样的信息量——关系人：丈夫魏新明，此外再无别人，也无住址单位等。有点失望的何教把这老式卡片式的户籍证从装订的册子中解开来，拿在手中反复研究，这一下还真发现了点东西：在它的反面的右上角，有一行几近消失的小字：818 车城。由于装订在厚厚的册子中，这一行小字始终被遮掩着不可能被看见。这是什么意思？是当年登记造册的民警因忙于别事又为防忘记而随手记上的地址，还是不能确认的情况而写在这里备查的？这个小小的细节，让他们好生感动，更让已经有点失望的他们重新燃起了希望。不管怎样，找到 818 车城再说。幸好，南河市并不大，小白对这个车城有印象，她马上自告奋勇地领着何教和小陈去818车城，没想到，在这里碰到了辛欣。

辛欣把情况简略地说了，又让肖潇把照片拿出来让吴城民警何教和小陈辨认，大家都说像，只是不能确认。这时，一辆尾号818的别克车停在了店门口，它熟稔地靠在了那边一排车的一头。沙秋生说："老板魏新明回来了。"沙秋生上前去拍了一下魏新明的肩问："小媳妇不好伺候吧？怎么样？搞定了没有啊，要不要我出面帮帮你？""拉倒吧你帮，越帮越忙。"沙秋生就大笑："谁让你老牛吃嫩草啊，小媳妇就是要哄着供着的嘛。"说话时，那边车上已下来一个年轻时髦的女子。见了沙秋生亲热地叫沙哥。沙秋生却崩了脸说："许丽，么个大不了的事呀还气得回娘家？生意不做了？"女子却堆满了笑说："没事了没事了。"

"没事了？我有事！"沙秋生说着把辛欣他们介绍一遍后说："X字8811的黑色马自达6是你的车吧，出租时有些什么手续拿我们看看。"魏新明一边应着是，一边急急忙忙地去开箱子拿记事本。沙和尚说："这几个很可能是身背两条命案的重大逃犯，你若隐瞒情况不如实报告，将来肯定要受法律追究的。""那是那是。"魏新明心里着实发虚，那天三个租车的人虽说是熟人朗宁的朋友，可是朗宁也没有委托他怎么样，他是看在他们给钱爽快又没讲价的分上，没有让他们留下证件复印件。这两天回到凤翔市去接媳妇，也听说了老家发了双尸命案，人犯三四个都逃跑了的事，而且警方分析很有可能向着南河市这边方向逃跑。他心里就有点不安，后来又听说警方补发的信息是其中有一人投案自首了，还有三人逃窜，很可能通过租车更换了先前的白色面包车。他想起那天来店里租车的人也是三个，而且正是开着白色面包车，再想想那天他们的仓促和大方，心里越发的不安，于是在接到店员催回的电话后就立即往这边赶。

沙和尚不知魏新明想着这些，以为他还不想说实话，说："你这儿出租的车牌照除了真的也还有假的，我们正在查假照呢。"肖潇拿出三个人的照片来，一一递给魏老板说：“这三个人杀死了两个人后还把尸体丢到湖中，他们是在公安部挂了号的重大犯罪。”这一下，魏新明害怕了，连忙说：“我上次说了假话，但上次也不知道他们会是命案人犯啊。我只是看在朋友的面子上，他出钱也大方没有讲价，所以我……”魏老板拿出一个小本子，上面记录的租车人情况，姓名年龄单位或住址，还有联系电话和身份证号。他指着一排小字说：“8811 车是这个人租的，只见记事本上面姓名单位地址全是空白，只在身份证号一栏写有一排数字。”魏老板说：“他说是熟人介绍来的，就不需要身份证了，总不会让我吃亏的，我也就不好多问他了，所以就趁他不注意时偷偷把身份证号记了下来。”

“是你记的吗？明明是我偷着记下来的。”许丽在一边抢着说道。魏老板立即满脸堆笑：“还是夫人高明，夫人高明。”“你当时还说不用担心，他们是朋友的朋友，不会耍我们的。怎么样？朋友知人知面不知心的多啦，何况又是拐了弯的朋友！”许丽得理不饶人地数落他。“哈哈，我早就知道嫂子是真正的老板啊。”沙秋生说。魏新明忙说：“那是那是，你们看我这所有的车牌还有这个车城的名字是不是很特别啊？对了，全都是 8 和 1 的组合，因为算命先生说，这两个数字正好是她的吉祥数，我就把所有的车牌全挂上这两个数字的组合了。这也是爱情的表达呀。”魏老板已年近五十岁，他妻子才刚刚三十岁。是 1981 年 1 月 8 日出生的，当年就是冲着这车城的名字她留在了这里，并与老板结了缘。

身份证的数字与肖潇手中的资料一对照，一点不差。魏老板不住地给每人递烟说：“这哪个能想得到啊，只是想他交了钱快点走，不要反悔，所以也没有多问他，你们上次来，我就心虚不敢多说，对不起，对不起。”

辛欣一边请示凤翔市公安派人赶往吴城提押人犯，一边带领肖潇与吴城民警一同星夜兼程奔赴吴城。辛欣到达吴城时，正好她派往昌城市调查的民警也与吴城派去的民警汇合了，并完成了在昌城的工作任务返回到吴城，他们又讲述了在昌城市调查的情况。

辛欣派到昌城的民警直接找到了当地公安局了解十月十三日发生的重伤害案及现场提取物情况。而这时吴城的第二路民警为了寻找“房东朱”也找到了公安局。原来，朱是一家职业学校的老师，他在学校新购买了房屋并搬去居住，原来的老屋就空下来出租。为了租个好的价位，他在网上发布了帖子，没想到只几天的工夫，就有人打电话给他，是一个叫刘江的人，说在昌城做卤菜生意，想看看他的房，于是双方见面，带着他们去看了房，当即就谈妥，他要求一次性交付三个月租金，说这样免得他经常往这儿跑，他住得远不方便。但其实，他家就在前面一栋楼房里，只一院堵墙相隔，从他家的楼上可清楚地看到这边楼房。他说他奇怪的是这三个人说是做卤菜生意，却从不像一般生意人那样早出晚归地忙生意，而是闭门不出，偶尔有一个人外出一下，也是神出鬼没的，神龙见首不见尾。而且大包小包一次买很多东西。出于一般出租户的心理，他想多了解他们一些，所以有意识地记下了他们的车子牌照：尾数是166，可是两天后，他发现他们换了另一副8811的号牌，这让他大为不解。于是对他们特别留心起来。这一下更他让不解了，本来楼前的空地是大家争着要停车的地方，可是，他们却从不停在楼前空地，总是停在离楼房较远的巷子口处，那里却不在他们的租屋窗户能看到的视线内，这不符合一般有车一族的心理，所以就留了心，有时悄悄地到这边楼道来看看，却总是听到里面传出嘭嘭声，他不理解这三人究竟在里面干什么，于是找了个由头敲开了门，发现他们竟在里面练拳击。他想象不出他们究竟是干什么的，但想到房屋出租的租金不少，也就懒得去多管闲事了。朱老师在讲述时有意隐瞒了他多要停车费的事。

朱老师已经应昌城公安的要求，多次打电话给三个房客，但他们的手机始终没开。为调查楼上大块头被重伤一案，朱老师用备用的钥匙打开了出租房门让民警检查。他们发现客厅的吊扇卸下来换上了沙袋，把另一室的床铺挪到了一个房间。此外，有一些没来得及带走的物品、日用品，全是三套，还有一些酒和食物。

两路民警把房屋及这些物品全部拍照，连同大块头被伤害的现场物证、调查笔录等全部打包带回了吴城，交给了辛欣。

辛欣握着吴城民警的手说：“你们辛苦啦。还有南河的民警，真是太感谢你们了。”吴城市的民警说，“换作你们不也一样嘛。”南河市的女警小白说：“清网追逃的数字可得算我们一个啊！”肖潇笑着说：“当然要算，这是跨省的逃犯，部里可是要加分的哟！”辛欣笑道：“你们各算一个，还有一个牛小磊，孤家寡人的逃不多远。我们肯定很快就会抓到。”

倪淼从号子里被带出来时，看见胖子已经站在角落面向墙壁在更换衣服。他也脱下了在号子里穿的特制的黄色的马甲，那上面写有“吴城一看”四字，他们穿上了进来之前穿的自己的衣服。“倪淼。”一个声音在他耳边炸响，这个名字这么熟悉，已经很久没有听到了，有点隔世的感觉。自从那次在南河待了一夜后，拿到了新的身份证，他就成了刘江，瘦猴牛小磊就成了夏俊雄，而张细吆胖子则成了张幼林。三个人的假身份证在吴城市吴城派出所被民警收走了。但他和胖子关进这个“一看”时，还是用的这些名字。所以猛一听到“倪淼”，他的脑子像突然断了电的电脑一样瞬间一片漆黑却有噼啪的电流炸响，随即汗就下来了，全身瘫软。

再次见到那个熟悉的女人时，是在一间挂有监视探头的狭小房间，倪淼听到有人叫她辛队，果然，她是警察而且还是个队长。这么线条柔美的女子怎么会当上警察呢？当初她在市政府那帮助接待信访人员时态度还是那样的和蔼可亲，可是现在却是这样的严肃冷峻。他得承认自己识人的不准了，桃子当初那么爱自己最后不也背叛了自己么，这世事变化太快了。辛队让他讲犯案的过程，他想，还有什么好讲的，你们都已经清楚了，不然也不会千里迢迢追到这里来。

你知道后来又发生些什么事吗？辛队话中有话地问。倪淼说：“不知道，我只知道夺妻之仇不可不报。”辛队盯着他看了五秒钟，然后说：“姚福明裸身暴死引得邻居议论纷纷，姚福明的妻子，一个年已半百，儿女均已成家的女人，本该尽享天伦之乐的家庭妇女，因为你犯的罪，你残忍的抛尸行为，使得这个没有多少文化的妇女因不能忍受这样的羞辱上吊自杀了。而桃子家……她们全村，强烈要求一定要将你绳之以法，因为她父亲得知女儿被女婿所杀，心肺病突发去世了；她弟弟拒绝用你送去的钱换肝，也许还因为后期的抗排医药昂贵，总之，也就在前几天离开了人世，只留下母亲一人，已经哭瞎了双眼。好端端的一个家，一个竭尽全力供出了一个女大学生、引得全村人都艳羡过的家，就这样毁了。还有你的父母亲、儿子……"

辛欣的话倪淼已听不进去了，胸口剧烈地疼痛起来。那时，他只想雪洗耻辱，一走了之。桃之夭夭，它演变成了另一个意思：逃之夭夭。只是他一点也没觉出它的诙谐之意来，相反，一种苦涩的疼痛漫过了他的心胸，将他彻底淹没。

谁予解惑

一

那个有着明眸皓齿的性感卡通女孩已经和晨曦的身影合二为一了。

风含情，水含笑，笑靥如花的晨曦向自己走来，红艳艳的嘴唇花瓣样绽开。她伸出了莲藕般的胳膊揽住了自己的颈项，紧紧地……

紧一点，再紧一点，晓阳止不住地要让自己的颈项被箍得更紧一点。终于，晓阳的心脏如征人的战鼓擂得一阵紧似一阵，好似有层叠不穷的浪涛挤压过来，堵在峡口，堵塞了他的喉管、胸腔，堵得他每一根毛发都竖起，仿佛天际边隐隐的滚雷，连珠炮般袭来，由远及近，一阵紧似一阵。最后，那窒息的战栗终于来临，闸门大开，洪水猛兽般冲出牢笼，一泻千里。晓阳瞬间瓦解，像被吸干了汁液的包装袋，空了瘪了瘫痪了。汗液乍出，像出了冰箱的芭蕉，体表立时结满了水珠，肉身却委顿而怯懦。

心却无比畅快。

哪怕晨曦莫名其妙地神出鬼没、心事重重地神龙见首不见尾；哪怕晨曦对自己公主般高傲，眼不斜视，目空一切。哼哼！哈哈……

五点半钟，学校打扫卫生的老头刚来上班，就发现出事了。

尸体脑浆迸裂，眼睛被一条红色丝巾蒙住，头东脚西俯卧在教学楼的中门门楼前，身下是一摊艳红的血迹，如飘落的巨型玫瑰花瓣承载着那刚刚离去的年轻生命，刺目而摄人魂魄。

死者应该是本校的学生，十五岁左右。小小年纪，又是女孩，这样惊心动魄的死法，如黑云压城，惊愕和恐慌迅速攥住了早到的每一个人的心脏。

矩形的教学楼八层高，有东西中三个楼梯门洞。越过操场上那座大型雕塑“希望之星”，300 多米开外，就是学校的大门，已经有早起的孩子骑着单车进校了。雕塑“希望之星”是几颗连在一起的红心，散发着金色的光芒。那光芒是射线状的金属铸成，学生们背地里都叫它“万箭穿心”。

警察正有条不紊地勘查着现场。

围观者只有几个早来的职工和晨练的老师，大家被眼前的景象惊得身子收缩紧绷，还是忍不住小声议论：“小小年纪能有什么过不去的坎要走这条路啊，一定是被人谋害的。凶手在推她之前竟然还把她的眼睛给蒙住了，既然要杀她，为什么不让她目睹自己的死亡过程，那样岂不是更毒辣？这只能说明，这孩子是被骗或者趁她不备推下去的，好狡猾啊。或许事前还给吃了迷幻药的呢。”

然而结论总是出乎人的意料。

白净儒雅的中年男子吴校长，显然被眼前的情景震慑了，每一根毛发都支棱着，不停地用手扶着滑下的眼镜，谁说话他就竖起耳朵去探听，高度紧张又不知所措的样子。女警辛欣问他：“能不能停半天课？”他仿佛突然从混沌中惊醒，忙着吩咐手下的人去通知。一旁的教研室主任马上说：“好，好，我去安排。”顿了顿又面有难色地说：“任课老师都是一堂赶着一堂的上课，还巴不得多占自习时间补课的，只怕……能不能……”他谦卑地选择着语言怎么表述——尽量不停课，你们勘查到什么时间我们就什么时间开课。

早到的学生被保安挡在了校大门外。

法医悄声对辛欣说：“符合高坠死亡特征，最后结论还要进一步检验。”辛欣说：“动作迅速点，学校早自习开始的时间是六点半钟，孩子们看到这吓人的场景会恐慌。尽快转移尸体，清理现场。我们先上楼去看看。”

教学楼的顶层是空旷的露台，那里寂寞地躺着一只双肩背书包，书包底下有一页从作业本上撕下来的纸，上面写着：“爸爸妈妈，我对不起你们，永别了。小曦。5 月 31 日。”竟是一封一句话的遗书！自杀！可是，她的眼睛上蒙着鲜红的丝巾却是那样刺目。

露台女墙是泥沙浆的表面，才一米高，能够轻易翻过，经仔细检查，没发现可疑痕迹。

学校的监控录像正好录下了昨天中午十一点五十分放学时至今天凌晨清洁工来上班时的全部情景。昨天中午放学铃响后，像泄洪的闸门打开，同学们从各个楼层的各自教室涌出，涌向东西中三个楼梯口再向下蠕动。唯独一个人从六楼的楼梯口逆着人流向上走，一个人进入了顶层的露台，这个人就是晨曦。

“你确定再没有任何人上到露台去吗？”辛欣问，刑警肖潇说：“辛队，我知道你怕那帮家伙们粗心，我亲自跟他们一起反反复复看了无数次啊。确定再没别人上平台。”

“就是那个时间段？”辛欣问道。

“当然不是，反推到前天上午放学之时，从 11 点 50 到下午 5 点再到昨天、今天凌晨 6 点。共 42 个小时的时间。”

“然后呢？”

“她一直没下来。露台上没有探头。谁也不知她一个人在那上面干了什么，想了什么。”

“之前会不会有人在那里等着？”

“不会，打扫卫生的老头说他在昨天的上午还上去换过那上面插的彩旗，有的已脏污破损了，影响观瞻。他没看到一个人，这些都在监控视频中有影像。”教学楼四面空旷，不可能攀爬而上。

一株含苞待放的花蕾就这样夭折了，根据辛欣的经验，调查结果基本能判定是自杀行为，至于双眼被红布蒙住，则是跳楼自杀者的一种独特行为，以往的个案中也不乏此类情形，有的说是可借此翻身重新投胎换骨，有的说是图个吉利，有的说是为壮胆。有一首歌唱道："那天是你用一块红布，蒙住了双眼，蒙住了天，你问我看见了什么，我说我看见了幸福"。追星和盲目模仿是这个年龄孩子的最大特点。针刺心尖的疼痛使女警辛欣的额头汗水涔涔：据说 7 岁和 15 岁是人生的两个逆反期。

二

今天可能也会迟到，迟到也无妨，反正早自习又是英语占领了，一二节课也是英语。那个离了婚的风骚的英语女老师据说正在热恋中，所以上课像饥荒年代遇救济，不是饿死就是撑死。不然，前两天的英语课怎么都改成了自习？拉下来的课又在接下来的自习中找补。热恋还能从她昂首挺胸的样子看出八九分，薄薄的白衬衫下面显眼地印出了乳罩的形状，已经兜不住地颤抖着，沉甸甸地，那是受到刺激的雌激素"雌赳赳气昂昂跨过男人河"吧。

昨天第三节课时，班主任刘老师走进教室，打断了正在台上声嘶力竭唾沫横飞的英语老师，非常严肃地说："晨曦同学，请你到我办公室来。"

大家都知道晨曦要挨批了。晨曦昨天上午又迟到了。迟到了，挨批也不兴这样大张旗鼓的呀，本来，老师叫个别同学去他办公室也不是什么稀罕的事，稀罕的，是刘老师那严酷的面孔和冷若冰霜的声音，还有通牒完毕后转身离去的决然神情，仿佛第三次世界大战开战了。教室里一下子鸦雀无声，像暴风雨来临前的沉寂。所有的目光都聚焦在惶惶往外走的晨曦身上，只等她的身影在教室门口一消失，压抑的议论声便止不住地泛滥开来。晓阳担心刘老师也会这样对待自己。

那时，望着晨曦神不守舍地低头走出去，晓阳的心也悬起来。她犯了什么？不容多想，英语老师已迅速重启了那高亢刺耳的轰炸，她能视即将来临的暴风骤雨如万里无云，说明她心里只有升学和中考，没有我等的疾苦。

晓阳不喜欢英语老师，她总是布置那么多的单词和段落要背要记，除了课文要求的之外，还要额外增加一大堆又臭又长的生词，让晓阳伤透了脑筋地死记硬背，最后还总是猴子掰玉米般丢得多留下少。她这是打着中考让我等顺利考入重点高中之名，谋着为自己争先创优多拿奖金之实，把我等少男少女们全当作鸭儿来填了啊。可是晓阳又不能不羡慕她，因为，她不仅是可以挣钱自由花，更重要的是可以自由恋爱，恋爱自由。结过婚又离了的人还可以自由恋爱，甚至不停地更换对象，远比未离婚的自在逍遥；而从未恋爱更未结婚的人却处处受牵制受约束。什么身心没有发育成熟？古人的二八妙龄，豆蔻年华正是男大当婚女大当嫁的好光景。时代进步了，婚龄推迟也就罢了，但恋爱却被禁锢得如洪水猛兽，这些所谓的成年人，竟全然不懂堵不如疏的道理。

对英语老师，除了那些不喜欢的因素外，更重要的是她的性感太浓烈，熏得人头昏，对了，那个“朱门酒肉臭”的臭字，老师竟然说是香味的意思，古人真聪明，那大约也是香得太浓烈了，受不了，就感觉如同臭一样吧。过犹不及呀！所以，把握分寸，尤其重要！

晓阳喜欢的是晨曦那样的清新自然美。晓阳不由得摸了摸自己的脖颈，那里有一条尚未消失的粉红印痕。

晨曦，那才是巧笑倩兮，美目盼兮，丰满而娇俏的身材紧绷绷的，结实挺拔，绝不摇摇欲坠、晃昏了头。每次，晨曦从身边走过，那隐约的青草香，就让晓阳的心怦怦直跳，那次她突然问同桌的女生：“咱们班上谁是射手座的啊？”那同桌反问：“怎么啦，是不是射手座是你的命中白马啊？啊……你掐我干什么啊？”然后就传来一阵掩饰的坏笑。晓阳不回头也能感知，她们两个趴在桌上互相做怪相了。晓阳的胸中就有千军万马在奔腾：我就是射手座，前天填写毕业生登记表，晨曦顺带着帮我把填好的表递到班长手里，只要一眼，她就能看到我填写的内容，那上面第一栏就清楚明白地写着自己的出生年月日，她当然已经知道了我是什么星座，那么说是故意问的？那时晓阳硬是不敢回头，连身子也僵住了不敢动弹，耳朵支棱起了长毛，却没有听到下文，原来，讨厌的英语老师进来了。

可是，晓阳似乎感觉，晨曦喜欢的是一班的林旭。他不止一次地看到过晨曦主动找林旭说话，借学习资料啦，借课堂笔记啦，有时甚至就是没话找话地说些“放学啦”“回家啦”的废话。以晨曦的高傲，多少人在她眼里都是视而不见的啊。

林旭那小子确实逗女生喜欢，人长得帅不说，成绩也特棒，考进市重点高中肯定没问题。但是，晓阳控制不住自己对晨曦的喜欢，又因为这样的没把握，所以只能藏在心间，就像一首老歌唱的：I love you more than I can say。可是这句话的直译该是：我爱你远比我说出的多嘛，怎么会译成了爱你在心口难开？信达雅！雅得如此契合我心，那译者也是尝尽个中滋味的钟情人吧。

学校门口居然聚集了那么多的人，那个林旭居然也在门口，一脚踩在自行车踏板上，另一脚支在地上，双手扶车把，背上的书包隆起来像座小山。那小山也压在每一个同学身上，一压就是十几年，齐天大圣压在五指山下500年，可他有长生不老身啊，我等寿不满百，却要被压十几年，这比例如何能比？救苦救难的观世音啥时才能显灵呢？

晓阳左顾右盼，最后把目光盯在林旭身上。“可恶，”晓阳在心里骂了一句，他可是真帅啊。网上流行“羡慕嫉妒恨”，这说法，太有才了！

晓阳捏死车刹，也将一只脚支在地上，问旁边一个戴眼镜的同学怎么回事，眼镜说：“不知道，就是不开门，说要过半小时后才能开。这下好了，不用再找迟到的理由了。”

三

吴校长注视着现场勘查的每一个民警，每一个动作，每一句话。他不时摇着头叹息一句：“唉，现在的孩子们怎么这样？怎么能这样！”

班主任刘老师等到辛欣和肖潇在另外两个老师的椅子上落座后才小心翼翼地落座在自己的椅子上，腰背挺直。他沉吟片刻后才说："晨曦这孩子最近思想情绪确实很低沉，成绩也直线下滑，也没听说她与谁有什么过结。"

五十多岁的刘老师厚厚的眼镜片后是一双肿胀的金鱼眼。金鱼眼在自己的办公桌上游来游去，他的办公桌在最里头，黄色长方形老式条桌的抽屉已关不严实，一把挂锁生生地把它铐在了桌体上，却还极不情愿地呲着长长的缝隙。桌面上排满了一摞摞一尺多高的作业本，沿着桌边排成一个凹字槽，刘老师就是在那最低端的槽子中伏案批改作业。这间十几平方米的办公室竟放了六张同样的桌子，而且每张桌都是同样的破旧，同样的挂着锁，同样的桌面都被课本砌成了凹字形。

刘老师曾获得全市中学十大优秀教师称号，他停了停，见警察没说话，又接着说："马上要中考了，大家都忙着复习功课，但她似乎有点心不在焉，不仅经常迟到，还旷过两次课。我找她谈过两次话，想问问她是不是遇到什么事情了，可是她总是低头不语，正想着再找她家长的，不成想就……唉。"

刘老师的话其实打了很大折扣，他昨天当着全班同学的面批评了有女生给男生写情书的事，虽说没有点名道姓，但是他紧接着就叫了晨曦到办公室去谈话，那其实就是故意的，是清楚明白地昭示大家他的话就是有所指的，因为他的确非常气愤，在这种关键的时刻，大家都铆足了劲恨不得一分钟掰成两分钟的时刻，这个晨曦竟然有闲情逸致来给男生写情书。自己无心学习也就罢了，居然还要影响别人，这不仅仅是拿自己的前途开玩笑，也是拿别人的前途当儿戏，还把老师们平常苦口婆心的老生常谈全当了驴肝肺，是可忍孰不可忍！一旦恋爱成风，何谈升学率，何谈教学秩序！所以，找她去办公室单独谈话真是太给她留面子了，那么，故意地用欲说还掩的方式来个敲山震虎又有什么错呢？想不到的是，这个女生竟然会用这样激烈的方式来抵制，说明那天的思想劝导工作全白做了。虽然也确实让人心痛，但毕竟是——这样陷我等于不仁！太意外了，太让人震惊了。所以，批评她的事是不能让警察知道的，同样也不能让她的家长知道，刘老师想：还应该找何老师说说。

刘老师沉痛的神情中有一丝犹疑，但他似乎再也谈不出别的情况了。可是那刹那间的犹疑却让辛欣捕捉到了。有什么不可明说的事吗？辛欣心里好生奇怪。

一共是七门课，班主任刘老师带语文，其余还有六位任课老师，除了英语老师请了假没能及时找到外，辛欣和肖潇又找到了其余五位老师，体育老师说："我的课本来就安排得少，两周才一节课，还总是被别的课占了，虽然中考也有体能分，但平常的分数占一大半，这就好办嘛——"他欲说还休地深长意味，辛欣和肖潇都懂——所以，对晨曦同学他基本没啥印象。生物老师根本就不太记得这个叫晨曦的女生，他们同时教几个班的课程，铁打的教室流水的学生，他说："不是特别突出的学生，不可能都记得姓名。"有一个老师觉得晨曦这名字起得好听，所以对人有一点印象，另外两个老师分别说了他们对晨曦的看法，总之，晨曦是个很平常的女孩，最近一段时间却反常的迟到旷课，萎靡不振。大家都以为是备考太累，也没太特别注意。

一出校门，辛欣就感叹说："学校的办公条件居然还是这么挤，这么狭小的办公室里挤了六个老师。"肖潇却不以为然："这才是聪明之处啊，办公嘛。你没见他们临湖那边的家属楼吗？都是复式的花园洋房呢。"

辛欣嘘出一口气："是啊，老师可比咱当警察的强多了。"肖潇羡慕地接道："就是，课余时间的补课、一年两个寒暑假、听说不少学校还组织老师集体出外旅游呢。"

"还有哇，你注意到老师们喝水的杯子了吗？"

辛欣想起刘老师的"凹槽"中果然是有一只特别的杯子，是那种广告做得正火的保健杯，而且，几乎每个老师桌上都有一个这样的杯子。辛欣一直就想着要买一个这样的杯子，后来因为太贵，而且它宣传的保健效果也是看不见摸不着的，感觉有点不值，就没舍得买。

辛欣说："老师们还是很讲究生活质量的。"

肖潇说：“那当然，现在这么好的社会，这么好的生活，谁不珍惜生命，热爱生活啊。”

肖潇这话说得太夸张，特别是那“热爱生活”一词，他说得戏谑而俏皮。不知从何时起，这词已经成了情欲亢奋的代名词了。该打！辛欣斜他一眼，在这样的时刻、这样的场合，说这样的话总有点亵渎的意味。可是这话也让她想到了另一层意思，十四五岁的少男少女，正是情窦初开的年龄，他们遇到一些情感的问题也是很正常的，但如何引导消解却是个问题。

辛欣和肖潇又围绕着教学大楼走了一圈。

肖潇把车刚启动，辛欣突然说：“停一下停一下，我还是先去趟卫生间吧。”肖潇踩下脚刹，回头望辛欣笑，辛欣说：“是！女人嘛，当然事儿多。”

从卫生间出来的辛欣再次经过初三年级英语教研室时，看到刘老师正与一个三十多岁的女老师嘀咕什么，神情紧张而焦急。正不知该不该走过去，刘老师却主动叫了声：“辛队长你还没走啊？”发现自己话说得不恰当，却又不能改口，就尴尬地站在那里。待辛欣走近了，又像是突然想起什么说：“哦，这就是何老师，是代他们英语课的何老师。”

“哦，您不是请假了吗？”

“啊？刚回，刚回！”何老师像是突然反应过来一样，夸张地说。

何老师刚刚三十岁，丰腴健硕，说话夸张，夸张得说话时脸就涨得红红的，显得很费力。据说外语专业的人声音都是有穿透力的，嗓门高而尖利。何老师说的情况跟其他老师说的没什么两样，她与刘老师一样有着欲言又止的犹疑。不同的是，她不像刘老师那样字斟句酌，她更多的是表达自己的惊诧和害怕。她说：“我昨天就请了假说今天去看家具的，这不，刘老师打电话说学校出事了，让我赶快回来，我只得又赶回来了。这个女同学怎么这样呢？不至于啊，怎么就想不开了要自杀呢？”

辛欣说：“现在还不是最后的结论……”正想着该如何表达，何老师惊呼：“啊?！真是他杀吗？谁？谁啊？难怪要把她眼睛蒙上啊？”何老师一惊一乍的，辛欣觉得跟她对话很麻烦。只得又耐心解释一番。说认定自杀也得找到充分的证据，以排除他杀。何老师这才松了口气。可是马上又惊惶地站起来要说什么，眼光刚一接触辛欣却又掩饰地转而去拿桌上的水杯喝水。

辛欣看着何老师，感觉有点不对劲，却又不知是哪里。

四

校门终于打开，大家一拥而入，沿着围墙摆放的自行车整齐而密集，长龙般迅速延伸，像扎扎实实地筑起的一道密不透风的金属篱笆。操场的那边居然停着两辆警车，好像还有警察在那里。又发盗案了吗？那肯定是老师的办公室被盗才会报警，同学们丢个文具复习资料什么的大都自认倒霉了，谁还有工夫去惊动警察啊，就是钱包手机丢了，也都只跟老师说说，找到找不到得看天意了。

停放好自行车，大家不似平常的脚步匆匆，而是好奇地向警车那边张望并互相打探。晓阳一向鹤立鸡群，不与他们一般聒噪，却也被几个跳进耳朵的字眼刺得全身激凛：“跳楼”“死了”。待他转身去想听个明白，那人却瞟他一眼立即闭了嘴。其他的人也像得了禁令般自我撇清地左顾右盼。晓阳就懵懵懂懂地被人群推挤着上了楼。

已经是第二节课的时间了，晨曦居然还没有来。老师们也都没来，连刘老师那严肃的身板也未出现。像上好发条的钟摆，大家都习惯性地拿出书本放在桌上，但没人真看，大家你看我我看你，惶惶的不知该干什么，都等着老师来解谜。

但老师一直没来。一天都不上课才好呢，晓阳刚刚疑惑的心稍一安定就有点幸灾乐祸，他东瞧西望，想从别人脸上看出点什么，可是大家也都紧张而莫名其妙。当他瞥见了走道上的两个老师时，他难得的小小庆幸“嗖”地无影无踪了。

那两个老师站在教室门外小声嘀咕着什么，神情绝不同于平常的私房话，他们的眼光不时地潜入晓阳所在的教室。又有两个老师藏着身子把头探向教室来向里面张望，刻意地躲避着怕被人看见。

难道与咱们班有关？是的！那警察与咱们班有关！而且绝不像是谁被盗了那样简单。“跳楼”“死了”？这骇人的字眼刚刚还只刺疼了耳膜，现在一下子就冲进了心房。谁？晓阳不由得环顾全班。晨曦？她的位子空着！晓阳的心怦怦怦地乱马齐踏。

昨天上午她也是姗姗来迟地走进教室，从前粉嫩的脸变得灰暗无光，眼睛也浮肿着。这可不是开夜车擂功课的症状，班上开夜车的人多的是，睡一夜早上起来照样精神焕发，了不起留下黑眼圈，却少有眼睛肿成这样的，一看就是一夜无眠而且备受折磨伤心流泪过的样子。一向活泼的她，这一段时间却总是这样心事重重。老叹着气嘀咕说要是考不上重点怎么办，却又全不像别人那样分秒必争地用功。那天上数学，数学老师有两次很不满地说：“有同学还能打瞌睡啊，这么紧张的时候还有心情打得起瞌睡啊。”同学们就笑。张兵说：“她是晚上开夜车了。”李文说：“怕是约会去了吧。”众人又是哄堂大笑。晨曦被笑声惊醒，脸上纵横交错的压痕被涎水涂得亮晶晶的，她还瞪着双迷离的眼睛莫名其妙地环顾四周，又引得大家乐不可支，张兵就夸张地趴在桌上抽搐起来，碰翻了文具盒，被晨曦抽回的脚撞出老远，一阵噼里啪啦响，大家又转而笑他。数学老师气得把讲台拍得灰尘四起。

反常的是她除了精神萎靡外还有点神出鬼没。一到自习课她就像鬼魂附体般，悄无声息地失了踪影。这哪里像个为中考着急的样子呢？晓阳就只能猜想她是被老师叫去了？厕所排队耽误了？小卖部等着开水冲奶茶了？可是，有好多时候她一直要等到下午甚至第二天早上才来上课。

昨天的三四节课晓阳一直心不在焉。先是晨曦被刘老师叫出去，直到放学铃响后，他们才先后返回教室。那时，晓阳正念叨着：“四节课，真难过，肚子饿得咕咕叫，就是不下课。”好不容易听到了放学的铃声，何老师骤然变了脸说：“大家等一等，刘老师还有事。”果然刘老师踩着铃声就进来了，最怕的就是末节课拖堂，怕什么就来什么。何老师看到刘老师进来，刚刚还讲得泛红的脸立时现出了愤懑之色，她一言不发地站在一边，仿佛家中物品被偷，正等待着对小偷的处决，刘老师还是那种严肃冷峻吓人的表情，刘老师说："最近，咱们班上有一种不好的苗头啊，在学习这么紧张的时候居然还有女生给男同学写情书，这不仅仅是对自己不负责任，也是对别人的前途不负责任，中考已进入倒计时，这时居然有人跟男生写情书！这就像大战在即时的扰乱军心，在古代是要治死罪的，现在虽然够不上治罪，但也是个道德品质问题。自己不想学习就不要影响别人。等你们考上了心仪的大学，什么样的爱人找不到呢？急什么嘛，心急吃不了热稀饭。希望大家引以为戒，把心思用在学习上，用在最后的冲刺上来。放学！"

当时何老师满脸的鄙夷。晓阳心里怦怦直跳，幸好自己从来没有把心思向谁表露过。原本是羞于表露，没想到还保护了自己。这个女生真够大胆的，谁啊？晨曦！两位老师明显是事先串通好的，这时来说这个，就像是专为刚刚叫出晨曦作注释样。晓阳感觉全班人的脑子里都出现了晨曦的身影。

等大家都离开教室后，晨曦才低着头从后门走进教室，她显然是哭过的，眼睛更红更肿了。故意走得迟一些的晓阳看到了她，想过去安慰一下，却又不知说什么好，正犹豫间，她却拿上书包匆匆地离开了。

晓阳忧心忡忡地背起书包去车棚，想着在那里还可能会碰到晨曦，但是没有。车棚那边，几百辆自行车排列得像一长溜落了叶的灌木丛，枝枝杈杈地围起一堵篱笆墙，永远也长不成参天大树的篱笆墙。我们就这样被圈了三年，晓阳想，中考越来越近，紧张忙碌的气氛越发在波澜不兴中暗流涌动。自己却越来越茫然失措，除了对升学考试的担忧，更多的却是对即将升入不同高中的忧虑。他知道他和晨曦不太可能在一个高中读书了，他下意识地总想接近她，跟她说几句话，而她却总是那么心不在焉。

显然，老师说的那个女生就是她，那么那个男生一定就是一班的林旭了，何老师就是一班的班主任啊。有一次，晓阳主动问缺课的晨曦要不要抄自己的笔记，她明明说了不用，可是转身晓阳就听到她找林旭借那堂课的笔记，当瞥见从身边走过的晓阳，晨曦故意大声说："我想看看老师在你们班上讲的是不是与我班的不一样。"你又没上课你能看出啥不一样？此地无银三百两！晓阳心里很难过，但他装作没事人一样满怀悲壮地走过。

晨曦怎么会看上这么个奶油，这个奶油居然把女生的情书上交给老师，是邀功请赏还是炫耀能耐？真不是个东西。

昨天整整一下午，没有看到晨曦来，直到今天、现在。出事的肯定是她。

晓阳呆在那儿，心被乱马践踏着。

五

晨曦的叔叔婶婶还有小姨围着晨曦的妈妈坐在晨曦的床边，丧女之痛让这个三十七岁的女人瘫在床上伤心地只念叨着一句话："我可怜的孩子，妈妈不该打你啊，你早上还没过早就去了学校，到走了，还饿着肚子啊。"

辛欣和肖潇在另一间屋子分别找他们中的每个人谈话。亲戚们的叙述，让事发前一天的一件事的轮廓呈现。

晨曦的父母是多年前从农村进城来的打工族。几番打拼在城市站稳了脚跟，不仅有了可让一家人衣食无忧的面馆，还买下了这个公寓的一套楼房。

每天走在灯火阑珊的绿荫道上，晨曦妈妈的心情都是舒畅的，多年的打拼终于在这个人口拥挤的城市占据了一席之地，让她在回乡下时赚足了面子。门店虽是租来的，但地段好，夫妻二人的手艺也了得，夜市一直能持续到凌晨两三点钟，客人多时，忙不过来，他们就请了三四个帮工。指望着孩子们大了有出息，日子会越来越好，他们设想将来要买下一个自己的门面。主厨和收银的事都是夫妻二人负责，所以晚归已经是他们多年的生活规律。

前天，一个客人拿了张百元大钞来打包一碗牛肉面，正好另一个客人要加一份牛肉，就这一打岔，她发现那票子是假钞时，食客竟已经走远了。一百元啊，抛开成本和辛苦费不算，等于白做十碗牛肉面啊。哪里的钱不好骗，偏来骗我们这小本生意人家。所以她这天心里很郁闷。这一段时间丫头也好像总有什么心事，有一次她莫名其妙地说有件事情想跟妈妈说，但那会儿她正忙着与一个送面粉的老板讲价钱，恍惚听到晨曦说了句："班上有个女同学可能怀孕了。"她的第一反应就是："你要是也那样，看我不打断你的腿。"所幸丫头后来就进了房间去看书去了。送走一拨客人后，老公让她先回家看看。

果然晨曦还没回家，学校是九点下晚自习，晨曦应该是九点一刻就可到家，都十点半了。她心里的担心和烦躁与时俱增。

直到十一点晨曦才回来，一进门就要把自己关进房间。她紧跟了进去问："怎么这晚了才回来？"

"跟同学说事去了。"

"说事要说这么晚吗，不知道家里担心吗？"

"不用你管！"

"这是什么话！？"

晨曦却趴在床上不作声了，任她再说什么，只当她是空气，她就有点生气，但还是忍着："别的同学都在争分夺秒的用功，你还花大把的时间跟人聊天啊！莫不是你也恋爱了？"晨曦烦躁地说："没有没有。"

她放下心来，说："跟你说啊，你要是像你那个同学那样就别回来了。我们丢不起那个人。"

晨曦捂住了耳朵："好了，知道了！不用你管了，我想一个人待待，你出去吧。"

她更生气了，想说自己这么辛苦还不是为了供她姐弟，晨曦却不等她开口就说："我知道你要说什么。你不就是为了在大妈和小姨跟前显你们能吗？要是真能就不用这样逼我，拿钱就可以买进重点高中。"

"买进了重高还能买进大学吗？买进了大学还能买到好工作吗？"

“怎么不能?”晨曦嘀咕。

她气得跺脚:“你以为挣钱容易啊?”

“那好,我不用你们出钱,考不上重高我就出去打工好了。”

“你打工能做什么?好,你能,我管不了你啦。”

她气得走出了房间,等她把外面屋子收拾了一遍后,悄悄来到晨曦房门前隔门探听,居然传来噼里啪啦的键盘声。她一口气堵在胸口半天了,终于忍耐不住,径直地闯进去,晨曦大声喊道:“你干什么啊?进来也不敲门!”

“我是你妈敲什么门!是不是又在聊QQ?”说着她已冲到电脑桌前,啪的一声关了电源。

“你干什么啊!”

“你还有时间聊天啊!”她气冲冲地,刚要转身离开,“啪”的一声,晨曦又按通了电源。

憋了一肚子的气一下子被激发,她反手就给了晨曦那丫头一巴掌:“一个女孩子家不上学能干什么?靠聊天能吃饭?打工也得先学好本事!”

就这样,第二天一早上学前,晨曦连早餐都没吃就走了。没想到晚上又是一晚没回,她以为晨曦到同学家去了,从前也有过这事,可是今天就接到了她死亡的消息。

这孩子从小看得娇,总没这样下手打过她,就这样,她还说父母重男轻女呢,但无论如何,也想不到她会因为这去跳楼啊。母亲几乎快哭昏死过去。小姨却说,不管怎样,她不相信晨曦会因为母亲的打而自杀,坚决要求公安机关查明真相,找出凶手。姨父和婶婶也你一言我一语,最后他们达成共识是:学校对放学后学生仍留在学校没有按时回家有监管不力的责任,他们要状告学校。

肖潇问:“你们知道她都在网上与什么人聊天吗?”

母亲摇头,说:“忙的时候,我们早上出门,她姐弟还没起床,我们收工回家,她姐弟已睡下了。再说,她也不让我们知道。总不是同学啊朋友的,还能有谁呢?”

肖潇问:“辛队,我们要不要把她电脑提回去查查?”

辛欣想了想说：可以征得家长的同意提取它。

六

吴校长召集学校中层以上领导开紧急会议，几个小时的折腾就把他原本苍白而瘦削的脸变成了一张满是焦虑和疑问的试卷，他往那张铺着蓝色幕布的长方形大桌前一坐，周围的人就都噤了声，这张大长方桌其实是一副乒乓球台不务正业地顶了会议桌的职，反正早已多年没人来打球了，废物利用，也免了它的失业。

吴校长要求大家统一思想，统一口径，对晨曦同学的死一是做到在公安局最后鉴定出来前不张扬，如有询问的就告知公安机关最后会得出结论，不可胡乱猜测。二是要相信学校是没有责任的，理由是监控录像显示晨曦一个人上顶层，时间已经是放学之后，不在老师应该监管的时间范围内；再则即使有被人谋害之嫌，那也是个人行为，等公安机关捉拿归案后那人自当承受法律的制裁。三是要协助做好亲属的安抚工作，无论学校有无责任，都要尽量做到人道主义关怀，向教育局打报告拿出一定的抚慰资金来安抚亲属，同时学校出资三千元作为该生的安葬费。四是要教育好学生爱惜生命，无论遇到怎样的人生坎坷都不能拿生命作代价孤注一掷。五是要最大限度地消除影响，集中精力搞好教学，力保同等学校重高升学率第一的名次不因此事件而旁落。吴校长的话还没讲完，就被教育局一个电话叫走了。

同学们一个一个地单独被叫到了老师办公室，最先谁也没有注意到，好像是刘老师来班上转了一下，刘老师是班主任，他在班上转悠是巡视、是尽职尽责、是经常的事，所以没有人注意到异常。接着就是班长出去了，大约几分钟后，班长回来，又把学习委员换了出去，隔几分钟换一个，一个接着一个，出去了七八个人，每个回来的人都神情肃穆，还有抑制不住的惊惶。然而，没有人换晓阳出去，出去的都是班干部，晓阳不是。

但是首先察觉到这种异样的是晓阳，大家都还在埋头复习，他却心不在焉，满脑子里都是晨曦的身影，这时刘老师进了教室，满以为他会讲到学校刚刚发生的事，刘老师竟走到晓阳身边用手点了点他的桌面就出去了，这是刘老师叫个别同学出去谈心的惯常方式，晓阳很惊异。

晓阳离开座位，走出教室，半道上截住了涛子，涛子是小组长，他刚刚被叫出去好几分钟，这会正回座位。在教室外面的走廊，晓阳问："叫你干什么去啊？"涛子低头不语，想进教室归位。晓阳一把将他拉住，涛子不得已说："跳楼的是晨曦，已经死了。"晓阳心中乱踏的万马陡然定住，乱糟糟突地变成空荡荡。涛子的声音从虚渺中传来："刘老师让保密，说不能乱说。"晓阳下意识地说："我不说。"

涛子一直很用功，但数学成绩一直中不溜秋，很多作业题都要让晓阳帮他讲解，有时夜深还打电话过来问题目，还有时早自习前交作业来不及听晓阳细讲，就直接拿了晓阳的本子去抄好交差。

涛子看了看周围，没有人注意到他们，才小声说："主要是跟我们个别谈话，说警察可能找我们了解情况，但我听老师们议论说晨曦的死不太可能是自杀，多半是意外，要不就是真的有人推下去的，不然怎么会把眼睛蒙上红布呢？反正老师们谁也没有特别关注过她，也没有发现事前有什么异常……"他顿了顿，尽量又压低了声音，"说昨天老师在班上批评人的话不要对任何人讲，当时并没有特定的对象，批评的也不一定就是指晨曦。老师也是为了同学们好，但是这事要是说出去了，对同学们不好，对学校的影响也不好，好像是学校早恋成风似的，会影响以后的招生，毕竟这也是我们的母校。所以让大家不要乱说。"

晓阳蒙懵地站着，心脏是失了血的空洞。还没缓过神来，涛子已进到教室里去了。

果然，刘老师只是开头问了一下晓阳有没有听到什么事情，又问知不知道晨曦平常接触校外的什么人，确定没有后，刘老师对晓阳说的话就是涛子告诉他的，但是，既是一样的话，为什么要单独把不是班干部的他叫出去谈呢？这本身就是一种特别的意味，难道是涛子对刘老师说了什么吗？晓阳曾经对涛子说过："晨曦这个姑娘伢蛮有味。"涛子就讥笑说："你是不是爱上她了？"晓阳说："你莫瞎说。"还好，从刘老师的谈话中，晓阳感觉涛子没有说什么，涛子就是想说又能说出个什么来呢？

晓阳从刘老师那里回到教室后一会，刘老师又来到了教室，他怀着沉痛的心情向同学们宣布了晨曦的死，说公安机关正在调查原因，请大家不要惊慌，如果问到谁就请大家如实讲出知道的情况。特别是最近一段时间晨曦的表现，比如常常迟到早退等等。说到这里刘老师更加缓慢迟疑。刘老师脸色凝重，语气低缓，连平时讲起课来顾盼自雄的眼光也暗淡而疲惫："还有，这事大家不要在外面乱说，有人问也说不知道，回家也不要对家长说了。当然肯定会有人问起来，在公安机关还没有最后下结论前，大家千万不要乱猜乱说。"

晓阳感觉刘老师在班上说的话与对自己个别说的话有些不一样，对自己个别谈话的意思主要是不能说出头天老师批评过她的话。在班上说的意思则要实际得多。就是我们这些被找出去个别谈话的人不说，别的同学难道就不说实话吗？后来晓阳才明白老师的精明。

猜测终于应验，同学们惊呼过后反倒鸦雀无声。有劫后余生的狼藉在迅速蔓延。刘老师走出去后，有女同学开始抽泣起来。

辛欣带民警分别与几个同学谈话，这些同学全都众口一词，说晨曦在班上没有什么仇人，也不知道外面会有什么仇人，她平常就是一个不多言多语的人，除了长得很漂亮外，成绩在这个尖子班里真是一般，为人也温和，从不与人争执，只是最近一段老迟到早退，不知忙些什么。奇怪的是大家都显得吞吞吐吐，还有点偷偷摸摸的怕被人看到与警察谈话似的。

特别是这个叫晓阳的同学。晓阳虽说才满 14 岁，可是身高已达 1 米 75。漂亮的卷发，浓黑的眉睫，却有化不开的阴郁笼罩着那双黑白分明的大眼睛。他忧郁的眼神与他帅气的外表显得那样的不相称，天气已相当的热了，这孩子却把衬衣的领口扣得严严实实，额头早已亮晶晶一片。辛欣关切地说："热就把领口解开吧。"他却下意识地摸着颈部退后了一步，像是突然受了惊吓，那摸颈的动作又是那样笨拙，倒像是遮掩一样，说：“哦，不，不用。”辛欣不免多问了他几句：“你知道晨曦谈恋爱了吗？”晓阳一时间有点恍惚：“啊？不，不知道。”

他一定是知道的了，辛欣想。

辛欣把疑虑反馈给刘老师，刘老师说，“晓阳同学表现很好啊，非常聪明，成绩也很优秀，倒是有个叫涛子的同学反映他可能暗恋晨曦，但暗恋的事，他自己不承认，我们可管不了啊……现在的孩子，轻不得，重不得的，老师不好当啊。”

法医的电话打过来，说晨曦身上没有任何抵抗伤。至于是否服用过致幻药物导致跳楼则需要解剖，而解剖一般需要家长的同意和配合。现在的调查目的，更多的好像是为了说服死者家人了。

当辛欣把这个情况告诉晨曦的家人时，亲戚们经过了反复的推测商讨，突然醒悟过来一样，他们认为：仅仅因为挨了母亲的打就跳楼，事情绝不可能这么简单，果真这样，这个家庭从前的教育也会遭到怀疑，并且以后的日子，除了伤痛，又多出一份自责，还会伴随着来自各方的苛责，家人还会被以讹传讹成凶神恶煞。

晨曦的小姨说：“公安局都怀疑是有人谋杀了啊，我就说嘛，哪有挨了母亲的打就……就去跳楼的啊？哪个孩子没挨过打啊？”全家的情绪迅速由悲痛转为激愤：“学校怎么可以教育出这样的败类啊，竟然对同学痛下毒手。一定是有了什么过节而实施谋杀。”他们立即就断定是同学杀害了晨曦，并且还联想到了近几年来高校发生的同学之间的投毒案，还有老师对学生的施暴等等，无论如何，孩子是死在校园内的，学校不是教育失职就是监管失职。所以理所当然地，他们除了要求公安机关迅速破案找出真凶严加惩办外，又对学校提出了赔偿要求。

果然，辛欣和肖潇还在进一步调查，吴校长就急急找到辛欣，请求快快派人去学校解围，因为，晨曦的家人已经组织了一百余人将学校的大门锁住了。孩子们被关在校内不能回家，外面接人的家长们个个急得跳脚，刚刚在教育局里挨了训的吴校长，烦闷的心情已超过了先前的沉痛，他说：“中考在即，晨曦的家人虽然令人同情，可是这样做也太过激了。”

七

警察怎么会问他晨曦谈有没有恋爱这样的问题？晓阳注意到警察找的同学，都是那天被刘老师叫出去个别谈话过的同学，晓阳的心里很悲哀。当明白了老师的想法后，他更是悲愤难耐，他向警察说出了心里想说的话。

晓阳真想快点离开学校，早早地回到自己一个人的房间去躲起来，一个人可以无所顾忌地独享心中的悲伤，一个人可以稍稍平息胸中的郁闷，但是刚刚刘老师又把他叫到办公室去了，一再地问他跟警察们说了些什么？晓阳把事情从头至尾复述了一遍又一遍，但是没有说刘老师想知道的重要情节。刘老师又细抠了全部的过程及细节，最后仍然是不信任地像是自言自语地问他：“那警察怎么知道前一天……”他选择着字眼，“晨曦挨批评的事呢？”

晓阳从刘老师办公室出来，涛子就凑上来悄声说：“你怎么能跟警察说前一天刘老师批评晨曦的事啊？”晓阳突然烦躁透顶：“本来就是！个人的隐私，怎么可以当全班人面说女生给男生写情书？”涛子一把捂住他的嘴低声地说：“他又没有点她的名。”晓阳仍扬声说：“你当时不认为那是说她吗？”涛子狠狠地捶了他一下，拉着他快步跑开：“你瞎说什么嘛。”

回到教室，晓阳更不自在了，他看到英语老师好像刚刚在班上对同学们说过什么，起先他还以为她不过像平常一样见缝插针似的来讲几道英语题或是布置个作业甚至突然宣布明天要小考，可是当大家都拿异样的眼光看他，仿佛他与晨曦的死有关系时，他才想事情远不是他想的那样简单。

晓阳的眼光投向一个人，那个明明注视着他的人就立即转移了目光到自己的桌面书本上，可是耳鼻喉及全部的神经却还明明白白跟踪着自己。这让他无从发力、如坐针毡。刘老师与何老师好像是串通好了的，用了调虎离山和釜底抽薪连环计法。可是，老师那天批评的谁，又有哪一个同学不心知肚明呢？老师这样做是想防微杜渐堵住大家的嘴吗？晓阳的心从悲伤转为郁闷。

最后一节课结束时，班长走到他的座位上来对他说："其实老师批评人也是为我们好。"晓阳说："谁说了不是为我们好吗？"班长被噎住，就异样地看着他说不出话来，然后就讪讪地走出了教室。

晓阳心想我不过是对警察说了实话。他烦乱地收拾书本急急地走出教室，他想快快回到家里的房间去躲起来。

学校的大门又被堵了，所不同的是这次不像上午那样保安关住大门不开，而是有家长从外面把门给堵住了不让人进出。越来越多的同学从教室涌向了大门，站在一片嗡嗡嗡的议论声中，晓阳的心里突然有了一点幸灾乐祸：该！他有点愤懑地想。晓阳的成绩一直优秀，分到这个尖子班好像也没费什么力气，他的天赋让他应对起别人需要倍加努力才能弄明白的东西来总是事半功倍，所以他才可能有更多的娱乐时间。他想，大家分秒必争的目的，不过是为了考上重点高中，这对他本来不是难题，但是，连日来的周考、旬考、小测验、模拟考、摸底考，已经让他头昏眼花，更别说那些笨蛋们了。在这难得的不得已而滞留在操场上的瞬间，仿佛密封的闷罐裂开了一丝缝隙得以进来些许新鲜空气，让大家换口气，喘息片刻。

果然，大家知道是晨曦的家人堵了门时，就都茫然又随遇而安般站住了。晓阳不忍看见晨曦的家人伤心欲绝的样子，他低了头站在人群中，心中悲凉地想：晨曦要是知道至爱亲朋这样的痛，就不会那么傻了吧。好死不如赖活啊。人生应该有很多美妙的经历等着我们去体验，不然那么多历经苦难的人还都坚强地活着是为什么呢？虽然中考高考很残酷，考上了重高，高中后还有大学，大学后还有就业，就业后还有升职……一路上的考，一辈子的争，像是没有尽头的路，但是每个人不都是这样走过来的吗？父亲就是这样的人。但是，我将来肯定不会过父亲那样的生活，虽然父亲也找到了他自己的方式消解掉来自灵与肉的渴望。

校门处黑压压的人群越聚越多，终于，来了一批警察，他们先是劝慰，过了好半天，似乎劝慰没用，他们开始一个一个地将家长们连搀带拉地扶到一边。哭泣变成了哭喊，甚至叫骂。然后警察们摆成两排人墙，摆成了一个通道，同学们便一窝蜂地挤了出去。胳膊与书包，车轱辘与大腿，摩肩接踵地挤挤擦擦，磕磕碰碰，但没有人发生争执，大家屏息而快速地挤过警察夹道，心也被亲属的哭声挤压得紧紧缩缩。

晓阳有一种逃出牢笼的感觉。

晓阳还没敲门，妈妈就从里面把门打开了，每天都是这样，今天妈妈更是早早地就等在门边，因为晓阳比平常回来得晚了差不多两个小时，他知道她肯定会打电话到刘老师那里问明情况的，他很厌烦这样的无缝对接，像传输带上的半成品，在规定时间还未到达指定部位，那一定要检修。果然妈妈开始了检修，其实晓阳知道她是早就打电话问明了刘老师情况的，但妈妈的问话让晓阳吃惊，妈妈说：“他们怎么能为这点小事就把学校门给堵了呢？是钱重要还是学生的学习重要啊？他们就没有孩子在上学吗？耽误这么久，再不放人，我就要去学校联合家长们跟他们论理。”

“妈，你说什么啊？”

“我说堵你们学校门的人啊。”

“你怎么能说这是小事啊？”

她从厨房端出了夜宵放桌上说：“快吃吧，都热过几次了。不就是一点征地的补偿款还没到位吗？”

“你知道什么呀？准瞎说的！”晓阳径直走进房间。

母亲有点莫名其妙：“你不吃啊？”

“不吃了！”

“不饿吗？”

“不饿！”房门咔地被反锁上了。

敲门声犹豫不决地传来。

“哎呀，我说了不吃不吃的!”

整个人摔倒床上，突然眼泪止不住地淌了下来，老师也撒谎，竟然对家长们说堵校门的人是因为征地补偿款的事。他用被子蒙住了头。

八

解剖化验的结果让所有的人吃惊：不仅仅是没有发现致幻药物，而且发现，晨曦已经怀有两个月的身孕。民警通过调查排除了晨曦遭受过性侵经历，同时也试探性地问她家里有没有察觉过晨曦的恋爱，晨曦的小姨以为民警会因此怀疑晨曦是感情受挫而自杀，这与她们刚刚认定的有人谋杀太不相符，尽管有遗书，但也可能是伪造或被逼的啊。所以她一口咬定：侄女绝不可能谈恋爱，她虽表面话语不多，但内心是个很清高的女孩，她不可能看上哪个毛头小子，而且每天上下学，也挺乖的，绝对没有恋爱。

好歹说服了家里人让民警把晨曦用过的电脑检查一番。晨曦在头一天情绪坏到极致时还在上网，并且因此与母亲发生激烈争执。那是被什么所吸引呢？

肖潇很快就破译了这个少女的电脑开机和网络 QQ 密码。

“伤痛的心”是晨曦的网络昵称，这个昵称就让肖潇头皮一紧。近期她所浏览的网页很奇怪，除了一些青春期的生理知识外，竟然还有相当一部分是关于引产流产的医院及相关知识，而 QQ 聊天的记录则全部空白，如果保留一些也正常，竟然全部删除，她果然是做好了自杀的准备了，但是疏忽的是好友目录却未删。而这个目录中除了三个同学外，只有一个叫“摧花辣手”的人还未查清。

辛欣说：“那就赶快挂上吧，希望能找到一些线索。”

肖潇把“摧花辣手”设置成唯一可见好友后，就守在机子前。待了好长时间，没发现什么动静，他就给家里打了个电话。然后拿起今天的报纸浏览，习惯性地一摸口袋，发现火机没了，就踱出办公室到外面买了个火机。回到桌前，他吓了一跳，“摧花辣手”的图像竟闪得飞快。原来晨曦把所有的提示音全取消了，当然是防止母亲发现她网聊，可是这台式电脑的键盘声还是让晨曦的母亲发现了她的聊天，所以才发生了争执。

肖潇忙点开对话框，果然就出现了大片的字迹，看来对方比我们还着急。

摧花辣手：“亲，你终于上来了？”

“怎么不说话？”

“喂喂，你还在生气么？”

“你要是还不愿说话，那我可就闪人的啊。”

“算了，不跟你计较，你还好吗？”

“我可真闪的啊？”

肖潇飞快地打字：“我不好。”

肖潇心想得亏没走远，否则又得挨批了。他立即电话向辛欣报告。

摧花辣手：“前晚你话说到一半就突然下线，我知道你是生我气了，我当时也是口不择言，你不要生气，我正在想办法。”

肖潇忍着没动

摧花辣手：“我从家里拿了300元钱，只能这么多了，你再想想办法好不好。”

肖潇在表情栏里找了个流泪的图片发过去。这样既免得文字可能造成的差错，也有多种解读法可圆说。

摧花辣手：我爸妈要是知道了会打断我腿的。我……

对话终止在这里。他们动作真快啊。肖潇暗自佩服。

九

被一阵小心翼翼的敲门声惊醒时晓阳看了看闹钟，已是晚上十点钟了，母亲轻声地在门外问他是否哪里不舒服了，晓阳懒懒地回了声没有。母亲说：那你出来吃点东西。他被母亲的执着催着上了餐桌。以为自己会吃不下东西，没想到那基围虾的艳红和姜汁葱花香醋麻油的浓香一下子就刺激得他胃口大开，这才觉得晚餐没吃果然饥肠辘辘了。

一顿狼吞虎咽后才说："妈，我班有个女生跳楼自杀了。"

母亲吓了一跳："今天吗？为什么啊？"

"不知道，也许认为活着没意思吧。"

"小孩子家不要乱说，什么活着没意思，你们才多大？"

晓阳无语。

"刘老师说是为拆迁的事堵门，刘老师说了谎啊？"

"是的，刘老师他们不会说真话的，他还找我们去单独谈话的。"

晓阳突然不想再说下去，起身回到了房间。母亲则追在后面叮嘱："你不要在外面乱说啊，有人问起来就说不知道啊。"晓阳已经关上了房门。

肯定是没有心情看书的，可是不看书又能干什么，又有什么可干？他下意识地打开了电脑，下意识地点开一些窗口。

那个有着明眸皓齿的性感卡通女孩带着欢欣的笑容跳了出来，晶莹的大眼睛向他抛了一个媚态十足的眼神。原来晨曦并没有跳楼，她是带着她的灵光与娇媚飞向了太空，飞向了神奇的灵芝国，化作了这神奇的性感女郎。晓阳不觉全身为之一震，伤心、孤独与哀痛都消散了，血液也慢慢在全身流动，像冰冻的河流开始消融，一点点，一片片，直至周遭春回大地，万物萌动，潮水汹涌……

那个有着明眸皓齿的性感卡通女孩已经和晨曦的身影合二为一了……

快一点，再快一点，晓阳踩在踏板上的腿脚不断加劲，可是明显地感觉人有点恍惚，笼头稍一歪，差点撞上行道树。昨晚太疲劳了，搞不好又会迟到，想着迟到挨批的情形，不禁再次加快脚踏速度。

还好，远远地望向教室，没有哨兵样站在门口对迟到者吹胡子瞪眼的刘老师。晓阳脚步匆匆，正要从正面进入教学大楼，却又触电般从“万箭穿心”处拐向了东边一侧，那中间地带带给他的是锥心的疼痛。进入门洞，却发现前面还有好几个人，原来大家都一致避开了从正门进入教学楼。

消息早已长了翅膀样飞遍了校园的每一个角落，刘老师们却还在自欺欺人般围追堵截，使得晴天炸响一个霹雳后，电闪雷鸣只能在翻滚的乌云后面若隐若现，沉寂，是黑云压城城欲摧的沉寂。晓阳恍惚觉得晨曦就走在前面，在一步步地拾级而上。在与同学们勾肩搭背地嬉笑打闹。

突然有人从后面一把拉住了晓阳，回头一看，是涛子，涛子说：“反正刘老师没来，迟到了他也看不到……哎呀，你脖子怎么啦？”涛子突然提高的声音吓了晓阳一跳，他反弹式地把被涛子拉歪扭的衣服迅速扯正护住颈部，毫不理会他，径直往教室走去。涛子很奇怪地跟着他往教室走，还不识相地一连声问：“你不痛吗都伤成那样了？”突然涛子像是悟到什么一样闭了嘴。

晓阳心烦意乱地入了座，偷眼看涛子，涛子疑虑的眼光竟一直盯在自己身上，晓阳想，坏了，这家伙要坏我的事！他还会来问的，不管怎么样，不能告诉他。

果然，早自习后，大家在食堂吃早餐，晓阳在一个偏僻的桌上刚刚坐下，涛子就端着稀饭包子过来了，两个人无声地各自吃着，最后还是涛子忍不住了，问：“你脖子上的伤和晨曦有关吗？”晓阳吓了一跳：“怎么可能？你想哪去了？”“那你告诉我是怎么回事？”“我自己不小心弄的。”“怎么弄的？”“不用你管。”晓阳说完起身。涛子一把扯住了他的衣角：

“你告诉我，否则……”

“与她没有关系！是我自己不小心弄的。”

“怎么弄的？”

“不用你管。”晓阳甩手走开了。

晓阳既心烦意乱又愤愤不平，凭什么管这闲事呢？要是再这样，别想再来问我作业题了，更不可能让你抄了。可是突然他感觉事情没有这么简单，涛子刚才怎么说的？“你脖子上的伤与晨曦有关吗？”

当然有关！可是我当然不可能承认，涛子明明不是那个意思，涛子的意思是……晓阳的心更是怦怦怦地乱慌乱跳起来。

十

“摧花辣手”被带到刑警队，辛欣才看清这是个十七八岁的小青年，有一种沉郁从他细长的眼睛里流露出来。他从网吧被带出来时一直沉默不语，肖潇想，这个孩子对晨曦的死起了什么作用呢？

“摧花辣手”被带进刑警队后，有了抵触情绪，开始不停地嘀咕着：“干吗带我来这里啊，我又没做犯法的事。”肖潇说：“你不是摧花辣手吗？没做犯法的事，把你做的坏事说说也行。”摧花辣手说：“我也没有做坏事。”

“那就说说你做的‘好事’吧。”“摧花辣手”显然听懂了意思，仍是咕噜着说：“我没有做什么事。”

“没有做什么事，我们会这样兴师动众地把你找来吗？”肖潇和颜悦色地说，淡蓝的烟雾像轻柔的绸带从他手上袅袅升起，他好像有的是时间，而“摧花辣手”却急着什么时候能让他回家。

七拐八弯，连问带查，辛欣和肖潇总算把事情还原了。

高中没毕业，“摧花辣手”就辍学了，父母亲忙着上班，他就一个人待在家里，后来就在聊天室加了“伤痛的心”为好友，他觉得两个人的名字好像天然是一对。

“你有什么不开心的事说出来让我开开心？”他最初是这样跟她打招呼的。

“伤痛的心”说：“果真摧花辣手？”

“摧花辣手”就发了个笑脸过去说：“让我帮你开开心。少打了两个字，别误会。”

“我失恋了。”

没想到“伤痛的心”真的跟他聊了起来。“摧花辣手”想，反正没事干，在网上，谁也不知谁说的话是真是假，没事就先聊着呗，就有一句没一句地跟她耗着。哪知“伤痛的心”越说话越多，那一天，他们足足聊了三个小时，说的全是她失恋的心情，她爱着的是一个同年级的男生，名字她是死也不愿说的，只说那个男生如何的优秀，如何的帅气，甚至每一个与他交往的细节都说得如数家珍。可是“摧花辣手”的感觉却是，她与他根本就算不上真正的恋爱，充其量也不过只是一个少女的单相思而已。但因为是第一次聊，他没有拆穿她，特别是发觉她沉浸在对往昔交往的美好回忆时，他真的是不忍心告诉她，那个男孩对她根本就没有动过心。一直到深夜一点多钟，两个人打开了视频，彼此认识了，让双方都感到欣喜的是，原来“伤痛的心”是个非常漂亮的女孩，而“摧花辣手”不仅长得不“摧残”，反而有几分憨厚，与他的名字一点也不搭。

“摧花辣手”说：“他那么伤你，我还以为你是只恐龙呢，没想到却是个真正的女神啊。”

“伤痛的心”说：“女神有什么用啊，人家又不欣赏。”

“摧花辣手”说：“那是他有眼无珠嘛，也是他无福消受啊。呵呵。”

“伤痛的心”立即发了个欢呼的图来说：“对呀，感觉你好有眼光呢。”

“摧花辣手”告诉民警说，她把全部的爱倾注到那个男生的身上，无时无刻心心念念的是他，但她实在忍受不了那种近在眼前却又远在天边的感觉，特别是发现他对别的女同学也一样的有问必答有说有笑时，她觉得应该捅破那层窗户纸，让他知道她才是独一无二的。于是，她把所有的能表达爱意的美好辞藻全搜罗出来，倾注到笔端，堆砌在了那篇她人生的第一封情书里，怀着一颗忐忑而又兴奋的心情投入邮箱，充满期待不安地巴望着他的回复，想象着他会以怎么样的方式收到它，以怎么样的心情拆开它、阅读它，以怎么样的方式来回复她，会给她写一封情意绵绵的回信，述说情生已久只是担心被拒而不敢表白？会感激她的主动免却了他的犹疑之苦？会佩服她的勇敢真诚等等，或者就在某个晚自习后回家的路上跟在她身后，趁人不注意时与她说上话，或者就直接请她到肯德基去喝杯可乐然后诉说相思之苦？她甚至憧憬着两人携手漫步在大学校园的浪漫情景。

可是，预计他收到信件的那一天，他一点反应也没有，她便以为信还未到，第二天，仍是没有反应，她猜想邮差耽误了，第三天，第四天，她一天比一天焦虑，看着他仍像以往一样的平淡平静，甚至有一两次他明明应该是看到她了的，搁从前，他会对她笑脸相迎的，可是他却像没看见她一样，或者根本就是视而不见。那天在食堂打饭，她欣喜地看到他就在前面三个人的位置排着队，满以为他打完饭回身时可以看到自己，她就可以从他眼神里读到些什么，可是没有，他回身时根本就没看她一眼，甚至，他竟然还被她眼睁睁地看到把一个女同学让到他的前面去插了队，而轮到她打饭菜时，正好最喜欢的腊肉西兰花没了，她很是郁闷。她端着盘子随便找了个座位，鬼使神差地竟发现对面座的人盘中堆着腊肉西兰花，而正在美滋美味吃着的，就是那个插队的女生。她差点没有把盘中的饭菜扣到桌子上。

此后十天半月都平平淡淡地过去了，她的心一点点沉入冰湖，她终于明白了那个男同学的意图，不同意就不同意呗，做个一般的朋友也行啊，可是他竟然好像是故意气她一样，对其他的女同学更亲热了，她的心在冰湖中挣扎，心想，要是对我没有意思，何必从前对我那么好，有问必答，有难必帮的呢？作为女生，我这样的主动，已经够放低姿态了，没想到他还顺竿爬俏起皮了，好像故意要气我似的，那就拉倒吧。她开始在网上寻求安慰。

“心里烦就上网呗，就这样就遇到了你。”她说，“我把从未对人说的话全对你说了，你得保密啊。明天又要迟到了，88。”

两个人这一次聊得水深火热的，约好次日就见面。“摧花辣手”在肯德基的一个角落里点了两份套餐等着“伤痛的心”到来，她的出现让他眼前一亮，她比视频中的样子更漂亮，翠绿的连衣裙衬着白里透红的脸蛋，真正是桃红柳绿的春天气息，让人莫名地兴奋。想不到昨夜聊得那么晚，今天她还能这样容光焕发。她却说：“正是因为昨天说透了，才好好地睡了一觉嘛，人家为了今天的见面，下午又逃课了呢，不管那些了，心情舒畅是最重要的，心情不好坐在教室里也听不见老师讲啥，还不如出来透透气呢。”“摧花辣手”兴奋地举起手中的可乐："来，我们喝一大口，怎么你跟我的想法这么一致啊。"

两个人在网上一拍即合，现在更是一见如故了。

"摧花辣手"说："昨天我们已经说了那么多的话，我们就像认识了很久的朋友一样，从现在起不再说以前了，我们说以后，说未来好吗？"

"伤痛的心"说："好呀，我也觉得老说从前怪腻味的，那就说以后。"说着也举起了手中的可乐与"摧花辣手"碰了一下，喝了一大口，两根手指拈起了桶中的一个鸡腿就咬了一口："我就喜欢这个香味，我小姨老不让我吃，说什么是垃圾食品。我看他们是舍不得钱，现在哪有不是垃圾的食品嘛，只要还是食品就行呗，反正不吃吧饿死，吃了吧毒死，做饱鬼总比做饿鬼强吧。"“摧花辣手”哈哈大笑。两个人出门时很自然地就手牵着手了。

"摧花辣手"把"伤痛的心"牵到了街头拐角处，夜深人静，车辆稀少，就在浓荫的香樟树下，他吻了她，也抚摸了她全身。想有进一步动作时，她推开了他。他以为她生气了，可是，第二天，他打电话给她，说家里大人都上班去了，请她来家中玩，她爽快地答应了。就在他的家中他的床上，两个人发生了关系。看着床单上的一片红云，他有点害怕，没想到她却说了一句奇怪的话："没事，是他不珍惜，活该，我愿意。"当时还沉浸在新奇的感觉中，没有多想什么，等她走后，他才咂摸出这话的含意来，心里很不是滋味的。感觉自己是那个人的替代品，他要彻底改变这种地位，于是开始疯狂地与她约会。

直到有一天她惊惶地告诉他平常准时的例假已经迟到了十六天了。他也惊惶地说："你怎么没采取措施啊？""什么措施？"她一脸的茫然。他觉得不可思议："你们生理卫生课应该有如何避孕啊，老师没讲吗？"他说这些时其实也是诈唬，他虽然上到了高中一年级，但也是混过来的，根本就没有开这门课。她睁着一双懵懂的大眼惊奇地看着他："好像有一节是讲生理卫生的，但是老师没怎么讲啊，说是让我们自己回家看书的，可是回家作业都做不完，没记得去看这不大可能考试的章节啊。如果要考，老师肯定会讲的，不讲的东西多半不会考。”她特地强调，而且所谓的自习课也往往被主课老师们用小测验或者补课的名义占用，没有空闲来自习这门“副课”。“伤痛的心”说她很羡慕不考试的人，说大城市的学生考分要求就低得多，他们还有时间能上体育音乐美术呢。说到这里时“伤痛的心”夸张地讲述着自己在音乐方面的天赋，大有滔滔不绝之势，“摧花辣手”只得打断她深沉地说：“那羡慕不了的，我们只能生活在现实中。”“伤痛的心”立即像从天上跌落到地上，幽幽地说：“是啊，现实是你说怎么办啊？”“摧花辣手”装作很镇定地说：“先确定看是不是怀上了啊。”

两个人打开电脑上网查询，果然就是那样的，症状好像全都对上了。“摧花辣手”还不相信，怎么就那么容易地怀上了呢？他一个表哥结婚好多年，想生孩子都没成呢，到处求医不知花了多少钱都还没治好，他时常听到父母亲当他的面来说这事。“伤痛的心”就气哭了说：“他们那是有病啊，你以为人人都有病吗？”他说：“你哭有什么用，你自己怎么不小心？”她说：“我怎么小心？不是你总是要，事先也没问问我就……”他也有点着急了，就让“伤痛的心”去药店买试纸，“伤痛的心”说：“我不敢去，那里的人会问这问那的，我怎么答呀，你不是‘摧花辣手’吗？这是你们男人该做的事啊，你去买吧。”“摧花辣手”也没做过这样的事，但这会儿在他家里，他不能拖到父母都回来。他实在被逼得没办法才硬着头皮假装镇定地去药店买试纸。

柜台后面那个满脸折子的阿姨，眼睛像刀子一样刺着他的脸，从脸上一直刺到心里。他被刺疼的神经反弹着在心里说：又不是给你女儿买的，你操的什么心！这样一抵抗，倒真的有点理直气壮了。他强装老道地从她手里接过那片四厘米长的纸片，逃离了那个药店。

这样，“摧花辣手”把试纸递给“伤痛的心”时，他的心里就起了嫌恶。

两个人对着说明书仔细研究后发现，还得等到早上醒来的第一次尿，于是，他像得到了赦免令般让她马上回家去等明天一个人再试，“伤痛的心”只得把东西拿回家去偷偷地试。结果果真就是不幸的。

这一天她都魂不守舍，好容易等到晚上在网上把不幸告诉了“摧花辣手”，“摧花辣手”也傻了，过了半天才给出一行字说：“我会想办法的。”然后就下了线。

晨曦天天魂不守舍，打他的手机，手机关机，而座机是断不敢贸然拨打的。就只有守着网络。

好不容易挨到有一天晚上在QQ上看到“摧花辣手”图像灯亮了，她就急忙问他为什么躲着自己。“摧花辣手”说不是躲，是跟着一个哥们到北方去跑了几天运输。“伤痛的心”就发了张默默流泪的图片过去，然后问他：“我该怎么办？”而他只说了句：“我也不知怎么办。”

就在这紧要关头，晨曦的母亲却进来关了她的电脑。母女俩发生了激烈的争吵。

晨曦还没有想出怎么去见“摧花辣手”，更加不幸的事接着发生了。她绝对没有想到，林旭竟然把那封情书交到了老师手里，而且是事隔两个多月以后。更没有想到的是老师会当了全班同学的面来说起这事，而此时她其实已经快把他从心里挖除掉了。当老师在全班同学的面前不点名地说这事时，她还没意识到说的就是自己，她已刻意地把这事忘了，她一门心事都在如何处理掉身上的麻烦。直到老师叫她到办公室去训话，她才如梦初醒。早已封存的事，却突然被以这种方式重新提起。疮疤被揭，仍然鲜血淋漓，更痛的是她不知道还能怎么样面对同学，面对那个得意而残忍的“负心人”林旭。

“摧花辣手”的叙述印证着肖潇在电脑上恢复的数据。“伤痛的心”正是晨曦那一段时间的状态，在他们第一次发生性关系时，正是晨曦生日的前一天，“摧花辣手”说因为晨曦的生日是4月1日，他还笑她怎么选了个愚人节来到这世上。

那么按法律规定，晨曦真正的14周岁应该从生日的这一天开始计算，也就是事发当天，她还没有满14周岁，那么“摧花辣手”很可能会以奸淫幼女罪来论罪。但他也不过只是个十七岁的孩子。

肖潇感觉到很是棘手。他把这个利害关系讲给“摧花辣手”听时，他就哭了起来说：“我怎么知道她还不满 14 岁啊，那天是她说她明天就要过生日，我还问她多大生日，她说她十七岁了，我还说那我们同年啊。她说反正也没人陪，也不想要别人陪，说不如咱俩喝点酒吧，说古人都说：何以解忧，唯有杜康呢。我就把我爸存在家里的酒拿出来跟她一起喝，还特意去旁边的小餐馆叫了两个菜。两个人都喝得很高兴，就，就那样了。哪里知道她还不满十四啊。”“摧花辣手”听说可能会因此被判刑时哇哇地大哭起来。

肖潇说：“你要是真的爱她怎么在她怀孕后不帮她一把呢？”“摧花辣手”说：“我是想着帮她的啊，我还从我家里偷了 300 元钱给她的啊，可是我真的没有想到她会那样啊。”肖潇想说现在治个感冒就几百元，300 元能堕胎？可是看看“摧花辣手”那稚嫩的脸，他忍住了没作声。“摧花辣手”还在不停嘀咕：“再说，我又没有强迫她。”

辛欣和肖潇一道向学校吴校长及其他领导宣布了晨曦的死因：符合高坠死亡特征，排除他杀及意外原因。也就是说，晨曦是跳楼自杀身亡。同时也把晨曦的小姨请来对她通报了警方的最终结论。然后请小姨与民警一道去向晨曦的父母宣告，希望这样能避免一些尴尬。

民警们嘴上都没说晨曦身怀有孕的话，只把法医检验的结果拿给了她看，小姨的惊异丝毫也不出人意料，她大放悲声：“我可怜的孩子啊，这是谁把你害的啊。”然后不听别人的阻拦就进到房间去告诉了晨曦的妈妈，姐妹二人就在房间内号啕起来。

悲痛过后，他们就猜测会不会是在哪个月黑风高的夜晚，她回家的路上被哪个歹徒玷污，却因为害羞不敢对家人说。毕竟遭遇性侵是令人同情的受害者，而早恋受孕则是令人不耻的行为不检点。趋利避害的习惯思维迫使一家人努力回忆晨曦哪些日子是有人接送的，哪些日子是她自己一个人晚回家的。姨父说：“老师中也是有败类啊，现在误人子弟的无良老师不是没有，猥亵学生的违法犯罪也一样不少。”

“我可怜的孩子啊，她不敢对任何人说，只能选择了跳楼来解脱啊！是我害了她呀，是我呀！”母亲再次痛得昏死过去。姨父对辛欣和肖潇说：“你们现在要破的不仅仅是一起杀人案，还包含了一起强奸案。”小姨补充说：“你们不仅要破案，还得对学校、对社会严格保密，毕竟她还只是个孩子啊。”小姨原来愤怒而强硬的语气明显有了些底气不足。

辛欣说：“当然会的，对未成年的案件，本来就是要保密的，现在孩子的死保密不了，但她怀孕这事再不会有人知道了。”

小姨把辛欣拉到一边小声说：“你们肯定知道了那个人是谁，告诉我。”辛欣说：“那也只是个孩子。”“可是他把晨曦害死了！”小姨怒吼。辛欣说：“是否追究他的责任，公安机关自会秉公执法，你们要好好安慰你姐姐姐夫，堵校门的事不可再做了。”

晨曦父亲在伤心之余又多了一重钝痛，他蹲在门边头深深地低下去，一言不发。他们夫妻平常精力都集中在经营面馆上了，给女儿的关心太少，想不到女儿临死前居然承受着这么大的思想压力，她这是找不到解决的办法才想到了死啊。在他的老家，女孩子要是还没出嫁就怀孕了，那自然是整个家族都跟着蒙受奇耻大辱，可是他毕竟是进城多年，耳闻目睹了不知道多少这样的事，所以，虽然他心里责备着女儿不该误入歧途，但更怪罪她不该走这样的路，这个一向以自食其力勤劳致富为荣的进城创业农民，突然觉得自己的人生竟是一片灰暗，无论你如何努力都不可能有出头之日，就像是无底的深井，他们看得到头顶那片光亮的天，却永远不可能走出这深暗的井。眼见得晨曦初中毕业，老家的女孩能读书到这个程度的很少，实指望她能考上好的高中，他们家就可能出一个女大学生，他们夫妻把生意慢慢做大，再努把力，好好把儿子培养成人，一家人从此就能过上真正的城里人的日子，这下，全成了泡影。他蜷缩在屋子一角不能言语。

十一

晓阳截住林旭时，是在一个僻静的巷子口。林旭与同学们分手后要独自一人穿过这个巷子才能回家，晓阳只把胯下的单车一横，林旭就被堵在了那里。

“你想干吗？”林旭问。

“你害死了晨曦你还在这装什么纯洁？”晓阳低吼。

“怎么是我害的？我又没招惹她！”林旭大吃一惊。

“你不把她写给你的情书交到老师那里，她怎么会走到这一步？”

不容林旭那边回应，晓阳一句赶一句地斥责着：“当着全班同学的面，老师把她叫出去训话，你这不是把她往死路上逼是什么？”

林旭莫名其妙：“你什么意思啊？神经病！让开，我要回家。”

晓阳的血液猛地直冲大脑，他把单车往前一推，林旭冷不防，胯下的单车被撞倒，腿脚钻心的疼，他弹跳两下才没被带倒，人还未站稳，晓阳又飞身一拳将他打倒在地，骂道：“晨曦瞎了眼睛爱上你，她活该！看你还装酷，还招惹女生吧！别让我看到！”说完就从地上推起自己的单车骑走了。

林旭倒在地上半天没有起来，直到被一个路过的邻居发现。邻居扶起林旭，发现他脸色苍白，已经昏迷，此时已是半夜时分，邻居认得这个阳光帅气的男孩子，立即叫来了林旭的父母，大家一起把林旭送到医院，各种检查后得知他脾脏破裂，要立即手术，医生说要是再来晚一点，可能就没救了。

林旭做的是脾脏切除手术，当医生告知林旭的妈妈时，林妈妈哭得死去活来说：“林旭从小就想当将军，将来高中毕业后是要考军事院校的，当兵体检那么严，这没了脾脏还怎么上军校啊，我可怜的儿子，今后的生活都成问题了啊。”医生安慰说，“问题不大，只是要注意不能太劳累。”林妈妈更是止不住地哭泣着。医生说：“手术后，还得住院二十天，看来，想考个好高中的希望都不成了。”林妈妈一痛一急自己也快病倒了。

林旭手术后人还十分虚弱，但脑子却非常清晰，陆陆续续地有同学来看他，也问起了那天的事，他只说是自己不小心摔倒的。他暗中观察这些来看他的同学，除了表示同情遗憾外并没有特别之处。

那天晓阳嘴里说出的话让他十分吃惊，他从来就没有收到过什么女生的情书，虽然他也知道班上或别的班有女生是对自己颇有好感的，但是现在大家都在忙着中考，哪个有工夫去谈恋爱呢，再说，真的要是喜欢一个人，也不该现在就急于表白，那样自然是会耽误学习的呀。那个叫晨曦的女生，他当然印象深刻，她经常主动跟自己打招呼，问一些问题，问自己问题的女生也不止她一个，所不同的是她偶尔会问老师在两个班讲的内容是否一致，她真的会给自己写情书么？要不是这个三（二）班的男生，自己可能永远不知道。她不是刚刚从教学楼跳下身亡了么，难道真的与老师看到的情书有关么？真是太恐怖了，做梦也想不到这事会与自己有关。这个三（二）班的男生真是疯了，即便晨曦真的给自己写了情书，他又是怎么知道的呢？可是看他那悲愤的样子却又不是凭空捏造空穴来风，可是他凭什么这样气愤难平呢？还有，如果老师真的在他们班上当同学面批评晨曦，会把我的名字也一同说出来吗？他班刘老师要真为这事批评她，那也一定会与我班何老师通气的啊，那怎么我一点消息也不知道啊，甚至连来看望我的同学也没有一个人提起这事呢，而且从他们的眼神中都看不出半点疑虑来，这就有点奇怪。

转念再想，林旭明白了：老师们没有说出他的名字。这是老师们一片苦心在保护自己，不愿让他在中考前临阵分心啊。林旭心里充满了感激。但仍疑惑着：要是老师没有提起我的名字，那这个男生就是自己猜想的，或者他是晨曦的好哥们，晨曦把这事对他说过？要不，他就是晨曦的暗恋者？林旭忽然茅塞顿开，他一定暗恋着晨曦！如此，他心中的痛苦可想而知，所以，对我拳脚相加也是可以理解的，虽然他错怪了我。如果这事被学校或是自己爸妈知道了，肯定饶不了他，说不定还会惊动警察，那这个同学一辈子就完了，林旭决定把这次受伤的事扛下来，只要这个男生自己不说，我绝不对任何人说。

林旭手术后的第三天，民警肖潇走进了他的病房。林旭听明白了，警察是因为那天接到一个中年妇女的报警电话，

肖潇说他带人赶到现场时，发现那条幽深的巷子没有一个人，这里巷道纵横交错，肖潇认为要么报警人把地点说错了，要么就没啥大事。他们收了兵。但是他们后来又接到林旭的妈妈报警，肖潇就带人到医院来找林旭。

手术后的林旭还很虚弱，对肖潇的询问只是轻轻地摇头，最后吐出来一句话："我自己不小心摔的。"在一旁的林妈妈急了，说："那天孙叔叔发现你时，一个阿姨过来对他说看到有人打你，把你打倒在地后就骑自行车跑了，你怎么不说啊，是不是怕他以后还会报复你啊？你们到底结下了什么仇啊要把你打成这样？"林旭只轻轻地闭了眼说声："没有人打我，是我自己摔的。"然后就不再说什么了。

肖潇只得去向医生求证，医生也说的确是人倒地后，腹部梗在自行车把手上导致了脾脏破裂，至于是怎么倒地的，那就无法断定。这样，民警就不好再往下追查了。

毕竟是最有希望能考进市重点高中的优秀学生，一下子受了这么重的伤，二十多天都不能来上课，班主任何老师急火攻心，头两天都不知道怎么办才好，她不敢找吴校长，就一直围着教导主任说今年的升学指标能不能降一降，毕竟是出了意外啊。到第四天她才想到该为林旭做点什么。她号召同学们组成帮助组，轮流去医院看望林旭，并帮他复习功课，带去新发的资料。

何老师有意无意地向刘老师发着感叹，说自己真是倒了邪霉，好不容易争取当了一班也就是尖子班的班主任，怎么就碰到这样的事，这么优秀的学生受伤了，肯定影响中考，肯定会影响到她的重高升学率，她忽然疑神疑鬼起来，怎么接二连三地发生事情，是不是风水不好啊。刘老师说："别瞎想了，亏你还是学外语的，应该很现代啊，怎么就迷信了呢。"何老师说："还真不能不想啊，事情好像就是从那封情书开始的，我把它扣下来不就是为了让林旭专心学习吗？当时就准备着交给你的，哪知那段时间事情太多。"她不可能把她忙着相

亲的事都说给刘老师听，“就搁抽屉里竟忘了，忘就忘了吧，这长时间也没啥事，偏是那天我的身份证找不着了，我翻箱倒柜地就把那封情书给翻出来了，不然也想不起来交给你，你也不会在班上批评人了，也不会把晨曦叫出来训话了，晨曦要是不死，说不定林旭就不会出事了，哎呀，真的啊，该不会是晨曦来找林旭算账的吧。”说着这话时，何老师脸就变了色，她惊骇地捂了嘴，仿佛那话从嘴巴冒出后立马就会变成事实。

刘老师说：“林旭不说是自己摔伤的吗，跟晨曦有什么关系嘛，快别瞎想了。”何老师却不听刘老师的话，调转身就离开了，她不能再说下去了，再说下去就说到自己头上来了，这事儿整个说来还不都是因为自己扣那封信么？可是她的初衷既是为了这个班，也是为了林旭同学，当然客观上也是为了晨曦本人啊。一个谈恋爱的女孩如何能够考上重点高中呢？考不上重高，如何能考上好的大学呢？考不上好的大学，还能有什么好的前途呢？虽然很多人说过，学历不等于能力的话，但，考啥又不论学历呢？事实胜于雄辩啊。

何老师急急地回了家，去找她母亲。她时常看见母亲为逝去的人烧纸钱，嘴里还念念有词。那些得了奇奇怪怪的病的人到处求医都治不好，经母亲这样一弄，还真的就奇迹般地好了。她要求助于母亲，看怎么样才能解开晨曦心中的结，让她不致怨恨到自己头上来。其实她还有藏在心里没有对刘老师说出来的心事：她离婚几年都没找到合适的再嫁对象，这次总算碰到个称心的人，她不想在结婚前再出什么岔子，所以也要求母亲为她做个了结，不管这些事是否与晨曦有关，总之是宁可信其有不可信其无、礼多人都不怪，何况是……何老师根本就没来得及听刘老师说什么，她想到就要立即做到，她立马就往家中赶去。

十二

晓阳又起迟了，闹钟已叫过，他捂住了它，母亲也叫过，他在被子里哼了一声，心想：也不在乎这一分钟，就眯一分钟！可是再惊醒过来，已经过去了六分钟。他紧赶慢赶在学校门口就听到了铃声。按规定，铃声停止时，一只脚踏进了教室门槛的，就不算迟到。听说有个同学的大伯就是那个按铃的师傅，那同学快迟到时，大伯会有意把铃声按得长一些，待他飞快地跑进教室后再松手，所以他总能化险为夷。

晓阳也想有这么个大伯。那么宽的操场，他现在要跑过它，还要爬几层楼梯，哪能挨过这短促的铃声啊。看着前面的同学个个飞奔着往教室去，他索性就慢了下来：反正是迟到了。改变不了的事，就随它去吧，就像晨曦再也回不到班上来上课一样，干吗要那么执着，想不开呢？瞧你对我总是爱理不理的，我要是也像你一样的想不开，也活不成了？也去跳楼吗？我才不那么傻呢，这世上，其实好玩的事儿多着呢。再说，那个林旭不就是帅一点，成绩好一点么，还有什么？经不住我只一拳，他就倒了地，就一连几天都没见来上课。他再优秀，不爱你也瞎掰，犯得着这样为他殉情么？当然我知道你不单单是为他殉情，他把信交给老师的行为不仅极大伤害了你的感情，还带给你无法承受的羞辱。所以，他该受到惩罚。

晓阳进教室时，瞥见刘老师看到了他迟到的身影，他想肯定是要挨批了，但是刘老师进来后根本就像没看见他迟到一样，晓阳的心渐渐放下，心想，果真是晨曦的死让老师们害怕再瞎批评人了吗？心中再次悲哀起来。刘老师像传声筒一样说了学校领导宣布晨曦是跳楼自杀的结论，传达了领导的指示要求，又说离中考只有 28 天时间了，大家这时的复习应该注意哪些事项，生活该如何安排等，然后就开始如常的例行巡视。

晓阳看着大家木然地进入到复习的状态，他久久不能平静，晨曦的死好像就这么过去了？学校肯定是想它快快地销声匿迹的。心里难受，没法看书，他拍了一下涛子的背，涛子回过头来，晓阳说："你觉得晨曦自杀学校有没有责任？"

涛子摇了摇头说："学校不是说没有吗？这是她自己选择的路，学校能怎么样负责？你还在说这个？学校一直让不要瞎议论的，那天你不在，刘老师还在班上批评说有同学在警察调查时乱说，讲了一些无根据的话呢。我以为就是指你。”

晓阳说：“刘老师那天做得太绝了，既不明着点名，又让大家都明白了信是谁写的，而且还让晨曦听到全过程，他这不就是把晨曦往死路上逼吗？”

涛子说：“你别瞎说，刘老师是为我们好。早恋会影响学习。”

晓阳说：“什么为我们好？就是为了重高的升学率，为了他们的面子和奖金。”

涛子说：“那也不错啊，大家的目标利益一致，重高升学率高了，他们也该多拿奖金啊。哪个不想升入重高啊，你不想吗？”

晓阳狠狠地推了他一把：“你太没人性了。”

涛子说：“你有人性你又能怎么办？”

晓阳说：“我昨天把那个男生修理了一下。”

涛子吃了一惊：“你知道是谁啊？狠吗？”

晓阳说：“你不管，反正我知道。不是太狠。”

涛子犹豫了一下还是说了：“我听说那信是何老师扣下来的。”

晓阳一惊：“啊，真的假的？”

涛子说：“我去教研室拿粉笔时亲耳听到老师们在议论，见我进去就不作声了。”

涛子仍回身去看书，晓阳心里却开了锅：“这么说我打林旭是冤枉了？”

放学时，晓阳注意到大家仍然有意识地绕开了晨曦最后躺过的那块地面，虽然那里已清扫干净。那个“希望之星”还在那里万箭穿着心，所以没有人敢靠近。

但是，大家也都不再议论这个事件本身了，一切好像都如学校老师希望的那样风吹云散、销声匿迹了。放学时回家的脚步还是兴冲冲急匆匆黑压压挤擦擦，好像只经过了两天的沉寂，那种惯常嘈嘲杂又开始慢慢地恢复过来。好一个“沉舟侧畔千帆过，病树前头万木春”的景象啊。晓阳一个人孤独地走在人群中，走在这黑压压挤擦擦的放学队伍中，感觉从未有过的落寞与孤单。从前他会留心晨曦走没走，与谁在一起说些什么话，甚至看她每天不一样的发型和表情，从而猜出她这一天心情是好是坏。只要是看她一眼，哪怕她并没注意到他，他也觉这一天过得充实而满足，要是哪一天她高兴了冲他莞尔一下或者就仅仅是对视一下，他就觉得这一天阳光明媚秋高气爽了。他会在晚上作业做完后心情轻松地入睡前，或者在作业遇到难题不想继续时，好好地回顾一下她的表情、她的笑容她眼神，然后信心倍增地拿起书本攻坚克难。因为心中有一个信念：哪怕你现在公主般高傲，眼不斜视，目空一切。哪怕你现在对我不理不睬，哪怕我现在默默无闻，无足轻重，总有一天，你会看到我的与众不同，你会对我刮目相看。然而现在，什么都是浮云。

晓阳自信，以自己现在的成绩，考入重高应该是没有问题的，何况他还没有像其他同学那样投入百分之百的精力，他还有相当的精力是投入到了别处，否则那个林旭绝不是他的对手，只是，他认为一门心事地学习太枯燥，太没意思，只要能够考入重高，何必要花费更多的时间和精力呢？真正的冲刺要放在高考前。所以，在功课之余，他花着大量的时间在网上游逛，最近，他发现了一个绝对有趣的网站，他在这里找到了从未体验过的乐趣。那真是一个奇妙的世界，一个能引他进入人间仙境的魔幻世界。只是这个仙境不可让任何人知道，连涛子也不能，否则，大家会把他当作另类来鄙视、孤立了。而且，更不能让母亲知道，母亲会惊骇于这样的洪水猛兽。但是，父亲显然是深谙此道的，一个远离家乡独自一人在外打拼、一年才能回家探一次亲的男人，他能找到这样的自娱方式应该算是天底下最好的男人了。但这样的事，是绝不可能父子沟通的。所以这隐秘的唯一的乐趣，竟是晓阳无人能够分享的“独乐乐”了

晓阳打开 QQ，给远在南非援建的父亲发了个眨眼伸舌调皮的笑脸过去。父亲是个桥梁工程师，出国前走遍了国内的深山老林，做了无数的河流山涧桥梁，后来随着国家对外支援的需要，他又去了南非，在那里帮助建设各种道路与桥梁。光荣是国家是大家的，辛酸是亲人是小家的。晓阳小学还没毕业，父亲就出国了，到现在初中都快毕业了，父亲才回来过三四次。开始，父子间的交流是打电话，通常

是母亲先说然后让晓阳快快地说两句，母亲再接着说下去，国际长途很贵，自然话都说得简短克制。后来，晓阳学会了上网，父子俩的沟通就转到了网上。

父亲不在线，晓阳留言："我们班上有个女生因为情书被老师截住在班上批评了她跳楼自杀了。"然后就开始看书，可是总是心不在焉，他想父亲跟他说说宽慰的话。他到客厅去，看见母亲正痴痴地看着电视剧，手边还放着她绣了很久的"喜上眉梢"的十字绣。看见他走出房间忙起身问："饿不饿？给你煎几个饺子吃好吗？"他摇头，坐在母亲身边，小声地说了句："我班那个女生跳楼自杀是因为给男生写了情书被老师批评了。"

母亲说："哦，写情书不应该，自杀就更不应该了呀。"

隔一会母亲担心起来，问："你没有早恋吧？现在是关键时刻千万不能分心啊，我和你爸辛辛苦苦地就指盼着你能有出息啊。"

晓阳点头说："嗯。"

母亲又说："老师批评得对，小小年纪关键时刻不专心学习，却想要恋爱，害人害己，她自杀是她自己选择的路，怪不得别人的。"

她想了想又说："学校老师批评她的事，你不要在外面乱讲。"

晓阳说："嗯。"

母亲说："老师是为你们好。"

"可是凭什么扣同学的信啊？"

"不扣怎么知道学生早恋呢？"

母亲的话让晓阳很惊讶，先前他只认为老师是碰巧扣到了这一封情书，现在他突然想到是不是同学间所有的信件都会经过老师的检阅啊，小学有好几个同学升到了别的初中，初中又有好几个同学转学到了别的学校，他们断断续续地是有书信往来的，当然也会有电话联系。他突然有赤裸在众人中的感觉，都叫我们小皇帝，原来，自己包括所有的同学们都是那个穿着"新装"游行的皇帝啊。他突然心烦意乱地起身在狭窄的客厅里转来转去，手不由自主地伸向了脖颈处，母亲说："跟你讲过多次了，为什么总把衣领竖着？"晓阳说："我也说过多次了我脖子特别怕冷。"

在高高竖起的衣领底下，那条暗红的印痕一直没被人发现，连母亲也不知道，只是那一天涛子好像有所察觉，但被他机智地搪塞过去，现在他甚至怀疑老师是否早已明了在胸，只是因为他这个人的行为不妨碍别的同学的学习，所以才没有声张，或者还没来得及对他加以制裁，明天、后天也许就会以同样的方式在班上不点名地批评有同学上不良网站，然后紧接着就把他叫到办公室去单独谈心……他头皮发麻，心烦意乱地走进房间。

父亲的图像在显示屏一角急迫地闪着。父亲说："正是学习的大好时光，却误入早恋的歧途，被老师批评劝告，又以这种惨烈的结束生命的方式来抵制，是大不敬大不孝的行为。望我儿不为杂事琐事分心，专心学业，不枉我们的一片苦心。"

晓阳一肚子的话，想说点什么，却看到父亲的头像早已变成了黑白，他心里的梗越加沉重，便躺到床上发呆。

我没有早恋，我一直都是个优秀的好孩子，虽然学习不是很专心，上课也爱打野、做些小动作、讲讲话，正因为这才没当上班干部，但是我的成绩摆在那里，不需要像有的同学那样全身心地没日没夜熬灯费油地擂功，这是我天生的优势，我的"天生丽质"，既然现在你们要求的目标是能考取重高，那么只要我能达到这个目标，就不枉你们的辛苦付出了，又何必要多费那么多的精力去擂功呢。

同学们都恢复了紧张的复习，晨曦就要被大家遗忘在紧张繁忙的备考之中，那个林旭也会如愿考入重高，真正忘记不了你的是我，可惜你至死都不知道。

晓阳的心被针扎得千疮百孔，泪水浸湿了枕巾。

十三

那个林旭果真没有来上课，不会是受了啥伤吧？会不会倒地时摔伤呢？不会，哪有那么不经摔打的，长得那么帅，真是厌恶之极，要是真有个三长两短，现在老师早就找来了，不管怎么说，如果涛子说

的是真的，那林旭就真是被冤枉的，晓阳决定再碰到林旭，就主动跟他赔礼道歉。

就像冲锋陷阵前总是有一番沉寂一样，中考前三天，学校放假，同学们可以随意选择在家或在校复习，在家里可以随时躺下闭上眼睛休息，晓阳选择了在家。

已经不知道是第几次的睡着醒来，醒来又睡着了。

朦胧中晓阳看到晨曦从学校大门进来，没有了往日的匆匆忙忙，她走得那么从容而优雅，飘飞的裙裾衬着她青春而饱满的身姿亭亭玉立、轻盈灵动，她一点一点地靠近、靠近，可是总也走不到他跟前来。还不快快走来，就要迟到了！晓阳急得嗓子冒烟，晨曦竟倏忽不见了，而上课的铃声却惊心动魄响起，晓阳被惊醒了，是电话铃声！

母亲在服装厂加班，已在食堂打好了饭菜，打电话回来让他过去拿饭吃，服装厂就在巷子口，三分钟就能走到，晓阳就像从前一样去拿了饭菜回家。

饭后，晓阳继续上网，父亲仍不在线，他习惯性地找到了那个神秘而诱人的网站，半个月前，家里的台式电脑坏掉了，他就把半年前父亲带回家放在暗楼的手提电脑找了出来，他是偶然翻找暗楼时发现这个电脑笔记本的，当时心里还奇怪，父亲这电脑里一定存了他的重要资料，但是怎么不带走呢。他没有对母亲说，直接就把笔记本拿来用了。让他惊奇的是，这个电脑里面竟然收藏了那么多成人大片和神秘诱人的网站，还有极富挑战的各种游戏。他知道上这样的网站太费时间，可是那种挠不到的痒痒让他欲罢不能。在这个寂寞无奈的下午，在母亲加班空无一人的家中，他被一种神秘的魔力牵引着再次打开了那个神秘的网站、死亡的网站。

那个有着明眸皓齿的性感卡通女孩真的又和晨曦的身影合二为一了。

风含情，水含笑，笑靥如花的晨曦向自己走来，红艳艳的嘴唇花瓣样绽开。她伸出了莲藕般的胳膊揽住了自己的颈项，紧紧地……

紧一点，再紧一点，晓阳不住地要让自己的颈项被箍得更紧一点，他的心脏已如征人的战鼓擂得一阵紧似一阵，好似有层叠不穷的浪涛挤压过来，堵在峡口，堵塞了他的喉管、胸腔，堵得他每一根毛发都竖起，仿佛天际边隐隐的滚雷连珠炮般袭来，一阵紧似一阵，终于，他蹬倒了脚下的木凳子……

母亲发现晓阳被挂在客厅的吊扇勾上时，用菜刀砍断了绳索，晓阳已经没有了呼吸。

警察怎么问，她都回忆不起自己是怎么够得上那么高的吊钩的。

晓阳父亲从国外赶回来，父母亲怎么也不相信警察给出的“意外事件”结论。警察要求单独对那个工程师父亲讲解结论的论证过程，但是他一家人包括年已七十的祖母也要求当面听证，被工程师拦住了，辛欣看出，这个工程师心中大致有了点底，但是他拦不住自己的妻子。

警察尽量照顾到不提那个电脑笔记本，伤心的母亲就一再地有疑问加质问，她不明白怎么会有这样的网站，儿子怎么可能找到这样的网站，最不可能的是儿子自己怎么可能把自己的手捆住了挂到电扇勾上去，更不可理解的是他为什么要这样做。但同时，她也解释不了儿子一没仇人二没遭劫三没被窃，一切均如常，成绩优异，几个小时前还跟她谈说考重高没问题的话，怎么转眼就没了。

最后是工程师丈夫用他奇怪的方式制止了她的质问，他站起身来向民警鞠了一躬，然后就断然地向外走去，始终不发一声。这个正处壮年的工程师在民警向他们通报情况时始终沉默着，仿佛血脉已经抽干毫无生气，他的眼睛定在桌子角的空虚中，好像害怕与民警的眼光相交，那是一种无法言说的痛楚、悲哀、自责还有绝望。

警察们沉重地叹出了一口气，肖潇对辛欣说：“他看到了儿子脖子上的新鲜的、陈旧的勒痕以及登录的网站，他心里其实什么都清楚了。”辛欣半天才叹出一句：“这种教人自虐的色情网早该查封了，唉!”

十四

吴校长再次召开了校班子成员会，有人提出通往行政办公楼的大厅与大门之间毫无遮拦，形成穿堂而过之势，挡不住秽气；又有人提出："操场中间那个大型的雕塑'希望之星'，几颗连在一起的心型造型发出放射状的光芒，学生们背地里都叫它'万箭穿心'，还真很形象，这些都不是吉兆。"

会议最后决定：在行政办公楼的通道那里再砌一面壁照，上面用大红作底色，写上几个大字，既堂皇又能避邪，同时拆除那座不吉利的"希望之星"雕塑。

"万箭穿心"被推倒的第二天，中考终于开考了。

野火烧尽

一

于翠莲心里一直梗梗地，她搞不懂国子为什么不碰她的身子，也不是不碰她的身子，就是只搂她亲她摸她，却不跟她办事儿。她疑心国子在那边有了野女人，可是仔细瞅了几天，又觉得不像。国子还是在乎自己、疼自己的。但他就是不跟自己办事儿。夫妻分居两地，一年到头才团聚十几天，怎么会不办事儿呢？作为女人的她都整天心神不宁了，国子个大男人怎么还若无其事、整天冷冰冰的呢？

于翠莲按下怀疑、撇开羞臊，自己的男人，儿子都恁大了，怕啥！她把身子有意无意地往国子身上贴去，他竟像是决堤的水汹涌而出一样，紧紧地搂抱着于翠莲让她喘不过气来，死命地亲她捏她，让她心花怒放却又招架不住。可那密如饿鸡啄米的亲吻持续不过两三分钟便戛然而止，像夏日里的暴雨，几声炸雷后，是急骤短促的雨帘，眨巴下眼便无影无踪了。

那时他看自己的眼神仍是火辣的，却像流星一样倏忽一闪就暗了，然后，国子像是被人掏了钱包似的惊惶不安。国子说口渴了，推开她去找水喝。国子不肯亲近她，而且好像还有点怕她，她心里着急，咬咬牙，找个机会，再次主动把身子贴过去。国子的表现还像上次一样，紧紧地搂她抱她死命地亲她，关键时刻，他说肚子饿了。不是刚刚吃过腊肉煮糍粑豆丝吗？他又说要去找水喝。情欲饱胀的于翠莲像突然泄了气的皮球，歪倒在床上，然后气恼地转过身子，她要把背对着他，等着他喝完水后来哄她，然后，她盘算着要再做得狠毒一些：把他的衣服扒得赤条条地，看他还能怎么躲。

可是，于翠莲的算盘又打错了，国子喝完水后进屋来，只在床边站了会，就悄没声息地在床的另一边躺下了。等了半天不见动静的于翠莲偷眼瞧去，他竟也是背对着自己。心里那个气呀，想，等着吧，看你能忍耐到几时！依从前的经验，哪一次不是国子先向自己求饶啊。哼！于是，她也背过身去不再动弹。

从前，国子回到家，放下行礼背包，第一件事就是跟她亲热，那种迫不及待的猴急劲，有时甚至连心肝宝贝儿子都只稍稍抱一下，然后塞些吃的或玩的就打发了他出去玩。

于翠莲正眼巴巴地盼着看他如何向自己求饶呢，第二天，国子瓮声瓮气地对她说："晚上我去儿子房里睡。"为什么？于翠莲心里一沉。"不为什么，睡不着。"国子说完就扭头要走出家门。"为什么?!"于翠莲堵住了他，又委屈又惶恐。"在这里睡不着。""为什么睡不着，从前不好好的么?"于翠莲的眼泪不争气地漫开，在眼眶里打转，她拼命忍着。"不习惯了。"国子丢下这句话，推开她就跨出了大门。

于翠莲的眼泪汹涌而下，她想，这要不是外面有了人就是身体有了病啊。

晚上，于翠莲放轻了声音对国子说："你是不是哪儿不舒服了?"国子不耐烦地说："我没哪不舒服。"于翠莲说："你会不会得了那病?"国子瞪大眼睛凶凶地："你莫胡扯啊!"于翠莲更加肯定了自己的猜想，她知道男人都害怕自己得了那病，得了也绝不承认，不让人知晓。那是关乎男人面子的事儿。于翠莲看到电视上老播些治疗阳痿的药物广告，想着国子在外边长时间没人照料，也许会憋出这毛病来，该让国子试着用用。但国子却凶巴巴的，她闭了嘴。

国子心里是惊惶的，他害怕翠莲猜到什么，他粗暴地打断她，不许她胡说下去。

国子止住了于翠莲的胡说，却止不住她胡想，一年未见，国子只有虚晃的表示，没有实质的作为。他那躲躲闪闪的样子，让于翠莲以为有了几分底，她开始留意从前很讨厌的电视上的这类广告。可是，国子不像电视上说的那样。国子的身子对她是有反应的，这说明国子没得电视中说的那种病。没得病，他的手机又没怎么响过，说明外面也不一定有人，她更搞不懂了。

于翠莲对国子说："算了，你不要出去了，就在附近找点零活，像英子家的大江，比在外面也没差，三天两头还可以回来帮帮我。"国子说："家里有啥事要人帮的？"于翠莲就忧怨地看他，看得国子低了头，不作声了。国子心里明白于翠莲是黏糊他，就答应不出去，可是，第二天，他突然说还得出去打工，不然，去年的工钱要不回，再说家里也找不到合适的事。

两人就开始争吵。于翠莲吵不过国子，这两年，国子在外长了见识，远不像从前那样把于翠莲的话当话了。他说要走，好像九头牛也拉不回来了。于翠莲止不住还是想，国子莫非真是吃惯了野食吧。心就开始像鸡啄了样地痛。

早上天麻麻亮，于翠莲就起床，她把国子昨天已清好的行礼再检查一遍，看看还有什么落下没有。雪已经停了，她拿着铁锹将屋门前的积雪铲开，然后一溜一滑地踩着沟坎上的冰雪去了菜园。回来时手上抓了一大把白菜，脸已冻得通红。等到儿子在床上喊着要尿尿时，于翠莲已经把一大锅腊肉白菜糍粑豆丝煮得香糯热腾了，但她却一点胃口都没有。

于翠莲看着灶膛的火一点点熄了，她心中的巴望也一点点冷了下来，酸酸楚楚的。她想留下国子不再外出的愿望落了空。她又得在家孤孤单单地守上一年了，再次见面得等到明年过年时，她觉得这样的生活一点滋味都没有。

看着父子二人默默地吃完早餐，然后，国子背起了包裹，于翠莲搂着儿子仍坐在床沿，国子走过来拉过儿子亲了亲脸蛋，然后送回于翠莲怀里说："老婆我走了。"于翠莲不动，"老婆我走了！"国子转身，老婆却从后面抱住了他，他拍了拍她的手说："走啦！"

这一走又是万水千山，这一走又是日思夜想。直到国子走出家门后，于翠莲的哽咽变成了放声。

日子还是得照常过。

雪后初晴。于翠莲忙着扫除门前的积雪，又往外挂晒腊鱼腊肉。英子打扮得像个城里的时髦女，端着一碗糍粑豆丝站在太阳下有滋有味地吃着，她探着头隔了院墙高着嗓门问："国子又出去了？怎么走得这么急？你腌这多腊货吃得了么？""我们在家慢慢吃呗。"于翠莲往篙子上挂着一条鱼，看见英子穿着橘红的羊皮短套配鹅黄的羊毛围巾很是俏丽，不由得伸长了脖子，眼光越过她家土砖围起的半截院墙去看她下身，却是薄薄的肉色紧身裤袜，上面的黑色短裙刚刚掩住屁股。只是英子的屁股太肥太宽，穿着并不协调，于翠莲想这衣服要是穿在自己身上准保比她好看多了。于翠莲问："哎，你穿这么少不冷吗？""冷啥？看我刚买的长筒靴，这是小牛皮的，一千五百多呢，这颜色还配吧？"说着，英子把腿抬起来让于翠莲看。于翠莲心里吓了一跳，一双靴就要一千五百多呀！嘴里说："你挺舍得的哦。"英子说："翠莲你把钱都存着干吗呀，房子也做了，儿子娶媳妇还早得很哩，你不花，存在银行里贬值啊。"于翠莲说："我哪有啊。"她心里想的是，有钱存在银行贬值也是好的啊。没有钱贬值就只有人贬值了。

"我看你细叔爷对你蛮好的呢。"英子见于翠莲不作声又说，"年前他还带着你去镇上买东西？"

"是国子让我坐他车去的。"于翠莲心想，这个凭你嘴碎也嚼不到哪去。

英子哦了一声，尾音拐了弯，意味深长的。

细叔爷大壮，外号赵混子，人前人后老是偷空拿眼瞅于翠莲，惹得英子说到他就怪声怪气。于翠莲尽量躲避他。村里人都说他脾气粗暴、行事武蛮、不计后果。可是于翠莲倒觉得他为人实在，做事下力，只是不该老偷偷盯着自己瞅。论起辈分，大壮比国子长一辈，所以见面要叫个细叔爷，其实，一代亲，二代表，三代四代就没了。他们是已出了五福的本家。

四十七岁，正是男人最金贵的年纪，大壮在镇子上开了个铝合金加工店，属于村子里首先富起来的人。他们家是第一个在清水塘西边起楼房的，最先大壮也是在广东打工，挣了些钱后，就不再去远方了，就在镇上租了个门面，招揽生意，方圆几十里村子谁家起新楼房，门窗户扇都请他做，生意好得很。细娘就整天在家待着，有一着没一着地种点田地，闲了与留在村里为数不多的细嫂子姨娘儿们打打牌。于翠莲想不通的是，细叔爷给细娘挣下了这么好的家境，她的身子骨却是越来越干瘦。

那天坐细叔爷的车去镇上真是国子的主意。本来于翠莲和国子商定好了一起去镇上打年货，但刚走到通往村口的上坡道，就见细叔爷正在屋门前发动他的红色摩托车，国子问："细叔爷上哪呀？""上镇上去。"国子像是得到大赦令般兴奋地说："那你带上翠莲吧，她去镇上打年货。"翠莲心里不乐意，但细叔爷已经把车开到身边来"突突突"地等着她了，她只得扭身侧坐到了细叔爷的后座。"那你呢？"翠莲问国子。国子说："我去二银家打牌。"翠莲心里就窝了火。

摩托上了通往镇上的大路，细叔爷却停了车，说："翠莲，你这样坐着不合适，应该像我这样才安全。"于翠莲心里一阵温暖，她这样坐着是不稳当。就红了脸，下车，再偏腿跨骑到细叔爷身后，她双手使劲抓着裆前坐垫上的皮带，这姿势让她心里很不自在。

大路平坦宽阔，摩托加了速，风嗖嗖地从耳边刮过，于翠莲不由得收缩了脖子。前面一个急刹，她整个人冲向前撞上了细叔爷，前胸紧实地贴在了他的后背上。细叔爷的后背敦实而厚重，稳稳地挡住了她的前冲。好在衣服穿得厚实，但翠莲还是觉得脸上一阵火辣辣地。

平常要步行一个多小时的路，现在只十来分钟就到了镇上。

镇上沿街开了两排各式店铺。翠莲买了一大堆过年的货物。鸡鸭鱼肉菜家里全都有，要置办的就是国子、儿子、公婆过年的衣服鞋帽还有初二回娘家的节礼。再怎么节省，这些东西也是不能少的，只是国子今年工钱没拿回多少，以后的家用得节省，实在不行，就只能把存折上的钱取来贴补家用了。本来说好二人一起来镇上，买啥东西有个商量，临了，国子却要去打牌。难道打牌比陪自己打年货还重要？一年也才这么一回呢。

于翠莲的火气在挑挑拣拣、讨价还价中渐渐地消了。

年前，国子从南边回来时还穿着一双分不清颜色毛里刺拉的帆布球鞋，于翠莲就埋怨他回来过年咋也不知买双好鞋穿，让湾子里的人斜眼睛。国子就斜了眼睛望着于翠莲说："怕啥？我挣了钱了。""钱呢？"于翠莲问。国子就一层层解开衣服扣子，从贴身的内衣荷包掏出一个瘪瘪的纸包交给于翠莲，于翠莲打开来数数说："就这？""啊，还想多少？"国子眼睛看着别处答。于翠莲一屁股坐在凳子上，说："你出去一年啊！"国子说："狗日的包工头拖欠呗，说是年前发，拖到年前了，又说要等到工程验收。这不，还得等。""那要等到几时？"于翠莲问。"过年后我们再去时吧。"国子心不在焉地答。于翠莲着急地问："那去年还有一部分钱呢？去年你也说等工程验收的时候呢。"国子眨了眨眼说："这不物价涨得厉害，那边生活费也涨了嘛。"于翠莲就不作声了。她心里想，大江在家附近打工也是一年。交给英子的是整整二万元，自己男人拿回来的只他十分之一。她的心里很难过，可是这难过却说不出，毕竟国子是出去打工挣辛苦钱了。

人说有钱莫买腊月货，可是也不能就穿着那双毛须须臭烘烘的球鞋过年吧，于翠莲想着舍个大己，花一百六十多元在镇上给他买双皮鞋。

"想什么呢？"细叔爷笑着问她。翠莲笑笑没有回答。细叔爷问："东西买齐了吗？"于翠莲说："差不多了，就是还想给国子买双鞋，没看到合适的。"细叔爷说："要不我带你上城里去看看吧。"于翠莲意外又惊喜，嘴里却说："那多耽误你呀。""没事，跟你在一起我高兴。"细叔爷说完就拿眼盯着她的脸看，看得于翠莲更不自在了。

细叔爷果然就带着于翠莲去了县城，给国子买到了皮鞋。国子穿上这鞋，就满湾子去打牌喝酒，也没人请他，他东家西家地蹿，见人家要开饭了，也不走，人家客气一句："一起喝点？"他就涎皮搭脸地坐下来喝酒，一喝就醉，醉了就倒头睡，往往是主人家把他搀了回来。就这样，一直到他再次外出打工去。

那天从镇上出发再往前开半个小时的摩托车就到了县城。从县城回来时天都快黑了，翠莲不知英子是啥时候看到自己和细爷的。她也不敢问，怕一问又引得英子不知会说出啥，其实本来啥也没有。

于翠莲晒完腊鱼腊肉，就在门前空地劈柴火，英子也吃完了糍粑豆丝，磕着瓜子走过来说："翠莲，你今年不像新婚啊？以往国子回来，你总是喜气洋洋的，小别胜新婚嘛，嘻嘻，今年不像。"

于翠莲斜了她一眼，并不作声，心里憋屈得很。英子说话总没个正形，于翠莲心里不满着她，但人家这话却说得像针锥肉一样实沉，所以只能装聋作哑。

"你骗不过我的眼睛。女人三十如狼，四十如虎。翠莲，让国子别再出去了。"英子总以高人一等的口气教导于翠莲。

于翠莲仍只劈着柴。英子凑近了小声说："哎，你怎么就留不住他呢，这可不是好兆头哦。"于翠莲心里讨厌着，面上笑笑，鼻子却酸酸的。英子从前就总是笑说他们是小别胜新婚的，她想她和国子可不是小别。整整一年哪。

"那是干柴遇烈火啊。"英子说。于翠莲觉得英子真是会说话，这个形容太贴切了。可是，今年情况却完全不是她想象的，国子回来是想方设法地回避她，白天在外打牌喝酒，晚上玩得深夜不回，回来就是酒醉麻天地跟死猪一样倒头就睡或者干脆就摸进了儿子的房间糊弄一晚上。

那次于翠莲自己耐不得了主动去亲近他，国子竟吼着把她推开，还借着酒劲骂她是骚货，气得于翠莲发誓再不理他，可是耐不住自己心中欲望，又想隔不两天他还得外出打工，在他外出前的一夜，于翠莲还主动过一次，国子仍是将她推开了，说明早要赶火车。这个盼望了一年的男人就这样把于翠莲心头的欲火硬生生地扑熄了。

更苦的是，于翠莲发现了国子的怪僻。

那晚，于翠莲多喝了几口水，半夜醒来去解手，发现厕所的门虚掩着，从门缝中透出了灯光，隐隐约约地传来一阵奇怪的声响，她疑惑地踮着脚尖走近，那声音熟悉又陌生。她推开门，就见国子光着下身，手握命根自我陶醉地摇晃着身子，那奇怪的声响原来是从国子的喉咙里发出的阵阵粗重的喘息。她懵懂地问了句，“你在干吗？”国子吓了一跳，浑身一哆嗦，怔在那里，于翠莲瞬间明白了，两人都惊吓地对视着，随即于翠莲羞愤地逃离。

国子宁愿这样也不和她办事儿，她惶惑委屈却说不出口。

国子不能不出去打工，家里的房子是做了二层楼，却只是个毛坯屋，等着钱装修。儿子上学学费是全免了，但时不时地还要买些课外的书本，又正是长个的时候，春上做的新衣到夏末就短了一截，时时要买新的，就这一个儿子，也不能像自己小时候一样，衣服接一截还能再穿，现在谁家儿子不金贵呀。老人那边还要供养着。先前国子出去一年也就挣个万儿八千的回来，但总归比在家种田的好，所以，于翠莲一直很矛盾，心里巴望着国子不走，可是又不能不让国子走。

但今年，她却是一万个不愿国子走，她想，只要留住了人，一切不明白都会弄明白。她求国子留下来，国子却决绝地走了。

“莫不是他那边有人了吧。”英子一向毒舌，于翠莲心里一惊，手一软，斧子偏在了柴火的一角，溅起的柴渣打在了额头，血流了出来。

英子从家里拿来了创可贴给于翠莲贴上，说：“可别破了相哦，不然你家国子真的不要你了。”

“他敢！”于翠莲嘴里狠着，心里却骂她：狗嘴吐不出象牙！

“哈哈，我可不吐象牙。”英子像是听到了于翠莲的心声，“我吐莲花好不，吐莲花的可是菩萨。我就是菩萨心肠。我说的可是真的，女人要对自己好一点，别光顾着别人忘了自己，再说了，翠莲难道你就不想他？大江不在我就睡不着。”

英子这话是体己的话，她是有感而发。她男人大江开始也是去南边打工，她一个人在家带孩子，耐不住没有男人的寂寞，把孩子扔给公婆也跟了过去，没过多久，两人又一起回来了。英子说是想儿子，不愿在那待着。可是大壮家的细娘却对人说：“英子的男人大江在那边找了个相好的，英子发觉后寻死觅活地逼着男人回了家，从此再不许他走远了，只许在周边找活做。他男人有短处被她捏着，乖乖地不敢再出远门。”

于翠莲是在经过细叔爷大壮家的菜地时，听得细娘跟二银嫂子说的这事。于翠莲心里瞧不惯细娘：不就凭着你家男人会挣钱，你才这样有底气嚼人舌头么，会挣钱也不过是个混子。

于翠莲声也没作声，就进了自家的菜园子，却不知怎么地心慌意乱起来。那时，国子也已经外出打工去了。

难怪英子总能揪住她老公的一点小错就大动肝火地骂一通，她老公和公婆竟都是一副息事宁人的态度，由着英子把脾气泼洒着。从前可不是这样。

后来，英子的穿着打扮就光鲜多了，动辄上千元一件的衣服，让于翠莲越发地自惭形秽。于翠莲原以为是她去了一趟南方，就像出了一趟国一样，也是镀了一层金呢。原来是打扮得漂亮后好勾引住自家的男人，于翠莲心里就平抚了不少。再见英子穿了时新的衣服就不像以前那样眼气了，反而生出一份同情。

但从此于翠莲也像中了魔咒一样，心神不宁了。

国子回家过年，直到再次外出也没跟她办事儿。现在英子又对她说出这样的话，于翠莲像有一团棉絮堵在胸口，越发地难受。

于翠莲还嘴硬地说：“我可不像你，没了男人就活不成。”英子就怪笑。于翠莲就心虚了，恨恨地说：“我家国子可不是那种人。”英子就拿腔拿调地说：“是啊，是啊，国子人老实。老实不吃食，吃食不屙屎，哈哈哈……”英子没心没肺地笑，于翠莲却听着她好像话中有话，警惕地问：“你是不是看出国子什么啦，怎么这样说？”

“没有啊？你怎么这紧张，是不是国子有什么啦？”

“国子什么也没有，你别跟个乌鸦样地乱叫！”

晚上，于翠莲很晚才睡着，国子竟真的带着个漂亮的年轻女子回家来，一进门就说要跟她离婚。于翠莲就哭了问他为啥。国子说：“谁让你逼着我出去打工挣钱，你一个人在家享清福！现在我已经习惯了在那边的生活，我爱上了别的女人了。”于翠莲就哭醒了，原来是梦。想着白天英子说的话，再想想国子今年回家的种种表现，她索性爬起来给国子打电话，电话却是关机。看看钟，三点刚过。于翠莲听人说过，做梦都是反的，只有夜里三点才是正的，因为那时正对着月亮。她走到窗前，看到了一轮清冷的月亮悄没声息地在薄薄的云絮里出没，她浑身一凛打了个寒战，心像断了线的风筝，没头没脑摇摇晃晃地往地面坠。

二

国子害怕陪着于翠莲打年货，夫妻二人兴高采烈地逛集市就会一直性高欲烈到床上。

国子其实是想陪于翠莲去镇上打年货的，村里家家户户去镇上打年货，有带着儿女一起，有夫妻二人相携的，或步行，或骑车，自行车、摩托车都有。一路上全是有说有笑的。乡下人一年到头也就这个时候是最乐呵，他哪里不想陪老婆逛逛呢。

这个年他原想着不回家过，可说不过去，没有任何理由可以不回家过年，全村外出的人都要回来团圆，你国子凭啥不回家团圆？他问老板能不能留下来守厂子，值班，理由充分又有值班费，老板却说守厂子的人早已安排好了。这就意味着他没人管吃住了。下次开工得等到元宵节后，小一月的时间，只能回家，只要把翠莲糊弄好了，怎么都比在外的好。

其实国子不是不想回家，而是不想见于翠莲，也不是不想见于翠莲，而是怕见于翠莲，是怕见了她控制不住地想和她亲热，办事儿，而和于翠莲办事儿……是绝对不可以的。

医生说国子还得继续治疗，虽然症状没有了，但病毒可能还没有完全清除，还可能有传染，国子已没有钱再继续打针了，出来一年总不可能光着身子回家吧。其实他身上已经不再痒了。他很侥幸地想着只要不复发，保持一段时间，就应该没事了。可是，医生却严肃地告诫他，不可以抱侥幸心理，一定要规范治疗。眼见得就要过年了，他思谋着回家想办法借点钱，年后再来接着治疗。

可是，回到家面对于翠莲，国子便不断地动摇着决心，最后，他害怕自己把持不住，只得用酒精来麻醉自己，喝得烂醉，啥也说不成啥也做不成，这样于翠莲也厌烦自己了。他的小计谋似乎成功了，看着翠莲忧伤惶惑又委屈不敢言的样子，他心疼不已，悔青了肠子却不敢安慰她，怕她顺着杆子刨根问底。他还是有控制不住自己的时候，那天半夜的难堪就让他揭去了疮疤样痛，他只得想法子逃离——提前离家。

国子在一家私营钢结构厂打工。厂里大多是男人，少有的几个女人也是老板家的亲戚或朋友。他与另外三个打工仔被安排在一间简陋的宿舍里。

厂子在一片工业园区，工业园很大，很漂亮，刚开始国子觉得这里真好，吃喝拉撒都在厂子里解决了，不用出厂门。白天上班，晚上下班后就在宿舍里跟翠莲打电话，后来，发现电话费一个月下来得一百多元，翠莲就心疼了，说："你以后没要紧的事就不要说话了，就打电话回来响三声挂掉吧。"国子说："那哪成。"翠莲说怎么不成，响三声就意味着"我很好"呗。我听见三声响就放心了。国子说："这办法行，如果我再响三声就意味着'我爱你''我想你'。"翠莲就甜蜜地笑了说："那我也拨你响三声，意味着"家很好"，再响三声意味着'也想你''也爱你'。"那一段时间，国子和于翠莲就这样一个拿着手机，一个守着座机隔了千万里远，不费一分一厘地诉说着心中的思念。那是国子刚刚远离家乡出来打工的头一年。

起初国子舍不得儿子，舍不得老婆，是于翠莲吵吵着让他出去的。于翠莲说："你不出去打工，这土砖房什么时候能翻新？娃儿衣钱哪来？你爷娘的生活费怎么供？西头屋英子家都烧上煤气了呢，咱家还在烧灶，清水塘上头屋的细叔爷家里的电器你屋里一样也没有，你还不赶紧着？"这样国子就出来了。

新奇劲过后，国子就开始没日没夜地想家、想于翠莲，就不停地往家里打电话，电话通了问候一番家里情况就说："翠莲，我想你。"于翠莲说："我也想你。"国子说："我想你晚上睡不着。"于翠莲说："我也是。"国子说："我想和你那个。"于翠莲就半天不作声，然后就听到了听筒里传来的于翠莲的抽泣声。电话挂断后，国子心里更难受了。他就到外面去转悠。

正是草长莺飞的季节，外面一片勃勃生机，五颜六色的花朵在夕阳下展示着俏丽的娇颜，像身着华服的女人在搔首弄姿。街道上招摇而过的男男女女，无不显摆着充盈的荷尔蒙得到适时宣泄的心满意足和洋洋自得。国子几分艳羡几分嫉妒地不忍再看他们。

国子站在一处花坛边望着盛开的花朵出神。他想起初中生物课上老师的话：植物的花朵其实是它们的性器官，它用艳丽的色彩和芬芳的气味吸引来蜜蜂和蝴蝶为它传授花粉，然后才会结果，传宗接代。所以要用争妍斗艳来形容它们，聪明的作家又把这词用在了女人的身上。老师说到此处打住，课堂上传来一阵会心的笑。国子想，女人的争妍斗艳，都是靠了衣装和服饰，其实是凭借金钱倚仗外物在起作用。要是女人也像这些花朵样凭着天然的肉身赤裸地争妍斗艳会怎么样？那会被当作流氓！呵呵呵，他不禁为自己的奇思妙想傻笑起来，引得路人侧目。他胡乱地看着，胡乱地想着，身上走出了汗，心慢慢平静下来。

从此，国子就有了闲逛的习惯。

于翠莲心疼电话费不让说话后，国子就按她的要求，在想她时给家里打电话，电话响了三个三声之后，他就非得出去走走，后来变成沿着厂子围墙外的柏油路呼呼地跑，直到全身出汗，心情平静下来。

一天厂里机器检修，难得有了休息日，国子跟另一个工友来到了市区瞎逛。平日里，大家在一起说老婆孩子早就说油了，工友突然说："国子你昨晚又吵我一宿没睡，半夜起来洗什么澡啊。"国子莫名其妙，突然醒悟，就骂道："狗日的那厂子是个牢房，你能安安静静地不半夜洗澡，你怕是只献（阉）鸡吧。"工友不仅不恼，还笑了，他拍了拍国子的肩，递给他一支烟，又给他点上了火，国子以为他会说点什么，可是他却只叹了口气，闷头抽完了烟后，什么也没有说。然后，二人来到了一家大型超市。

超市门前围了一大堆人，一家化妆品厂在搞产品促销。国子和工友正要离开，却见台上蹦出来五六个薄透露诱的艳丽女子，随着激昂的音乐跳跃旋转，时不时地对下面的观众抛着媚眼，那胳膊腿儿就像刚刚在池塘的水中洗过的鲜嫩莲藕一支一支显摆着、招摇着，然后摞在一起，等着码到箢箩担中往家挑或往市场去待价而沽。

国子看得浑身起劲，工友却要走，他说再看看。工友说："这有啥好看的，不过是些空靶式，我带你去体会一下真枪实弹吧。"国子还没明白过来，就被工友拉走了。

工友带国子走过了一家娱乐城，霓虹闪烁的娱乐城门前停满了各式车辆。工友说："真正漂亮的小妞都在这样的地方，等你以后有钱了可以到这里来玩。"国子问："玩什么呀？"工友就笑而不语，国子似有所悟，又问："那得多少钱才能进这里玩？"工友就笑说："总得成千上万才行吧。""就玩一下能要这多吗？""你以为呢？"工友深奥而不屑地说。

拐进了一条僻静的小巷，来到一家小美发店，幽暗的灯光发散着暖昧的粉红情色，三四个女孩子懒散地歪斜在沙发上，比舞台上的莲藕更撩人的薄透露秀着。见他们进门，立即迎上前热情地莺歌燕舞。国子心里就明白了刚才工友所说的体会真枪实弹是什么意思，不觉耳热心跳。看她们与工友亲昵的招呼，娇滴滴地怨他好长时间没来，很熟络的样子。一个女孩张开丰硕的胸脯扑向了工友，工友很自然地把她抱在怀里，两人相拥着走进了里间。另三个女孩也抢着拉国子进去，他手忙脚乱地逃了出来。

国子的心如乱锤敲鼓般嘭嘭着，满脑子都是那些女子的熊猫眼和血红嘴，还有那鲜藕般白晃晃的胳膊腿和有意无意贴上来的柔软身子。他全身火烧火燎般热辣，嗓子眼也干得冒烟，只得在理发店附近瞎走。

好容易等到工友打来了电话，二人会合后一同回厂。工友一路上春风满面。国子就不停地问这问那，工友不答，只是骂："你狗日的才真是阉鸡！"

次日国子问："万一嫂子知道了怎么办？"工友一笑："还惦记着？"然后鄙夷地说："你会让于翠莲知道吗？"国子就消沉了。于翠莲不求富不求贵地嫁给了自己，给自己生了那么可爱的儿子，自己怎么能背着她做那样的事？工友像看出了他心事，说："咱出门在外挣点钱，也是为了老婆孩子，但就像人不能不吃饭一样，男人总不能没有女人吧。你想想这理儿，人不吃饭哪来力气干活？男人吃不饱去找点野食是天经地义的，你嫂子就是知道了，也不会怎么着，她通情理。"国子觉得工友的话有道理："人哪能没饭！"

国子果然在工友的传帮带下有了平生第一次找野食的经历。那一次，当掏出身上的钱给那个"小姐"时，他心里七上八下的，没有一点快感，既心疼那100元钱，又怕小姐看出他的心疼，更怕会碰到熟人或警察。可是慢慢地，他就习以为常了，并一发不可收拾。

三

细爷大壮家又要盖新房了，是在现在的楼房的山头紧挨着再盖一栋三间的楼房，说是为儿子结婚盖的，他家现在住的楼房空着好几间屋，却还要另外再盖房，人和人真是不能比啊。于翠莲想着，一边着急儿子这么晚了怎么还没有回来，灶屋里的饭菜盖在锅里保着温，左等右等儿子小牛都没回。

正要出门去看看，听得英子在外面边跑边喊叫着："翠莲，快点，你家小牛……""小牛怎么啦？"于翠莲心怦怦直跳。"……被砖砸着了，流了一脸的血！"于翠莲心里一吓，跌跌撞撞地冲出门。

细爷细娘家新房今天上梁，鞭炮和焰火一直响个不停，小牛和几个伙伴被炸响引过来看热闹，炸声稀落时，他们就冲上去捡未炸响的鞭，然后可以再点响了玩，这时，竹跳板上的几块砖头突然掉下来砸在了小牛的头上，顿时血流如注。

于翠莲一路呼唤着小牛奔到细爷细娘家，一群人就七嘴八舌地说砖砸了，流血了，昏了，送镇上去了。于翠莲腿就软了，英子一把搀住了她。于翠莲就返身欲往镇上奔。英子只得搀着她歪歪倒倒地再回身往镇子的方向去。拐过细娘屋侧边的上坡路，才来到村口的小道上，两个人已累得气喘吁吁。

小道两边是半尺来高的油菜地。远远地可看到大马路。这里去镇上得步行一个多小时，于翠莲这样哪能走得去？英子心里着急，只是盲目地随着于翠莲急促的脚步拼命往前赶。马路上有来往的车辆，英子拦了一辆拖拉机，二人赶到了镇卫生院。镇卫生院里的人说已送到县医院去了。

二人再搭了一辆过路车赶到县医院。英子的老公大江正在门诊大厅收费处，迎着她们说："小牛失血太多了，需要输血，你细爷正在抽血，他拿钱让我来交费。"

直到看见小牛平静地躺在病床上，于翠莲才缓过神来，她让英子给国子打电话。于翠莲没有手机，家里就只安了个座机，她说她不出远门要个手机费钱，所以只国子有手机。一路飞奔来镇医院时，英子就打过国子的电话，但一直没打通，英子都生气了，这时英子再把电话打过去，那边仍然是关机。英子安慰她说："算了，这么大老远地告诉国子，他也不能马上回来，小牛没危险就别让他着急了。"

但是于翠莲的怨怼突然无以复加，那种掉进茫茫大海无人能呼应的恐惧攫住了她，令她号啕大哭，全身颤抖。

细叔爷大壮走进病房来，英子就去找大江了。大壮在于翠莲的肩头拍了拍，然后坐在了另一张床上。看着眼前这个正低头哭泣的年轻女人，他心中一动，想到了那天带她来镇里打年货的情景。她骑坐在自己身后时，柔软的身子时不时地随着摩托车的颠簸撞在自己的后背上，虽然衣着都很厚实，他也知道于翠莲努力地用扯着坐垫带的胳膊抵挡着尽量不使自己撞上来，可他还是感觉到了她力不从心时撞上来的青春的丰满，他禁不住有点心襟荡漾：要是坐在后面的是自己的老婆那该多好。

现在，于翠莲脱去了冬装，穿着一件紫红色的短外套，丰满的胸脯急骤起伏着，再一次让他浮想联翩。他突然抓住了翠莲的手说："你不要怕，小牛不会有事了，医生说了，已经缝了针止了血，安心住上几天消消炎就行了。"于翠莲点点头说："细叔爷，谢谢你。"大壮说："谢什么呀，都怪我，撵了几次他们还要在那里捡鞭炮，我一不留神，小牛就从窗子豁口钻到墙里去了，听到呼喊声，我跑过去看时，他满脸是血倒在地上，我也吓得不行了，赶紧就找辆车送来了。”于翠莲点头说：“谢谢，是小牛太淘了。”“谢什么呀，是我应该做的。”“你还为他输了血？”大壮说：“县医院也正闹血荒啊，这不正好，我当过兵的，知道自己的血型就输给他了嘛。”于翠莲抬头，果然见细叔爷的脸色比平常要苍白。她又一声抽泣哭出了声：“国子这个时候也不知怎么回事，电话就是打不通。哪怕他能够给个话也是安慰呀，那手机买来是干什么的呢？难道就是在想那事时才打来说话吗？”她又一阵心酸，气都喘不过来了。大壮拍拍她的肩，递给她一盒牛奶。

小牛在医院住了一周后就出院了。这期间医药费一共用了四千五百六十七元。大壮把账全结了。大壮叫了一辆拖货的小货车来接于翠莲娘儿俩，经过镇上时，于翠莲让停车，她到信用社去把存折上的钱全部取出来，连本带利只有三千二百多元，她很为难，可是儿子已经出院了，不能再拖欠了。

回到家后，安顿好儿子，于翠莲到细叔爷家，细娘去地里收拾菜园子了，她拿出三千元钱来交给细叔爷说：“余下的等国子年底带钱回来时再还。”大壮却把钱全塞回到她手中说，“你这是干什么？事情本来就是我家做房子造成的，我有责任赔偿，何况伢儿还受了苦。”于翠莲的眼泪就又涌出来。大壮将她搂到怀里拍了拍，“说你的儿子就跟是我儿子一样。”突然又放开了。因为两个人都觉得这话别扭，差了辈分了。拥在怀里拍时两个人都没觉得有什么不妥，放开来却都不好意思起来。“那谢谢了。”于翠莲说完就别过身子低头往家里走。细叔爷叫住了她说：“翠莲，你的事就是我的事。我一直喜欢你。”于翠莲的心就怦怦跳着红了脸跨过门槛，快速离开了细叔爷家。

这么多的钱，国子去年一年在外边也没拿回来这多，细叔爷说不要就不要了，于翠莲心里想着他在镇子上开的店子不知道多么挣钱呢，不由得对细娘羡慕得心酸酸的，这个干瘦的女人不知是哪辈子修来的福分啊。她本来还有点多拿多占了的亏心，但转念想到小牛遭的罪，又觉得是该他们家出钱的，再说出了那么多的血，给小牛买些营养品也要钱啊。

跑回家里的于翠莲，心仍慌乱着。她把钱又数了一遍，重新用纸包好，压在了枕头下面的棉絮底下。然后坐在床沿喘着粗气，回想着刚才的一幕。

直觉告诉她细爷不收这个钱是背着细娘的决定，她害怕细娘突然回来了改变细爷这个决定，细娘一向节俭，再说小牛也是自己跑去捡鞭炮受的伤啊。她更害怕细娘发现了她与细爷之间异样的神情，同时她还怕湾下有哪个人突然闯了进来，听到了细爷对她说的那一番让她心慌意乱的话。村子里人家一般都敞着大门，随意进出，往往是脚已踏进了堂屋才发出“屋里有人没”的问声。其实在她心里，她是巴望着细叔爷能多搂抱她一会的，她觉得自己快要累死了，在那温暖的怀抱中她可以得到些许的安慰和歇息。

虽然村里的人都叫细叔爷混子，可是现在于翠莲没觉得他浑了。她已经对这个长自己一辈的本家细叔爷的亲昵举动不再反感，反倒是细叔爷身上特有的男人气息，浓烈，刺激，让于翠莲有一种眩晕感，她隐隐地有一种沉醉不醒的企盼。她不断地回味着那令她面红耳赤、心跳加速又浮想联翩的味道。

于翠莲已经很久没有得到过男人的温存了，细叔爷眼里的火种早已将于翠莲心头的干柴点燃，只是她一直拼命地浇着水。

在医院时，细叔爷跑前跑后地为她娘儿俩忙着联系医生，填写表格，交付各种费用，于翠莲觉得那是他该做的，谁让他家做屋这么张扬，放那么多的鞭炮，害得小牛遭那么大的罪，血都快流干了吧，不然医生也不会给他输血啊。她担心小牛会有后遗症，会变成了聋子、傻子，或者哑巴？会走不了路，成了瘫子，或者干脆就是英子说的成了植物人？她要让国子早点回来，找细爷讨说法，向他索赔，她甚至想到了要去法院告状，让细爷一家为小牛的一辈子负责。

可是，后来细叔爷的表现着实让于翠莲感动了，他几乎放下了镇上店里的生意，为她娘俩一日三餐送饭，有时是从家里带来的肉汤，有时是从外面餐馆打来的饭菜，实在不能来时还给她钱让她在医院买饭吃，她心里对他的怨恨渐渐地消减，不仅打消了一开始的想法，还潜滋暗长了感激和仰慕之心。

有一次在开水房打水，细叔爷竟突然搂住了她，于翠莲觉得细叔爷的举止有点过火，但也只是挣脱掉，并没生气。而且那一次短暂而突然的搂抱让她感到抓住了一根浮木，可借以求生。这感觉只一闪而过，再看见细叔爷忙里忙外时，她心中的怨恨和理所当然慢慢变成了温暖和心安理得。

现在儿子一天好过一天，已无妨碍了。于翠莲再回想着细叔爷的种种表现，心里异样的感觉也一天浓似一天。自从国子离开家后，只有这个本家细叔爷是真心地关照着自己的。虽然是由他家做屋起的事，但到底谁也不愿发生，要是没有他的照料，于翠莲真不知后果会怎么样。

晚上一个人躺在阔大空旷的床上，于翠莲的心事开始不安分起来。从前她心里不安分时，会想象着国子在身边的情景，可是国子过年回来的种种表现让她不仅失掉了不安分的兴趣，甚至滋生了怨恨。尤其他离开家的那天，在他跨出屋门的时候，她的留恋伤心一下子就化作了无边的伤痛，她趴倒在床上捶打着呜咽着，直到小牛站在了跟前来说妈妈我饿了，她才爬起来开始了周而复始的忙碌。

然而只要一停歇下来，心里的无名之火就会慢慢升腾，化作一股焦躁之气。为一点小事她都会大动肝火、声色俱厉，像英子要泼时叫骂大江和公婆一般叫骂着委屈无辜的小牛。小牛无端地挨过好几次打，事后想想，她觉得毫无道理，不明白当时怎么会突然间疯了一样。她反悔自责，但下一次，她还是控制不住地要发泄。她想，这都是国子搞的鬼。

四

开春的农活一件赶着一件，村子里现在种田地的没几家了，大家都指望着男人在外面打工挣钱回来养家，把田地包租给临村的人种上了草莓，还有些人家的田地是依靠留守在家的老人和媳妇侍弄，更多的干脆就让田地抛了荒，反正一年到头累死累活也收不了多少，种上点作物，也不过是在得到政府的一点补贴时心安理得一些，并不指望收成的。于翠莲就是这样在地里种上些油菜、棉花，在田里播下些稻谷，能满足一家人吃饱饭就行。

赵家大湾有一千多户人家，是个大湾子。湾子分为两部分，清水塘的东边全是低矮老旧的土砖屋，清水塘的西头则多半是新起的二层的楼房或红砖瓦屋。自从湾子里年轻的劳力都外出打工后，陆陆续续地就互相攀比着在清水塘西头盖起了新屋，因为西头离着去镇上的大马路更近一些。

可是新屋丛生的塘西头，除了过年时异常地热闹外，平常人声烟火味就稀薄得多，而东头那边又都是老人，起先还有一些孩子，近来，孩子也见不到几个了，大都随打工的父母到城里去了，东头就更是悄无声息了。

于翠莲的新屋当然也是在清水塘的西头，东头老屋里住着公公婆婆。新屋落成后，于翠莲就和国子带着儿子搬了过来。她觉得这边太冷清，也想和国子一起出去打工，可是，儿子已经读四年级了，出去得好大一笔借读费，还有两个老人，隔三岔五地要去看看，要给他们送去口粮，要帮他们翻晒被褥，浆洗衣裳，最主要的还是，她只读了小学一年级，从来就没出过远门，她去打工能做什么呢？于翠莲只得守在家里照看着儿子，也捎带着照顾一下老人。她心里怨恨着自己的爹妈当年没让她多读点书，仅仅因为她是个女儿。所以她十八岁就早早地嫁给了国子。也说不上自己是爱上了国子，只是因为介绍人把他介绍到自己跟前来，两人看着还顺眼，女儿家迟早都是要嫁人的，早嫁早生子早享福。双方同意事儿就成了。于翠莲更想早点有个自己的小家，能够说话算数，能够有个人关心自己听自己说话。所以当家家户户的男人都出去打工时，于翠莲并没有觉得一点点的好，反倒总觉得外出打工，夫妻二人分住两地隔着地老天荒的，想说个话都看不到人。有老婆跟着老公一块出去的，可人家那都是有文化的人，不说初中高中的，最起码也要个小学毕业啊。于翠莲自己是绝不会出去的，她连火车票都不知怎么买。国子也是这样想的。

可是当一家家的新屋在清水塘西头拔地而起时，于翠莲心里就有了羡慕。她想着自己不能一辈子都住在这样的老旧矮屋里吧。便也催着国子出去打工。

于翠莲走在清水塘的埂道上，她去给公婆送口粮。肩上一袋米，手上一壶油。她想：什么时候再不往这送东西就好了。她每个月都要过来送些米面油，再帮着把他们干不动的活料理一番。

刚刚路过英子屋门口，细娘和另外两个媳妇也在英子屋门口围坐在一起打麻将，她们有说有笑的，很是热闹。英子多次说要教于翠莲打牌，都被于翠莲拒绝了，于翠莲觉得自己没文化，一是不会像她们那样能说会道，二是学也学不会怎么把麻将打得只赢钱不输钱。只要会输钱，于翠莲就不会去玩。

于翠莲把米倒进米缸里，婆婆跟过来说："这买来的米就是没意思，几杯子米煮不了一锅饭，又不经饿。"公公收拾着屋檐下的柴草，听了婆婆的话接道："那油也没有自己种的菜油棉油香，也不抵料。"婆婆说："挣点钱不容易啊。"于翠莲知道公婆话里话外的意思是国子在外面辛苦，心里就很烦，种的田地产的米面油应该是能够一家人吃的，可是那种子化肥除草剂照样是要用钱换回来的，稍稍省着一点，收成就不好，去年稻田的稗没来得及除，谷子就减产，所以得买米吃。于翠莲说："我还在种田呢，没白吃饭。"她心里想着湾子里多少人家的田地都荒了没有人种了啊，英子已是几年不下田地了，他男人挣的钱回来交给她够她花的了，用不着靠辛苦种田地来养家。她穿的那些衣服，于翠莲想都不敢想。于翠莲恨恨地想：你儿子要是有英子家大江那挣钱的本事，也用不着我勤扒苦做去种田地了。

于翠莲在公婆的啰嗦中无声地把油壶提到灶屋的橱柜里就往回走。婆婆追出来问："这个月的生活费呢？"于翠莲掏出了在身上焐热了的二十元钱拍在堂屋的桌子上，婆婆在身后说："让小牛晚上来吃糍粑豆丝。"于翠莲声也不吭，跨出大门，心想这两老田地是种不动了，可嘴巴倒很刁。

又路过英子家，牌局还在继续，英子问："翠莲你婆婆还好吧？""好着哩，能吃能喝的。"于翠莲话里的气，每个人都听得出。细娘看了于翠莲一眼，骂道："狐狸精你是不想你婆婆好吗？她儿子老远地在外面打工挣钱养你哩。"

"养我？我又没白吃食。"于翠莲挺着胸走过去。春日的阳光暖融融地照在身上，走得急急的她脸色红润娇嫩，脱下的外套搭在胳膊弯里，只一件薄薄的毛线衫，越发显得丰乳细腰肥臀，打牌的女人们啧啧着。细娘低声说："瞧那对鼓鼓的奶子，这一趟又不知勾住了哪个男人的心呢。亏得村子里壮劳力都去外面打工了，不然不晓得有几个男人要上钩呢。"哄然的尖笑声传进于翠莲的耳朵里，数英子的声音最大，像是要故意给于翠莲听到。于翠莲知道细娘又在背后嚼她的舌头。无外乎就是她的奶子多鼓，蛮腰多细，盘子多靓之类，再不就是她会勾引男人上床的话。她心里苦苦地想：我连自己的男人都勾不住了，还勾得住哪个野男人呢，我再会勾人又没勾你家男人，吃的哪门子醋？这想法一闪，于翠莲心一颤；怎么可以这样想？细娘家的男人，不就是自己的细叔爷么？

常日里，于翠莲很少跟细娘说话，细娘老是拿眼睛在她身上打量，仿佛要寻找着什么秘密。然后拣一些于翠莲不想说的话来问："国子一年挣多少钱回来呀？你家的屋基挺宽敞的，怎么不把房子做大一些？怎么还不装修啊？"再不就是说一些男女之事，让于翠莲羞于开口。所以今天于翠莲看见打牌的人中有细娘，她有意地不去与其中任何人打招呼，但还是让她数落了一番，她心里那个恨呀。细娘家的房子是全村最漂亮的，于翠莲家的，到现在还只是个毛坯屋，她总觉得低人一等。偏偏细娘还故意戳人心窝地嚼她的舌，让大伙笑得东倒西歪。

一股无名的邪火直冲心头：细娘你再这样嚼我，我就去勾引你家的男人！

干完一天的农活，把儿子料理睡下后，于翠莲就坐在床沿发呆，这已成了习惯。猛地，她意识到国子已经很久很久没有打电话回来了，上一次铃响还是在小牛出院时。

出事那天英子终于打通了国子的电话，把小牛受伤住院的事告诉了他，并说小牛伤不重只是住院观察，让国子不要担心，也不必回家来。国子让英子把电话交给于翠莲，于翠莲那时是巴望着国子一下子就能飞到身边来的，可是，国子说英子让他不用回来，她和大江还有细叔爷会照顾翠莲娘俩，而且他单位也正忙走不开，国子又说了一些安慰的话，于翠莲还想多说说，英子就忙着喊说这是长途呢小牛没事，国子那边就急急地挂了。

再一次通电话就是小牛出院回家来的当天，于翠莲把前后经过再讲了一遍，这次他们有很充裕的时间讲话，可是于翠莲却没有了讲得详细的兴趣了，她三言两语就把事情讲清了，国子觉得英子没有骗他，一切都好，不必担心。

日子似乎又回复到了从前。国子隔三岔五地给家里响着电铃声。但于翠莲已不再像从前那样巴望着听那铃响并甜蜜地回拨按键了。她有时不等他再响第二次就拿起电话回拨过去，听到那边响铃就挂断，慢慢地，那边也似乎懂了她的心意不再打搅她了。

屋里的电灯突然熄了，她以为停电，便睡下了。

第二天于翠莲醒来很早，伸手去开灯，却还是不亮，才想起昨天已停电了，便又在床上赖了一会儿才起来去给儿子准备早餐，却发现别人家的屋子里亮着灯，可能是灯泡坏了，就去了英子的小卖部。

英子还没起床，懒懒地埋怨着好梦被吵醒了，于翠莲笑道："给你送票子来还不要吗？"说着顺手推开了英子家掩着的窗户。英子说："好大的票子啊！十倍也买不来我的瞌睡。"于翠莲看到床上被子底下叠着两个人，随着英子的话音，英子的身子就撑着件单薄的睡衣从被子下面钻了出来，在把衣襟招拢前，露出了两只肥硕的白奶子。于翠莲顿时十分窘迫，英子倒没事人一样慵懒地系了腰带，伸手接了钱，拿一个灯泡递过来，连窗子也顾不了关就回身钻进了被窝。于翠莲就心慌意乱地一边往回走一边想象着英子夫妻的亲热样。

把新买的灯泡换上去后，还是不亮，难道是电线出了问题？因为房子未装修，窗子还没安玻璃，夜间有老鼠爬进屋来，把电线给咬断的事已发生过几次了，于翠莲曾见过国子把那线给接起来，缠上胶布，电灯就亮了。于翠莲顺着线路找到了卧室外面，果然发现了被老鼠咬断的地方。

临近中午，于翠莲到细娘家去借来了胶布，上次国子就是找细娘家借用的，国子说那是缠电线的专用胶布。细娘追出门问了句：“你会接吗?”于翠莲说：“会，我看国子接过的。”

回到家来，于翠莲把电表的闸拉下来，然后将电线塑料皮剥开，将内芯扭在一起再包上胶布。两根丝都接好后又在外面包上了厚厚的一层胶布，她想这样会更牢实，至少这个地方再也不怕老鼠咬了。要是国子今年能把装修房屋的钱挣回来，首先就把窗子玻璃装上。于翠莲从小就怕老鼠，那是一种有灵性的动物，在它的眼里，人们根本没有东西可藏，那尖利的牙齿能咬断一切物件，听说谁家睡在摇篮里孩子的鼻子就被它咬掉过。于翠莲想到这里都心里打颤。

于翠莲推上电闸，走进睡房，按下了电灯的按钮，灯泡忽闪一下，啪的一声爆响，炸裂，伴随着一股黑烟，一个黑团掉下来，砸在地上碎响，四分五裂，于翠莲身子一哆嗦，是灯泡掉下来了！更加惊心动魄的，是墙壁上一股黑烟迅速变成了一支火苗，火苗噼里啪啦沿着电线往墙外迅速窜动。于翠莲傻子一样看着跳动的火苗。

“快关开关!”声音响起时，一个人已冲了过来按闭了开关，接着又冲向房门外去把电闸拉下来，返身时，外衣已脱下拿在手中挥向了顺墙窜动的火苗。

火苗终于扑灭，于翠莲还在原地站着发呆。“不懂就不要瞎接电线!”男人大声说道。于翠莲从呆痴中惊醒，看清了是细叔爷。再看看屋内墙上沿电线一路烧得黑乎乎的印迹，她双腿发软。

“你看这火要烧到灶房，引着了堆在那里的柴草，你这新屋就毁了。说不定连命都丢了!”大壮火气十足地说。于翠莲看看那些木柴还有堆上房梁的秸秆，她一下子瘫在了地上。

于翠莲清醒过来时，细叔爷大壮已经在用脚步丈量着电线下面的墙角。大壮说：“你这电线不能用了，胶皮全烧焦了，要换新的，我那里正好有一些，大概二十米，够用的了，明天我给你带来，今晚上你就点蜡烛吧。”于翠莲点点头。“可千万不能再把那闸刀推上去了啊。”于翠莲又点点头，眼睛里全是感激的泪水。

五

于翠莲不知道，她被燃烧的电线吓呆的时候，国子正在寻找那个俏丽的洗头妹。

两个多月前，国子从小美理发店里出来，心里空落落的。每次他都这样，想着下次再不来了，可是下次他还如犯了毒瘾的人一样，按捺不住地被心魔牵引着走进这个小美理发店。他身上只带了三百元钱，原以为像上次一样，一百元就够了，不想这次这个小姐说她的价码绝不可能低于三百元，国子这才明白，她们也是论质定价的，他的心空空的，还不仅仅因为口袋被掏空了，更因为这个小姐远远不是前面那个小姐样的迁就体贴迎合他，而是冷漠甚至不屑，他之所以选中她，是因为她看上去是那五六个洗头妹中最俏丽的，没想到她的脸蛋俏丽，价格也俏丽，更没想到脾气也俏丽。国子心里有气，匆匆完事后，逃也似的走出小店，长出一口气。

回厂子要坐公交车，仅仅五元钱的车票他都没有了，他决定走回去，快的话一个小时应该就够了。路上房屋越来越稀少，前面就是城郊了，间或一垄的田地，也现出了早播的麦苗尖儿，一种对家、对儿子、对于翠莲的强烈思念袭上心头，他才想起，昨天晚上因为在理发店里消磨，竟忘了给家里响三声铃，这个时候，于翠莲应该已经下地干活去了，于翠莲在家也该是想自己的吧，虽然最开始是她催着自己出来打工挣钱，可是这两年，她都劝自己不出来，说想他想得厉害。她本来就黏人，要是她也像自己一样耐不住寂寞，怎么办？她会不会也找个人来代替自己？想到这里，国子受不了了，他迫不及待地想马上回家，反正还只有一个多月就要过年了，他心里便盘算着什么时候去买火车票。

但是两天后，国子感觉了异样，起先没太在意，等走进车间，他突然觉得尿憋得慌，急急地去厕所，心里还很奇怪怎么又要上厕所，不是刚刚去了的吗，早上也没有喝多少水呀。等到真正撒尿时，却撒不出几滴尿来。他心里就有了点害怕。工友用怀疑的眼光看着他，问："你怎么又去撒尿了？"国子没理他。工友上来扯住了他的胳膊，他一把甩开，说："我有点拉肚子。"然后就走开了。

国子找了个理由回到宿舍，用热水把下身好好地洗了洗，似乎稍稍好了些，可是过不多久，又开始尿急了，还伴随着阵阵瘙痒和刺痛。

中午在食堂吃饭时，工友来到国子坐的桌边严肃地说："吃完饭到门口等我，我有话说。"国子有一种偷东西被人捉住了手的感觉。他站在食堂门口，心里盘算着如何回答工友的话。工友出来，左右看看，见门口的人不多，凑近了小声对他说："你要去医院查查，搞不好是得性病了。"虽然一直怀疑，却又心存侥幸，听工友这样直接地说出那可怕的字眼，国子惊得瞪大了眼睛："别胡说。"工友低声喝他："你没带套吗？你这个都不懂你找死啊？"

下午国子就请了假去医院。医生是个四十多岁的中年人，头发已谢顶，拿着化验单，瞪着一双金鱼式的眼睛看了国子半天后说："你快活过？"国子不明白，悟过来，一股热血直冲脑门，他羞愧地点头，金鱼眼笑笑，安慰他说："没关系，男人常犯的错，男人常见的病，打针吧。"国子说"能不能吃药？"金鱼眼说："吃药没效果。"国子说："那就打针吧。"金鱼眼又问："带钱了吗？"国子奇怪，谁看病不带钱呢？但他从金鱼眼里读出了含意，惴惴地问："要多少钱？"

"一百五一针。"

"这么贵？"

"先打七针试试。"

"七针？！"

国子心中那个悲凉啊，他只带了三百元钱。金鱼眼像是知道他没带足钱似的，说："你这个病越拖越难治，趁现在刚发病，拦头，简单多了。"金鱼眼犹豫了一下还是说："这病应该夫妻一同治疗，你妻子来了吗？"国子无地自容，脸上发着烧，心里说老婆要是来了，我哪会得这病？但说不出声，只得摇头。金鱼眼像是看透了他一样，忙换了话说：“钱没带够也不要紧，先打一针，明天再带钱来吧。”国子只得点头。没想到这一针打下来就用去了两个多钟头，等从城里坐公交回到厂里，天都黑了。

第二天国子坚持上班，尿意还是顽固地时时袭来，国子尽量延长着去厕所的间隔时间，可也不能太长，太长了，他会全身发抖，而且伴随着钻心痒的还有一阵阵的刺痛。他明白这一针的效果还没有显现出来，还得接着去打针。他知道不能去小医院，他这去的就是一家不小的医院，所以他还是有信心的。

国子又请了六天假，金鱼眼一共给他开了六针，说先打一个疗程，观察效果如何，不行还得加疗程，国子的肠子都悔青了。又惶恐地问：“到底能不能治好啊。”金鱼眼说：“当然能治好，但是急不得，急了没用。心情不好还会影响身体的抵抗力，你要有信心。”眼见就要过年了，不急就不是人哪，国子咬着牙咯咯响。

国子去交费时，数着一张张的百元大钞，心疼得不行。两天就花出去一千一百零六元五角钱，他盘算着这钱可以给儿子买多少支冲锋枪，给于翠莲买多少套衣服，给母亲买多少米和油，给自己买多少双鞋。他脚上的一双球鞋已穿得没鼻子没眼了，还舍不得丢。原计划这个月底去换双新鞋的，看来不可能了。

国子看着头顶上的两只药瓶，都老半天了，那一圈水印却纹丝未动，再看滴速器，那水珠像是定住了一样半天不见落下一滴，这药也滴得太慢太慢了呀，他试着将滴速器拨快了，可是护士每次都走过来再拨回去，还狠狠地批评他，说不能太快，否则他会恶心呕吐，甚至发晕。国子无奈，只能眼睁睁地看着它有气无力地嘀答着，像于翠莲每次送他出村时挂在眼角的泪珠。

想着两个多月前花钱买来的毒害，特别是过年回家后遭受的痛苦以及翠莲的委屈伤心，国子决心要找那个传他病毒的洗头妹算账，赔医药费，还要把那天的三百元钱要回来。可是一连几天，他都没有见到那个俏丽的毒女人。她不知又在哪里毒害别人去了，他不能善罢甘休。

六

躺在床上，于翠莲翻来覆去地睡不着，眼前不断地闪现着那团迅速移动的火苗，伴随着噼啪的响声，然后是炸雷似的细叔爷的喝声。要不是细叔爷及时赶来，火苗冲到灶房点燃那堆到屋顶的柴火，整个房子肯定会埋在火海里，想到这里，她全身发冷，发抖。

奇怪的是国子的铃声一直没再响起。

那时火刚扑熄，细叔爷离开后，她从惊吓中醒来，第一件事就是给国子打去电话，但国子的电话竟是关机，她心里的恨又添一层。真是远亲不如近邻，她应该抱住细叔爷这根救命的木桩。

细叔爷果然扛着木梯挽着一卷电线来了，他将屋内墙顶上烧焦的电线全部换上了新的，又从荷包里拿出个新灯泡安上。然后才按开了电钮，灯泡唰地亮起时，于翠莲看到了希望之光，心霍地亮堂了。

于翠莲问："这线得多少钱啊？"细叔爷说："什么钱不钱的，这点线就算我送你的呗。"说完就紧盯着于翠莲看，从脸颊到胸脯，于翠莲不好意思地低下头，说："我老想着要是烧着了怎么办啊。"细叔爷说："这电可不是闹着玩的，你的胆子也真大，随便就敢接电线。"于翠莲说："我看过国子接电的，不就是把电线芯纽在一起缠上胶布吗。"细叔爷拿出支笔来，亮给于翠莲说："你看看这个，这是电工笔，要试试哪根有电哪根没电，没有这个，接反了线就会起火，你就是接反了。"于翠莲这才明白，说："谁知道还有这个巧啊，唉，我吓得一夜没睡着呢。"细叔爷说："不是吓的，是想国子了吧。"眼睛里早有了别样的东西，于翠莲心就颤了一下，说："真是天照应啊，怎么那么巧，你就赶来了呢？"

"你细娘说你来借胶布接电线了，我怕你不会，来看看，正碰上了。算你命大。"说着就在于翠莲的脸上捏了一把。于翠莲只低了头，并不抵抗。大壮就心安理得地坐下来了，问："你怎么谢我？"

于翠莲在大壮接电线时就炒了几个小菜，这会儿已摆上了桌，还拿出了一只黄鹤楼的酒瓶，里面还有大半瓶酒，那是国子在家没喝完的。于翠莲说："细叔爷，喝两口吧。"大壮也不客气，就挪到饭桌边坐了说："你陪我喝吗？"于翠莲说："我不会喝酒。"细叔爷说："那我一个人喝有么意思啊。"于翠莲说："国子总是一个人喝呢。"细叔爷说："那是你家国子不懂情调。"他那拿跳动着火焰的小眼睛逼着翠莲，于翠莲心慌意乱地避过了。大壮说："这么好的菜要是不喝酒就糟蹋了，来吧，陪我喝一点，就一点，不然我回去可不是没饭吃啊。"于翠莲知道，细娘哪一餐不是鱼肉荤素地侍候着细叔爷？只得再拿出只玻璃盏来，大壮就给自己满上了酒，然后又给于翠莲倒上了小半盏。

小牛吃完饭就到房间里去看电视了。细叔爷却还在慢慢地品酒嚼菜。于翠莲也已经把那小半盏酒喝干了，说我不行了。细叔爷却又给她加上了小半盏，他自己也已经是第二盏酒了。翠莲的头有点晕了，可是还得陪着喝。

小牛关了电视，背着书包出来，说要上学去了，于翠莲已顾不得叮嘱他不要惹祸的老话，儿子见妈妈没感觉似的，就自己走了。

细叔爷又举起了玻璃盏子与于翠莲的杯子碰了。大壮说："小牛的学习成绩要抓，身体也不能耽误啊，正是长身体的时候呢。"说着拿出二百元钱来递给于翠莲："给儿子买点好吃的吧。"于翠莲没接，他就牵过了她的手，把钱放在她手心，然后顺势由手掌摩梭到了胳膊，臂弯，肩头，于翠莲的眼前出现了那天在英子家看到的情景，她身子一下子散了架似的瘫软了，只听得细叔爷在她耳边说了句："以后没人时就叫我大壮……"

于翠莲坐在床上发呆，心里是深深的愧疚和惶恐不安，想到国子在外辛苦打工，累死累活地挣钱回来，才做了这幢新屋，她和儿子才有了安身之处，她觉得非常对不住国子。可是一转念，她又想到了国子今年过年时的反常，心里就劝自己不要多想，耳边却又响起了英子骂她男人外面的女人："野女人，小妖精，贱人。"她把自己与这些对照了一下，觉得哪一样都不是，她有家，勤俭劳作，不靠别人包养，她不是野女人；她没有刻意打扮过，没有穿过像英子那样亮堂的衣服，她不是小妖精；她没有勾引过别家的男人，她不骚，可是……她还是与别家男人做了那事，那见不得人的丑事，她就是个贱女人，不该千刀万剐也该被戳梁骨。她像悄悄进到别人家菜园子偷摘了人家的黄瓜，有几分愧疚，有几分胆怯，更多的却是兴奋，是等待着机会再多摘一些。

虽说是细叔爷，年纪也奔五十，大壮说的话却让于翠莲耳热心跳，脸臊得发烫，村人都说细叔爷粗俗和暴躁，是个混子，于翠莲现在一点也感觉不到他的混。反倒觉得他是一个非常体贴又慷慨大方的能人，于翠莲慢慢地有了某种依靠，心不再空荡。

不知为什么，细娘与细叔爷近年来总是吵闹不止。有时路过他家，还听得屋子里传来偷偷的哭泣声，但再见细娘，她却总是笑嘻嘻的样子。细娘家条件这么好，楼房装得气派，一双儿女也都成人，女儿出嫁了，时常回门来探望，儿子要不了多久也会把媳妇娶回家，于翠莲想不出细娘还有什么可伤心的事。

一大早，大壮打来电话，说已在村头路口等她了，要带她去城里玩，于翠莲害怕被人瞧见，不想去，可是嘴里却不由自主地应承了，她已经有点身不由己了。

于翠莲交代儿子早饭在锅里，中午饭去爷爷奶奶家，晚上呢？她思忖着什么时间能回来，可是她马上告诉自己出外由外了，儿子不见她回来自会去奶奶家。她怕出门迟了，会碰见人，更怕大壮在村口等得着急。

她从衣柜翻找出掐腰花格外套，那还是国子第一年外出打工时给她买的，她只在走亲戚时穿过两次，舍不得呀。穿好后，她又将额前的刘海细细梳理了才出门。

大壮看到于翠莲时，于翠莲就低了头跨上他的摩托车，一句话也不敢说。走了一段，大壮说：“你箍着我的腰吧。”于翠莲答：“就这样蛮好。”还像上次那样双手扯着坐垫皮带。进了县城，先到一个小街巷的早点摊上吃早点。于翠莲从前来县城都是在家吃过早饭的，这是第一次在城里吃早点，城里的餐馆真多，比镇上的还多，吃的东西样式也多，人也多，难道城里人都不在家吃早饭吗？大壮就笑说，“现在城里没有人做早餐了，都想多睡一会呢。”于翠莲说：“晚上那长时间还不够吗？”大壮就凑近了小声说：“晚上都忙着办事儿呢，谁像你呀。”于翠莲就又一阵脸红心跳。感觉馆子里的人都在看着她，好像知道了他们的关系。就低了头喝着豆浆不再说话。大壮就叹口气说：“唉，国子就在外打工挺好的。”于翠莲不明白他的意思，他又凑近了说：“我就可以天天跟你办事儿啊。”于翠莲更不敢抬头了。

大壮领着于翠莲进了一家商城，在首饰柜花一千二百元买了条铂金项链。于翠莲看着大壮数着一叠百元大钞递给售货员，心里想这是多么金贵的链子啊，她有点拿不准大壮这是给谁买的，可是如果不是给自己的，他又何必要带着我来买呢？大壮把装着项链的红色心形首饰盒放进了他自己的口袋，牵着于翠莲的手出了商城，于翠莲就有点失落。

大壮带她到了一家电影院。电影票竟要 60 元一张，于翠莲说：“回家看电视是一样的，何必花冤枉钱呢？”大壮却执意要带她看电影。于翠莲第一次知道有一种电影是要戴着眼镜看的，从前她听国子说过立体电影，可是国子没告诉她是要戴眼镜才能看到立体效果，也许国子也没看过，只是听别人说的吧。

于翠莲跟着大壮刚进到放映厅，灯就熄了，她几乎是被大壮搂抱着坐进了座位，然后就一直没放手，于翠莲借着银幕闪烁的光，看到人不多，三三两两地疏散着，像是荒地的草一丛丛的，她的心稍稍安定了，任由大壮的手在她身上游动着，一会，她感觉到了脖子上的冰凉，大壮把那条项链戴在了她的颈子上，忽闪的光线下，细细的丝链跳动着银白的光。于翠莲感动得哭了起来，国子从来没给自己买过这么贵重的东西，她残留的一点愧疚土崩瓦解，她主动把脸贴在了大壮的手掌心摩梭着。看完电影，大壮就把她领进了城里的一个小旅社，这一次，二人不再扭捏，轻车熟路，直奔主题。

七

国子临回家前已经过几个疗程的诊治，他庆幸自己得的不是艾滋病绝症，没有了瘙痒的症状，他再去做了一次化验，满以为痊愈了，可是结果却让他由内到外悲凉，仍然是支原体阳性，医生慎重地告诫："你还没有治断根，还需要一到两个疗程的治疗，否则不仅会复发，甚至还会传染。"这就是说，他还不能和于翠莲办事儿。厂子已经放假，他不可能再留下，最糟的是，他没有任何理由可以在这个万家团圆的时候不回家。对儿子和翠莲的许诺、思念，让他不得不踏上了回家的路。他不能够和于翠莲办事儿，也不能向于翠莲说出为什么，他每天逃避着于翠莲的温情和体贴，他假装着在父母那里尽孝心一待一天，假装着到别家去拜年，然后喝酒、聊天、打牌，一待又是一天，回到家里就装作喝多了酒倒在床上不省人事，却一夜痛苦追悔直到天明，第二天又故技重演。实在没有什么好装时，他就装病，这样一混又是几天。眼见得于翠莲一天一天心事重重，他心痛不已，刚送上几句温柔的话，她就顺杆子爬，他便如躲避瘟疫般迅速逃离，她就痴痴呆呆地不知自己做错了什么。他知道瘟疫不是她，而是他，这种折磨像无数蚂蚁啃啮骨头一样，所以有那么几次，他狠着心冲她恶毒地咒骂，骂她像个发情猪，是个骚货，自己不在家时，还不知道她会在别的男人面前怎么骚呢。于翠莲就哭了，几天不理睬他，他反而心里更难受，又回过头去哄她。这种日子让他异常难受，他巴望着早一天回到厂子里，一来免得眼见于翠莲受难自己不仅不能救她，更是她难受的根源，离开可能还好受些，眼不见心不烦；二来也可尽快接着治疗，等治好病后，他要回家把一切告诉于翠莲，求得她的谅解，然后还给她一个真正的男人。

国子是春节后最早一个回到厂子里上班的人，他整整提前了一周，这在他们厂里的打工仔中是绝无仅有的。他从母亲那要了些钱，为的是还在先前那家医院接着治，他牢记着医生的话："这种病最好是一种方法治到底，否则可能会因滥用抗生素而致药物失效，那时，你就无药可治了。”他心疼着钱，却不能不接着治。

一连几天他都早早赶去那家医院，但那个专科医院的门都是关闭的，医生真是不着急钱用啊，过个年休息这长时间，还不来上班。他转到别的几家医院去看了，虽然病人明显没有平常多，但门是开的，也有医生上班，他犹豫着是不是该到这些医院治，但又怕这些医院用的药不一样，会引起抗药性，何况又得面对一番居心叵测的尴尬探询。他实在受不了那样的眼光。要是等到厂里开工了，那只能在休息日或请假来看病了，他着急，上火，但都没有用，只得等，等。国子像丧家犬样，每天去看那家专科医院开门没有，再去别家医院转转，却始终不敢另找医生看病。

工人们渐渐都回来了，大家仍住在一个集体宿舍里，国子还和那个工友住一间屋子。大家从家里带来了各种年货，腊鱼腊肉和咸菜，可以送到食堂让师傅放在饭面上蒸，你家我家的交换着尝新鲜，品评哪家的味道更好，捎带着也猜想那做出好味道的媳妇儿是不是也味道鲜美，哄笑声中，显现着各自回家得到了充分释放和温存后的欢愉与回味。去年的国子在这样的时候是最兴奋的一个，大家都说他的老婆一定味道最鲜美，因为于翠莲给他带的菜大家个个喜欢。然而现在，他只在大伙的笑声中，附和着笑笑。工友就看出了异样，问：“国子，你怎么打不起精神啊，你老婆没给你奶喝让你加强点营养吗?”大伙就哄笑。国子就骂：“我要吃你老婆的奶给吗?”于是玩笑就转到女人的奶子上了，一个说他今年回家发现老婆长胖了，觉得女人还是胖了更有滋味，其他几个就逗他怎么更有滋味。

国子趁着大伙凑近了说荤话时离开了食堂。他一个人走在回宿舍的路上，心里很不是滋味，感觉自己已经不像个男人了，从前的“性趣”对他成了一种折磨，心里就诅咒着发廊的那个骚货：不仅夺了我的血汗钱，还断了我男人的乐趣，虽然医生说病好后不会影响夫妻生活，但这个年却过得这么艰难，本来回到厂子里不再面对于翠莲似乎好一些，可是工友们放肆的言谈又戳伤了他心中还未愈合的疤。

好多次了，还没有找到那个洗头妹，另几个洗头妹肯定地说，

"她还在这儿'上班'。"所以，他确信自己一定会找到那个骚货。

这天，国子打完针天已晚了，再次路过那家发廊，里面传出了放浪的笑声，国子突然觉得一个声音特别刺耳，他赶忙奔了进去。果然看见了那个骚货……

正是庄稼噌噌往上蹿的季节，这时的肥料得舍得施。于翠莲着急怎么才能从几十里以外的镇上把几百斤重的化肥农药拖回来，去年是怎么弄的？于翠莲这才想起去年国子也是在外打工，她家的化肥农药是她托了细娘递话让细叔爷帮忙捎回来的。今年她却不好意思找细娘开口帮忙了。于翠莲在心里砌了道墙，她不愿意再多见细娘的面。这种别扭的感觉也许来自于心底的一种巴望，那就是巴望着细叔爷他会自己主动来找她，问她要不要捎化肥回来。

果然，细叔爷大壮在晚饭后就踱到了于翠莲家，问她化肥农药都买回来没。于翠莲穿着那身鲜红的薄羊毛衫，正在灶台收拾碗筷。家里的电视机正响着一首歌。大壮问："小牛呢？""上二银家玩去了。"于翠莲说，"细叔爷你吃饭没？""啊，吃了。"两人大着声说完话后，却都找不着说的了。于翠莲低头洗着碗，大壮站在一边，看着于翠莲红润的脸庞，细长的脖颈上戴着那条项链，系着一条碎花围裙，更显出丰胸细腰。大壮就有点卖弄地说："看，戴上项链更好看了吧。"于翠莲感觉到了他火辣的目光，说："细叔爷，你要喝水自己倒啊。"大壮突然将手中的杯子顿在了橱柜上，过来一把抱住了于翠莲，于翠莲正将一叠洗好擦干的碗放进橱柜中，被大壮这样一抱，只得急急地说："小牛说不定要回来了。"可是声音却压得极低，她害怕她的声音引来了外面走路的人注意。压得极低的声音不仅没有阻止大壮，反而激发了他的蛮劲，他将她手中的碗一把接过来搁在了橱柜上，把她的双手连同身子一并像捆柴火一般紧紧捆住，然后又扳过她的身子用嘴堵住了她的嘴。两个人跌跌撞撞地搂进了房间……事后，大壮对于翠莲说："国子要是总不回来就好了，这里就是我的别墅了。"于翠莲说："你想得倒美！"

大壮把于翠莲要的化肥农药和除草剂等拖了回来，他把这些东西拖进屋时，身上的薄棉毛衫透出股男人的气息，于翠莲想到了这两天两人在不同的床上的情景，她不禁红了脸低下头往房内去取钱，一边问："多少钱？我把钱给你。"大壮跟进到房内来，一把扯过她说："我人都是你的了，还要什么钱呢？"说着就一把将于翠莲拉到了床边……

从此，于翠莲感觉自己不仅是身子，连心也是巴望着大壮的欺压的。

这以后，于翠莲渐渐地把想念国子的心思转到了大壮身上，国子只是一个立在房梁之外的顶梁柱、自己身外的男人，一个时有时无的经济来源，再后来就仅剩下了小牛爸这个角色了。他越来越模糊，慢慢地变成了一个遥不可及、虚无缥缈的影像，或者就是结婚证上的那个相片。

生活依旧，日出而作，日落而息，周而复始。但于翠莲在这周而复始中不再无聊和寂寞。她有了不同往常的兴奋和悸动，感觉自己像是重新活了过来一样的清新鲜嫩。她与细叔爷碰面的次数明显多了。不仅是晚上，白天也碰见得多了。从前，细叔爷好像总在镇上的店里忙，早出晚归不见踪影，现在他出去得晚回来得早，而且总是在于翠莲去田间地头忙活的路上与她相遇，总是主动招呼她要不要捎带点什么回来。二人大声大气说着无关紧要话的同时，眼睛里又传递着别人听不见的紧要的话。

八

国子走出那个小发廊好久，那里粉红的幽光和浓稠的液汁还占据着他的整个大脑，平常暧昧而迷离的气氛变得诡异而肃杀。为什么这个美发店里突然空无一人了呢？刚刚还闹腾的莺莺燕燕们呢？他脑子也像这屋子样一片空白。

国子终于再次回到了才离开不久的家里，回到了日思夜想的儿子和于翠莲的身边。他再也不想出去打工了。非节假非喜庆，国子一声招呼也没打、出人意料地回家来了，这让于翠莲非常惊异。国子到家时是夜里，听到敲门声，于翠莲还以为是大壮来了，心里怪罪着他刚刚离开怎么又来，也顾不得穿衣，光着身子就去开门。进来的却是国子。于翠莲身子一抖差点跌倒，惊慌之余却又起了疑心，难道国子听到了什么风声，专程回来收拾她的？可是，国子却没有追问她任何事，连她的慌乱都没有看出来，国子说自己累了，想家，想回来休息。

夫妻二人一夜无眠却相安无事。

次日一早，于翠莲煮了荷包蛋面条叫国子起来吃，看着国子狼吞虎咽地吃着面条，面颊苍白，整整瘦了一圈，于翠莲的心隐隐作痛。她问国子："是不是生病了？"国子说："没事，就是厂子倒了，钱拿不回来，白干了，心里烦，只能回来。"于翠莲就安慰他既然厂子倒了，大家都拿不到钱，那政府就该管了。国子说："政府也管不了。"于翠莲说："要是政府也管不了，那就没办法了。"夫妻二人不咸不淡地扯了些家务事，就各怀心思地散了。于翠莲去菜地浇水，国子说要去找大江帮着介绍个新地儿打工。

于翠莲家的菜地正好在村子口上，她等到了骑着摩托车去镇上的大壮，她已习惯了每天这个时候在这里等着和大壮会上一面，然后晚上大壮从镇上回来，再去她屋里。她告诉他国子回来了，大壮也很吃惊，答应晚上不再去她屋里。

一连几天，国子都沉浸在自己的精神世界里，于翠莲猜想他是因为又没拿钱回来，心里烦，所以也没再问他。

国子这次回来，除了和春节前那次一样话更少外，还常独自发呆精神恍惚，于翠莲也不敢跟他多说话，更不敢像上次那样主动亲热他了。国子待了几天，然后就跑到英子家的小卖部去看人家打牌，闲得无聊的婆媳汉子们聚在这里打发时间，国子只看不打，他不想输钱。谁家有事要离开，就让国子顶一下，赢了算他的，输了算别人的，国子就这样打发时间，也过过牌瘾。偶尔谁赢了钱心情好，让英子炒几样小菜喝酒，国子也不用人家请，就自己坐下来吃喝。要是没有人请客，他就等着大江回来，吃饭时，跟大江一起吃喝。光吃别人的，自己从不请人吃，时间久了，大家就挖苦讥讽他，说他从年前回来一直白吃到现在，成了只一毛不拔的铁公鸡，他一律笑笑，并不反驳。

于翠莲将铁锅的水舀到大盆里，端到房间，便听到了响响的鼾声，国子已歪在床上，脚上还穿着那双过年时于翠莲买的皮鞋。于翠莲心里就来气。她嘭的一声把盆墩在地上，水溅了自己一脸，走过去扒拉着国子，国子被推得四仰八叉，涎水沾着鱼刺菜渣糊得满脸。于翠莲厌恶地把头扭向一边。

于翠莲拧了块热毛巾把国子的脸上手上全擦一遍，再把皮鞋脱下来帮他把脚擦洗一遍。心里恨恨地骂着："再出去灌猫尿就死在外头莫回来，我也懒管你了。"声音却不由自主地溜出了嘴，被儿子听到，儿子抬起头来说："爸爸没回来时，你天天等他回，爸爸回来了，你又这样说他。"儿子正趴在床头柜上写着作业。于翠莲看着儿子，再看看床上酣睡的国子，满腹心事。

国子从外面回家已经一两个月了，每天过着重复的日子，他几乎不说话，脸更阴沉，和于翠莲也更加别扭。

英子喊住了从菜地回家的于翠莲说："把你家国子管管啊，怎么老是找我家大江喝酒啊？年早就过完了，不年不节的，还一喝就喝个醉，害得大江老误事，国子没事，大江可不是没事做的人啊！"于翠莲就十分难堪，她陪着笑脸说："他们兄弟有话想在一处说呗。""有什么话呀，都是些有钱人咋样快活没钱人咋样受累的牢骚话，说多了伤心、误事。"于翠莲想这是嫌国子在她家里蹭酒喝，往外开赶嘛。脸就没地儿搁了，她急急地往家走。

这时节已不比过年那时农闲，家家都有忙不完的事儿。所以国子到处讨人嫌，自己却涎皮搭脸地没当回事儿，于翠莲又羞又恼又没办法。劝过他多次，都被他横鼻竖眼地呛白回来。

这天，国子又要往外走，于翠莲实在忍不住了说："你不要再出去找酒喝了，人家都嫌你不晓得吗？"国子操起屋角的扫把就朝于翠莲头上扔来。于翠莲头一偏，扫把打在了身上，国子也不理她，竟直往英子的小卖部去。

于翠莲来到自家菜地，菜地尽头有一座废弃的牛栏，正好挡住了村口小路的视线，牛栏里面不知谁家堆放了一些稻草秸秆。国子回来后，于翠莲和大壮见面少了，偶尔见面时就是躲在这里。大壮已在这里等着于翠莲了，他迫不及待地上来就对于翠莲动手动脚，却发现于翠莲的脸上有咸湿的泪水。于翠莲哭着诉说了英子的话，大壮劝说，“不要听她的，那个女人就是爱说是非。”“可是她说的是事实，国子就是到处蹭吃蹭喝的啊。”大壮说：“男人吃点喝点算什么嘛，你别管就是。”于翠莲说：“英子那样说，我觉得没脸。”大壮说：“那好，改天，我请他喝酒，说说他。”大壮说着，手就伸进了于翠莲的衣襟内。

大壮果然请了国子喝酒。大壮载着国子去了镇上的小酒馆，点了五六样菜，又叫了一瓶黄鹤楼白酒。国子也不客气，埋着头自顾自地吃喝着。大壮说：“你以后别再去英子家蹭吃喝了，想喝酒我请你行不，免得英子到处说你。”国子没作声，大壮又说：“你这段没事做，要不，到我的店子里来帮忙吧，我每月给你一千元工资。等你找到事了，随时走人都行。”国子顿了下，闷头想了想，点了点头，拿起酒杯将半玻璃杯酒全倒进嘴里。

国子刚开始在大壮的厂子里做工时，还眼勤手快的，时间一长，他就开始耍滑头，还隔三岔五地要大壮带他去小酒馆里喝酒，甚至还找他要零花钱。国子的脾气越来越暴躁，他常阴沉着脸闷头喝酒吃菜，然后就醉醺醺地让大壮载他回家倒头就睡，半夜醒来还会莫名地把于翠莲拖下床打一顿。

于翠莲新伤摞旧伤，嫌恶和仇恨一点点增长。

这天，铁床的一根脚断了，小牛从床上摔了下来。于翠莲说过几次让国子修一修，国子都没动，于翠莲便打电话给大壮，让他帮忙。晚上大壮就把电焊机带回来，帮着于翠莲把铁床焊牢实，于翠莲炒了几个小菜留他吃饭，这时国子回来了。于翠莲说：“你回来正好，陪细叔爷喝点酒。”四个人就围桌而坐，于翠莲拿出一瓶酒来。大壮问：“国子，这两天你咋没去店里上班？”“我有事。”国子瓮声瓮气地说。“你有什么事？不就是看人打牌！”于翠莲没好气地说。“不要你管，你再说老子弄死你。”国子突然把筷子拍在桌子上，小牛吓得哭了起来。于翠莲将小牛拉到一边去，自己也哭了。大壮就讪讪地说：“看你这是怎么说话呢？自己的老婆，哪能这样说呢？”国子却不作声。大壮说：“要是嫌我，我走好吗？”国子说：“没事。”大壮就仍坐着喝酒，却觉得酒的味道不对。

晚上在牛栏后面，大壮说：“国子怎么像变了个人啊。”于翠莲说：“完全不是原来那个人了。”大壮说：“他会不会已经知道我们的事了，咋就怪怪的？”于翠莲一下子张大了嘴，她突然感到非常害怕。大壮问：“你怎么啦？”于翠莲说：“前天，他说我的菜做咸了，我说他一天到晚不做事，不出汗，味口也娇贵了。他就一把抓住我的头发说：你再说，弄死你。我怕是有一天真的会死在他手里了。”于翠莲抽泣起来。大壮说：“他想弄死你？我先弄死他！”于翠莲当他是安慰自己的话，也没在意。

半个月后，大壮在家门口喝着酒，国子从这儿路过。大壮邀他喝两口，国子就坐下来。大壮说：“我们已经好久没在一起喝酒了。”国子瓮声瓮气地说：“你怎么不请我呢？”大壮说：“好，后天，后天下午四点钟我在村口等你，我带你去龙虎山喝酒。”

九

龙虎山是离国子他们村子有三十多公里的一个风景区，因为景区的游客众多，周边形成了繁茂的商业街，村里的人逢年过节除了去镇上和县城购物逛街外，走得再远一点就是去这个风景区游玩。

下午四点多钟，大壮提前从镇上的店里回来，还没到村口，老远就看见国子在那里等着他了，他把车开到了国子身边说：“上来吧。”国子就坐上了他的后座，车就往三十公里开外的龙虎山去，五点多钟，二人来到了龙虎山脚。大壮把车停在一个路边酒店门前。大壮要了一盘回锅牛肉，一盘油炸花生米，一盘红烧鲫鱼，一盘烧肥肠，一盘烧蹄花，一盘虎皮青椒。

大壮点了五六样菜，还在看点菜单，国子说："有钱不如借我吧。"大壮这才把菜单交给服务员说："再来一瓶一斤装的黄鹤楼、一瓶啤酒。"

大壮说："今天你畅畅快快地喝，我保证翠莲不会说你。等会我还要开车送你回去，所以不能喝白酒，就喝点啤酒陪你。"说着，给国子满上一玻璃杯白酒，然后给自己倒上半杯啤酒。国子也不推辞。一杯白酒下肚，国子的脸就红了。大壮说："国子，你个男人怎么总打老婆呢？"国子说："这是我家里的事，你别管。"大壮就不再说什么，只劝国子喝酒，又给他满上一杯，自己的小半杯啤酒还没动。看国子酒喝到一半，大壮说："还加个菜吧？"国子说："那就来个'健美操'。"大壮咬咬牙，就让服务员上了一个烧田鸡。然后把酒瓶中剩下的白酒全倒进了国子面前又一次空了的玻璃杯中。

从小酒馆出来，国子的脚步踉跄，大壮说："我们去龙虎山公园看看吧。"国子这时什么都听大壮的。大壮带着国子直奔公园景区。

天已全黑下来，白天游人如织的龙虎山公园风景区，现在已杳无人迹，公园的大门就在山脚下一条坡道上，检票口的工作人员早已下班，门禁大开。

大壮把摩托车停在山门外，二人步行沿水泥路蜿蜒而上，两边的树木越来越浓密，昏暗的路灯被枝叶遮遮掩掩，如鬼影幢幢，风吹过，哗啦啦响，鬼哭魂吟。灯影把灰暗的路面也晃得动摇起来，国子的脚步就有点不知高低了。转过一个山头，不足十米远的前方就是一片黑暗。国子头重脚轻，一下歪倒在地，大壮把国子搀起来继续往上走。

来到一个岔道，树突然稀疏了，现出了远在天边的灯火，原来是山上的一个豁口，千尺悬崖的下面是滚滚长江。大壮把国子扶到豁口边岩石旁坐下。掏出了荷包里的香烟，先给国子点上一支，然后自己也坐下来点上一支。一支烟吸完，大壮发现国子已睡着了。他解下国子的裤腰带，套在国子的脖子上，拼命地拉紧、再拉紧。几分钟后，国子的身体就不动了。大壮用力把他推向悬崖。

于翠莲这天一直心神不宁，她以为是儿子在学校有什么麻烦事，等到晚上儿子平安回来，她才稍稍放心，可是仍然觉得有哪里不对劲，后晌时，国子出门去，回过头来看过她一眼，她就觉得有哪不对劲，可是又说不出到底是哪不对劲。再晚一些，她没看到下班回家的大壮，平常，她在差不多的时刻，站在门口或者给鸡喂食，或者给猪拌饲料，或者搂几捆晾晒在屋檐下的柴草，总能看到下班从村口小路骑着摩托车回家的大壮，大壮也会在他家屋前的空地上磨蹭着卸下后座带的物件，或把摩托车擦一擦，或干脆就站那看屋前的枣树，只等着看到喂鸡或喂猪的于翠莲后，二人心领神会，才各自进屋吃饭。但今天没有，于翠莲没有看到下班回家的大壮，国子也没听说在谁家喝酒。她有点心神不定，想起了前天大壮说的好久没请国子喝酒的话，一定是他们又在一起喝酒了吧。她安慰自己说。电话是这时响起的，像平地惊雷，于翠莲哆嗦着拿起电话，里面响起了大壮的声音："解决了，我把他解决了。"于翠莲还没明白大壮说的解决了是个什么意思，那边电话就挂了。她就一口气堵在了嗓子眼，心里有十五个吊桶，七上八下。细细琢磨那声音，大壮从来没有过的惊慌让于翠莲的心里闪过电光火石，她坐也不是，站也不是。

挨到半夜时分，屋外响起了敲门声，于翠莲的心稍稍安定，一股怨恼却又腾地升起，她愤愤地去开门，急匆匆挤进来的却是大壮，大壮浑身哆嗦着说："快，弄点热水我洗洗。"于翠莲感觉出了大事，来不及问，就去灶屋烧水，一大盆热水端进堂屋时，发现大壮已把摩托车推了进来，人已进到睡房，于翠莲又把热水端进了睡房，大壮就着热水浑身上下洗了一遍，又喝了几大口热开水才缓过劲来。然后他就把事情经过对于翠莲说了，于翠莲惊得目瞪口呆，半天没有呼吸。大壮摇撼着她不停地说："我这都是为了你，为了你呀。"两个人和衣躺在床上，一夜无眠。

第二天天未亮，大壮就要走，以往于翠莲是生怕他走晚了会被人看到，这次于翠莲扯着他的衣服不放，大壮说再不走就真的会被人发现的，于翠莲松了手。大壮直接从于翠莲家出发去了镇子上的店里。

于翠莲一个人在家坐在床上发呆，恍恍惚惚的，没有了时间，没有了空间，听不到人声，也看不到物件，一切好像都凝固了。小牛在他小房间喊她不应，只得自己过来，从抽屉里拿了一块钱上学去了。

中午小牛在奶奶家吃饭，他告诉奶奶说妈妈病了，没人做饭吃，爷爷奶奶也没在意，晚上小牛回到家还看到于翠莲呆坐着，就又去奶奶家吃了饭。

天全黑了后，大壮溜了过来。他买了一些熟食来到了于翠莲家，见她蓬头垢面地坐在床上发呆，仿佛还是早上他离开时的姿势，他安慰着她说："你不能这样，村里人要是知道了，我们就完了。"于翠莲说："村里人问起来么办?"大壮说："就说他又出去打工去了，谁也不会知道的。"

"我以后怎么办?"

"以后跟我过呗。"

"你是有老婆的人。"

"我从前也有老婆，你不也一样跟我吗?"

"那你为什么还要杀他?!"

大壮吓得站起来捂住了于翠莲的嘴："我见不得他打你。再说，他在，我们也不方便呀。"

"他在，你来是和他喝酒，他不在了，你还来干什么?"于翠莲浑身发抖。

大壮哽住了，半天才说："反正，我会对你负责的。"

"反正，我肯定不会跟一个有老婆的人过，"于翠莲坚决地说，"以后你不要再到我屋里来了。"于翠莲说着用大壮从未见过的陌生的眼光盯着他，大壮心里感觉到了从未有过的寒冷。

果然，半个月的时间里，大壮再没来过于翠莲屋里。

十

英子与大壮家细娘在一起打牌时，常常议论怎么好久没见国子来看牌，来蹭酒喝了。这天，于翠莲又去婆婆家送米面回来，路过英子家，英子问："你家国子哪去了，怎么好久没看到人了？"于翠莲心里有鬼撞门，她说："他打工去了。""还是出去打工了？也没听他说呀？""嗯，他突然决定的。"于翠莲逃也似的回到家里。

家中突然空空如也，像满腔的血液被抽空了一样，于翠莲时时感到来自心底的彻骨寒冷，她再也提不起精神打不起兴趣与大壮眉来眼去了。早上，大壮上班的时间，她不再出门去送他一眼；傍晚，大壮下班回家的时间，她不再出门去看他是否在门前等着与她对上一眼。她除了不敢去，还从心底里有了一种害怕，甚至怨恨。

从前，国子在，她也烦他恨他，想着哪天他要不在家就好了，再次外出打工就好了，可是他真的再也不回家了，她却陷入了无底的黑洞。夜夜失眠，困极时刚打个盹，却又被噩梦惊醒，见到的或是血淋淋的国子站在床边盯着她，或是怒目圆睁的国子向她扑来索命。白天，她机械地重复着简单的事，给儿子烧水做饭，一日三餐，连话也不说了。她的痴呆木讷，让小牛也惊恐不安。

清水塘西头的房屋大多是两层的楼房，白墙红瓦，高低错落，掩映在绿树丛中，从公路上望过去，一派富足，但如果不逢年过节或是清明，这些房子多是空无人烟，寂寞冷清，青壮的男女大多外出，也带走了活泼好动的孩子，这里不再是城里人羡慕的宁静和安逸，而是实实在在的死气沉沉。

耐不住性子的大壮后来又多次去牛栏处等于翠莲，没等到，又去她家里找，都被于翠莲关在了门外。他以为过段时间于翠莲就会慢慢忘了那事，就会与她重归于好，可是时间一天一天过去，于翠莲并没有好起来的迹象。大壮心里憋得紧。他想像于翠莲那样的女人，从前有个男人在家都束不住，这没了男人的约束，保不住她就会与别的男人暗中来往上了，就有了一份心事，觉得于翠莲那天话中有话，她绝不会跟一个有老婆的人过，这是什么意思？他也绝不会让于翠莲与别人好。

这天上午，大壮出门，老婆桂兰问："你中午回来吃饭不？"他很生气地答："不回来吃在哪吃？"看着桂兰矮小干瘪的身子，他不禁心生嫌恶，这多年，只是念在这个女人除了嘴巴长，爱在外面说三道四外，在家还是个料理家务的好手，所以他一直容忍着她，可是她最近居然管到了自家男人头上了，真是反了。琢磨着于翠莲说的不可能跟一个有老婆的男人过日子的话来。大壮出门往镇上店子里去，今天李铁铺村的李根柱家还等着他去给安铝合金防盗网，他满心烦躁地出门。

中午本来应该在李根柱家吃饭的，可是，他忙着把活儿干完了，就匆匆回家，他想赶早回去，这么长时间了，兴许今天能看到在地里干活的于翠莲。可是，地里仍是空空的，没有于翠莲的身影，也不能指望她在门口来与他对上一眼，上下班平常天天能看到的，现在都看不到于翠莲了，大壮心里窝着无名的火。心想：我做的一切还不都是为了你，现在没有了障碍，你却是这样冷着我。

吃完中饭，大壮就在家睡到两点多钟，然后出门去，桂兰跟在后面又问："你晚上回来吃饭吗？"大壮就烦了："你个死老婆子，我不回来吃能在哪吃？"桂兰也来气："你不总是隔三岔五地不在家吃饭吗？我问问你，回来就做你的饭，不回来，我就少做一个人的，免得剩下。"大壮说："我心里烦，你少啰嗦。"

"你有什么可烦的，无非是被哪个小妖精勾去了魂。"

"你再胡说，我撕烂你嘴！"

"别以为我不知道，村里人是看事的。"

"哪个嚼舌头？我去收拾他。"

"为人不做亏心事，半夜叫门心不惊。"

"你再说，我弄死你。我看就是你在嚼舌头。"大壮说着就揪住桂兰的头发朝门框上撞去，血流了出来。刚好他们的儿子从门外进来，看到这情景，立即扯开了二人，并冲父亲吼叫："你干什么打人？"大壮也不说什么，甩开他们，烦闷地走出了家门。儿子见父亲走了，自己也出门玩去了。

桂兰找来一片创可贴，把伤口贴上，然后扛起农药喷雾器出门去给棉花打药，棉花正是开花时节，虫多，不打药会影响挂果。一下午的时间她都在地里忙活，总算把一厢地的药打完，背着空药箱往回走，路过英子家，她家的牌正打得热闹。英子说："细娘你额头是怎么回事了？”

“哦，我中午做饭时不小心撞门框上了。”说着用手掩住了额头。

“哦，你来玩两圈吧？”

“不啦！晚上你细爷要回来吃饭，我得回去做饭呢。”桂兰背着打药的喷雾器边说边麻利利地往家走。

晚上九点多钟，桂兰的儿子回到家，却发现母亲在房内的床上悄无声息地躺着，灶屋的桌上还摆着吃过饭的锅碗瓢盆没有收拾，这是少有的，母亲一向容不得桌上残菜剩饭一盘散沙，从来都是快手快脚收拾清爽的。他走近母亲的房间，闻到了一股浓重的农药味，心里一惊，再看母亲的样子，发现不对劲，把手放在母亲嘴边，没有了呼吸，他心慌意乱地到村子里找来一辆小货车，又喊来两个人一起把母亲抬着送到了镇卫生院，医生只翻了下母亲的眼皮说：“人已经死了。”儿子伤心地打电话告诉大壮：我妈喝了农药。然后又和另外两个人又一起把桂兰抬回了家。

大壮得到桂兰死了的消息后立即赶回了家。桂兰喝药自杀的消息让村民们震惊不已，大伙都纷纷涌到大壮家来。

众人看到大壮跪在桂兰的遗体旁边痛哭流涕，一边还诉说着自己的不该。大伙从他口中得知了事情的经过，原来二人因为做屋时有几笔账没弄清楚，桂兰问得急了，大壮就骂了她两句，她就顶了嘴，大壮气急了就打了她两下，还把她推到屋门框上撞得额头出了血。然后他就去李铁铺做活去了。哪曾想桂兰就这么想不开，就喝了农药。

女人一时想不开，喝农药自杀的事情在周围村子是常有的事。所以村里的人除了震惊和伤感外，并不觉得新奇。

婆婆媳妇们陪着流了好一阵伤心的泪，议论着桂兰这么好的家境这么好的日子，为一点点小事大不该寻了短见，然后就有人安慰大壮想开点，是桂兰自己命薄福浅，消受不起好日子。然后就呼唤着自家男人主动帮着料理起后事来。

于翠莲也听到了细娘喝农药的事，她是在灶间坐着发呆时，听得屋外急慌慌走动的人声，她感觉像是出了大事，贴着门板就听到了人们的谈论。她不敢相信这是真的，想过去看看，心里又害怕，她假装着拌猪食偷偷朝细娘家张望，看见村子里有很多人都围在了细娘家门口，大壮和他儿子的哭声也时断时续地传了过来。她的心一直往下沉。

村人各家凑份子送来了花圈、鞭炮、床单、被面等各种祭品，大壮屋外搭起了灵棚。死者也穿上了寿衣安放进了租来的冰棺中，只等着在第三天时出殡下葬。

桂兰的娘家也来了人，两个哥哥一看就是老实巴交的农民。村里人才放下心来。因为，按风俗，女人特别是年纪不大的女人喝药自尽，必是在婆家遭遇了天大的委屈，娘家人必定会兴师动众地到婆家来大闹一番，把婆家打得一塌糊涂，为死者出口恶气。婆家人也是早早地就躲得无影无踪，只等说话算数的亲戚或村干部出面调停，平息了娘家人的怒气才敢回家。如果只是财产的一点点损失，婆家大多也忍气吞声自认倒霉，并不报案。政府往往也是睁只眼闭只眼。有更厉害的就把婆家的男人捉了打得半死，如果这死了的女人有孩子，娘家人兴许会看在外甥的分上饶过一些，但也会把家里的物件砸个稀烂。

头天还有人议论着是不是要防备一点桂兰娘家来人闹事，见了这兄弟二人，大家稍稍放下心来。桂兰已是年近半百自己也快当婆婆的人了，娘家兄弟也不再是血气方刚的愣头青，且外甥——桂兰的儿子也是快成家的人，村里人觉得这回不会有打架的事发生。

可就在第三天的一大清早，正是要出殡的时候，镇上派出所来了三个警察，说接到报警，桂兰的死因可疑，要进行调查。已经守了两整夜灵的大壮神情疲惫，他对警察的询问很配合。

按照大壮的说法，他在吃完中饭后就去李铁铺村继续没做完的活去了，到九点多钟接到儿子的电话说桂兰喝药自杀了，他就匆匆赶了回来，一路上痛苦万分，因为中饭时，两人为做屋的一些小费用争吵过，大壮很气愤地骂了她，还打过她两耳光，事后他就去了李铁铺村做活，在李根柱家吃晚饭，然后继续做活，直到接到儿子电话。大壮很意外，平常两人也没少争吵，这次怎么就这样想不开了呢，早知这样，自己千不该万不该动手打她。

于翠莲如惊弓之鸟，一会去门外偷着看看大壮家门前的动静，那三三两两的围观的人仿佛都看向了自己，她不得已又回到屋子里，却坐立不安，又起身往婆婆家去，想在路上听听村民们的议论，哪怕几句掐头去尾的话也行，可是碰到的人好像刚刚还起劲地议论着，见她走来，一律都闭了嘴，眼睛里的刺一根根刺向她，刺得她浑身痛，她只装着没看见，低头快速走过。

到了婆婆家，爹爹婆婆却向她打听大壮家的事，她说我哪晓得。婆婆却又问起国子去了哪里打工，怎么走时也不来说一声。于翠莲心里更加慌乱，后悔不该到这里来，她应付了几句就又胡乱往自己家里走。

传言像风，不知从哪个缝隙里吹来，迅速刮过了村子的角角落落，说桂兰不像自杀，倒像是被人谋死的。因为她当天下午还去给棉花打了农药的，再说她家新屋刚刚盖起，儿子也马上要接媳妇了，她就要当上婆婆，盼着抱孙子，她怎么会去寻短见呢？要说她与大壮之间的吵闹早就是家常便饭了，吵归吵，家务事照做不误，出门她也照常一副乐呵呵的笑脸。

最不相信桂兰会自杀的人就是英子，她跑到每一堆观望议论的人群中去宣讲、与每一个态度不同的人争论：“细娘总说喝药死的女人苕傻，她自己怎么可能也做这种事？我不信！我不信她是自杀。”有人问：“那是谁给她灌的农药呢？你看见了吗？”英子就愤愤不平：“我没看见谁灌她药，我不能瞎说，但是我也没看见她自己喝药啊。反正我不相信，不相信细娘她会自杀。”

传言又像锥子，从每一张发声的嘴和不发声的鼻子里射出，直刺到于翠莲的内心、五脏六腑，于翠莲在屋外感受到锥心，她躲进屋里，英子的尖利嗓门穿透了砖墙追她而来，她感到刺肺。她左也不是，右也不是，站不住、坐不得。

警察找村里人调查时，英子是最积极的，她把在村子里重复多遍的话又过了一遍，警察问：“有没有发现桂兰精神反常？”英子把头摇得像拨浪鼓似的说：“没有没有，细娘那天下午还给棉花打农药呢。”警察问：“你怎么知道的。”英子说：“细娘打完农药往我门口过，我让她来过个牌瘾，她说细爷要回来吃晚饭，她得回去做。”

警察很快就调查到当晚大壮并没在李根柱家吃饭，而是回家吃的晚饭。

尸体解剖结果终于出来，桂兰根本没有喝农药，她是因颈部被扼导致窒息而亡。浓重的农药味其实来自于她的体表，也就是说农药是泼洒在身体和衣服上的。大壮有重大嫌疑被传唤到派出所。全村如遭八级地震。本来所剩不多的留守在村的人们，绷紧着神经跑动着碎步，悄无声息地东奔西走，传递着这个惊天的消息，然后他们三三两两聚在房屋门前，朝大壮家观望着。

大壮的儿子一个人在家，几次哭得昏死过去，是他的两个舅妈在照顾着他，卫生院来了个护士给他输着液，他已三天未进米水了。母亲的遗体被拖到了殡仪馆，父亲被关进了派出所，先前主动帮着来料理丧事的村民也都陆续散了，家门前的空地突然空寂起来，显出了遭遇死劫后的荒凉。

于翠莲几次偷看着大壮家，希望能看到什么人进出。这时，英子跑来，英子进门的声音差点让于翠莲从凳子上跌倒，她以为是警察来了。她乱慌乱颤的样子，倒把英子吓着了。英子奇怪地盯着看了于翠莲三秒钟，问：“你怎么啦？”于翠莲苍白着脸说不出话，只是摇头。英子忽然像想起什么似的说道：“你细爷被警察带走了。”说着就跑出了于翠莲的屋。

于翠莲清醒时，发现自己正趴在堂屋的地面上，地上的凉气让她渐渐回到了现实，她愣了半天，想起了刚刚英子的话。她知道自己脱不了身了，她还能怎么活？自家的男人被野男人害死了，现在野男人又为了自己把他家的女人也害死了。警察已经捉住了大壮，全村人就要知道这一切都是为了她，为了她这个不要脸的下贱坯子、害死人的狐狸精。她没有脸再活下去了。她走向杂物间，找到了大壮前些时帮她买回来的农药，拧开了瓶盖。

“妈妈，我回来了。”儿子小牛从外面跑进了屋，“妈妈，你怎么还不做饭？我饿了。”儿子边说边把书包扔到桌子上就到灶屋去找吃的，于翠莲慌乱地说："我正在做饭。""锅还是冷的呀。"儿子不满地说。儿子才十岁，自己要是死了，这没爹没妈的伢怎么活呀？于翠莲万箭穿心地疼痛起来。

她扔下药瓶，洗净了手，到灶屋去给儿子煎了两个鸡蛋下了碗面，儿子吃得津津有味，说妈妈今天怎么这么舍得啊，煎了蛋下面，还是两个呢。于翠莲伤心地看着儿子，她想：我不能死，我死了，小牛怎么办啊。

于翠莲连夜回到了自己娘家，她到了大哥家，让大哥把小弟也叫来，然后，于翠莲哭着把所有的事情对两个兄弟讲了，问他们自己应该怎么办。兄弟们一合计，觉得于翠莲毕竟没有参与杀人，如果能自首，应该不会判死刑，现在刚刚三十岁，哪怕判个死缓无期，将来争取减个刑，顶多坐上十五年牢，出来也只四十多岁，兄弟俩就劝说于翠莲马上去自首。于翠莲不知道如何自首法，兄弟两个都说："我陪你去。"于翠莲说，"我还是先回去清一下屋子吧。"小弟就骑着自行车送她回到家里。

自从国子被大壮带走没再回来后，于翠莲就再也没有心思收拾整理屋子了，她整天整天地坐着发呆，只在小牛回来要吃饭时才去胡乱地煮熟了米面给他。物品零乱地堆放着，桌椅上也落满灰尘，小弟随手帮她把物件归整着。于翠莲站在了五屉柜前不动了，小弟问："怎么啦？"于翠莲说："他上了锁，不让我动，我就一直没有动。"柜子上最底层的一个抽屉果然是上了锁的。"你没钥匙？"于翠莲摇头。小弟看了看神情痴呆的于翠莲，走到堂屋去找来一把斧子，只一下，就把锁捶开了，屉子里却只有一个塑料封皮的笔记本，笔记本夹着些票据，还有一本病历。于翠莲茫然地看着这些东西，她不识字，小时候家里只供得起两个兄弟上学，所以她一直在家帮父母做农活。小弟要把本子翻开来看，于翠莲拦住了，说："他上了锁就是不让我动他这些东西，现在，他人都没有了，就按他的意思不动了吧。"于翠莲拿来一件国子的衣服，把这本子及里面的票据一起包裹起来，说："明天我到祖坟上去把这些烧给他。"自从国子走后，她对外都说他打工去了，从来不敢去为他祭奠过，既然要去自首就先了个心愿吧。

第二天一早，于翠莲的大哥也来到了于翠莲家，准备陪着她去派出所自首。大哥前脚刚进门，后脚就跟着进来了三四个警察。一个被叫做辛队长的中年女警问："你叫于翠莲吧，你家国子呢？"于翠莲和两位哥哥半天说不出话，辛队长又说：国子在南方打工时涉嫌杀死了一个发廊女，当地警方已经一路追踪而来，并要依法对你家里进行搜查，说着出示了搜查证。

警察发现了衣服包裹着的笔记本，里面是不多的几篇日记和夹在其中的一些票据。

国子在日记中记录了他在南方打工时被工友邀约去嫖娼，然后得了性病的过程，特别说到在医院治疗过程中每次付了多少钱拿药、多少钱打针等，小弟把那些票据展开，果然就是医院的收费单，一共有二十多张，而交费在一千六百元左右的，就有十五张，还有两三张化验单，小弟看不懂。

国子2月29日的日记写道：年没过完就去打工，翠莲不满意，但在家不能办事儿，更难受。早点去把病治好，还要把那个传我病的婊子找到。

3月1日的日记写道：还是那个医生，又开了一千六百三十九元钱的针药，不知这次能不能治断根。打针的时间太长，三瓶水，一打就是大半天，那个护士硬是不让我滴快一些。

3月3日的日记：老是请假，大头说老板都发脾气了，没办法，不治好病，挣了钱有什么用？活着都没意思了。实在不行我就找别的事情做。

3月16日的：谁让那婊子不还我钱还骂我活该得病的，我把一年的血汗钱都花光了，说带儿子吃肯德基也没去，病还没治好，给她一刀算便宜她了。

3月18日：还是回家吧，说是街上死了个发廊女，不知是不是那婊子，反正那天伤得不轻，总算针打完了，只是没时间复查了，回去再说。

3月21日：翠莲，我对不住你，我不能把病传给你。等我找到打工的地儿挣了钱，治好病，我要狠狠地跟你办事儿。

3月30日：翠莲，打你是因为我心里也烦，因为怕你要跟我办事儿啊，这病可不能传给你了啊。

4月2日：英子说的玩笑话竟是真的，你居然跟细爷这个混子搞到了一起！难怪他对我这好，原来是心里有愧啊。好，那就让他拿钱来，我要先用他的钱治好我的病，然后再看我来收拾他。

4月28日：混子说过两天请我喝酒，说是去龙虎山喝酒，那个地方还是十三年前我们谈恋爱时去过一次的。等我把病治好，我带你娘俩去玩玩。等我钱攒够了，病治好后，我要好好地和翠莲做爱——城里人都管办事儿叫做爱，让她知道我多么爱她。

女刑警队长辛欣默然地看完，心里明白了。她又拿起那几张化验单，却愣了，其实只有一张化验单是支原体阳性，其余几张全是阴性的，辛欣不明白日期靠后的几张全是阴性为什么还要不停地化验并继续打针。一旁的高个子警察是追捕国子而来的南方警察，他用生硬的普通话对她说："这个医院的性病专科是承包给一个个体医生的，前些时已被查封了。有很多患者在那里治疗不仅医药费奇高，而且还有不少这样被故意延长治疗疗程的。""那就该严肃查处啊。"辛欣说。"是，不过是另外的人马在办的案子，我们只负责这个。"高个子说。警察们开始例行公事的搜查，那把水果刀在杂物间里被找了出来，居然包在一张钢结构厂的工会宣传单中，高个子说，"这正是我们那边的一家厂子，我们要带回去检验，这刀尖倒是与死了的发廊女身上的伤形一样。"

小弟也跟着在一边看完了日记，听到了高个子警察所说的话，他对呆立一旁的于翠莲低声说了个大概。一直呆若木鸡的于翠莲仿佛在泥浆中奔突半天，全身混沌，然后突遭暴雨，被冲刷清醒，她终于明白了一切。"啊……"她突然惨叫一声，发疯一般冲向屋外。所有的人都猝不及防，待反应过来，大家不约而同地弹跳起来急促地跟着追出门去。

于翠莲已呼号着奔向了村边小道，一路声嘶力竭嗓子喷血似的往外长嚎着一个字"啊……啊……"。她的眼前不断地叠映出国子黑黄的面颊、国子蓬乱的长发、国子扛着行李远去的背影。她要追上那个远去的背影，去祈求他，去留住他，去跟他一起随风而去。

从未有人见过于翠莲这个一贯柔弱的女人有这样惊天的爆发力，所有的人包括正倚着门框喝粥的英子都下意识地放下了碗追赶而去，众人飞奔而去也没能追上于翠莲那着魔般的脚步。

一辆满载的货车风驰电掣般呼啸而来，所有人都惊骇地张开了大嘴，眼见得于翠莲如翻飞的蝴蝶，轻飘而急骤地迎着那辆货车一头撞去……

离 枝

当刘大利拉着刑警柯少堂的手说："柯警官，是你把冬冬救回来的，他不是我亲生的，我不会替别人养这个野种，你还是送回去吧。""你……"柯少堂头上的太阳穴就开始突突地暴跳，仿佛心脏炸裂，全身的血液喷薄而出，直冲头顶。他猛然发力吼叫道："去死吧！让他去死吧！你们全都去死吧！啊……咳咳咳……"他吐出了一口带咸腥味的血色唾沫。因为用力过猛，他的声带震出了血。

两个月以前，柯少堂还是一个谦和温暖又尽职尽责的好男人、好刑警、好父亲。那时的他，总是穿一身干净的警服，脸上洋溢着温和的笑容，人家都说他走出了丧妻的阴影，可以考虑再谈恋爱结婚了，他笑着说："还早还早，等甜甜稍大一些再考虑不迟。"有人给他介绍女友，他这样说，有女孩主动示好，他也是这样说。他相信他的日子会越过越美好，才刚刚 30 岁，男人 40 才一枝花呢，他还只是个花骨朵，呵呵，不用着急，他要找一个善良温顺的女子，能待甜甜像亲生女儿一样，否则宁可享受这父女情深的单纯日子。可是现在他是什么？他就是一个大混蛋、一个行尸走肉、一个行将就木的孬种！他不想听到任何人说孩子的事，尤其是不能听到那个叫冬冬的 4 岁孩子的事，甚至连他的名字都不能听到，所以队里的人在说起冬冬时都回避叫他名字，而只说那个伢。他恨那个伢，更恨他的父母，他巴望他们去死，早早地死了就好了。这一家子要是早早地就死了，他现在该是多么幸福啊！

这会儿该是他等在甜甜放学的幼儿园门口了。

那天，是柯少堂值班，按说刑警是可以不安排值班的，可是派出所的人手有限，刑警中队的人除了在外办案，也得参加所里的值班，只是对于不能简单处理的治安案件，交班时再交给治安民警去办理。

那天早上，他起了个大早，因为前一天晚上难得地在十一点前上床睡了觉，原因是一个诈骗团伙成员全部抓获归案，他把最后一个家伙从千里之外的青海抓获回来时，已经离家一个星期了，中队的头儿额外开恩，给他半天的休息时间，他就在那个应该休息的下午，把自己从上到下、把家里从里到外打扫得干干净净，再去菜市场买了莲藕、排骨、鲫鱼，买了蒜蓉香肠、雅惠卤鸭脖，买了甜甜最爱吃的草莓和柚子，还有葡萄干、杏仁，总之把他所能想到的甜甜喜爱的东西装了满满两塑料袋。他拎着这些东西上楼时，脑海里满是甜甜兴奋的笑脸和奶声奶气的欢呼，父爱的柔情充盈着他男子汉宽阔的心胸，让他脚下生风三步并着两步，一口气爬上了八层的家。

他在厨房里煎炸烩炒，锅碗瓢盆发出悦耳动听的曲调，那曲调是他百听不厌的音乐，自从妻子三年前患白血病去世后，他就开始与才一岁多的甜甜相依为命了，他既当爹又当妈，队友们同情他们父女，总是把出差在外的活抢着分摊了，让他尽量留在城内工作，好尽可能地照料这没妈的孩子。也常有不能按时回家照料甜甜的时候，他就把她托付给楼下的张奶奶，或者打个电话给张奶奶，张奶奶就带甜甜去自己家里吃饭或睡觉。稍大一点后，甜甜的脖子上就总挂着一把门钥匙。可以在自己家里或张奶奶家自由进出。好不容易盼到她长到快三岁时，柯少堂就把她送进了幼儿园，她是那个小班里最小的孩子，还差一两个月才够年龄。柯少堂求人说情才送进去的。这样，一天中他只需为她准备一餐晚饭就行了，他感觉生活一下子轻松多了，上天正一点一点把原有的幸福慢慢还回到他身上，也就在这三年的时间里，他练就了一手好厨艺，成了家务劳动的一把好手。所以能在厨房里奏响锅碗瓢盆协奏曲，是他感觉最快乐的时候。甜甜上幼儿园大班时，他就开始偶尔出个短差什么的，他盼着甜甜快快长大，他就能一心一意地上班，也不会因为偶尔的迟到一下，早退一次，就挨所长的白眼，也不会因为总办些小打小闹的小案子而底气不足。他也想像别的刑警一样，能做一些需要长途跋涉或者夜以继日的辛苦工作，上一些引人注目或上级督办的大案要案，能立功受奖呢。

他把做好的菜肴放进保温箱内就出门去接放学的甜甜。甜甜高呼着“爸爸!”小燕子般飞奔而来扑进他的怀里，抱着他的脖子，把脸蛋埋进他的脖颈窝里就不松手啦，他抱着女儿小小的、柔柔的身子，嗅着女儿身上淡淡的孩儿香也是半天舍不得松手。这是第几次父女短暂分别后的重逢？他记不得了。待牵着她的小手走在回家的路上时，甜甜撒娇道：“爸爸我要吃好多好吃的东西。”“爸爸已经给你买了好多好吃的东西。”每次出差回来，父女俩都从这样的对话开始，

当他把一样样的菜肴从保温柜中拿出来时，甜甜哇哇地欢呼着，伸出小手迫不及待地去偷吃，被柯少堂抓住就要赖又夸张地喊：“啊！爸爸，我手痛啊手痛啊。”柯少堂一松开，她就把那片香肠塞进了小嘴里。柯少堂幸福地捏住她粉嘟嘟的小脸说：“再不洗手我全拿去喂张奶奶家的猫咪。”

甜甜说：“爸爸，老师说要唱歌比赛了，我想得那颗红五星。”柯少堂说：“甜甜一定能得奖的。”

父女二人早早地吃完晚饭就坐在电视机前看电视，看各种少儿节目，遥控器拿在甜甜手中，她换什么，他就看什么，换到全是大人的节目后，就洗漱睡觉。

所以这天柯少堂难得地早早上床睡了个好觉，所以次日值班，他送甜甜上学后就早早地来接班，心里还庆幸着没有迟到，不会挨所长的白眼了。要是他稍稍来晚一点点，哪怕在路边给甜甜买杯豆浆等着她喝完再送她去幼儿园，也许就是别的民警接到那个报案了，要是别的民警接到那个报案，也许就不会让他来主办那个案子了，要是他不主办那个案子……他为什么要去那么早啊，迟到挨白眼就挨白眼呗，啊，啊，他不能想，一想就心尖上流血，疼得直不起腰。

就是在他早早地去接了班后，那个涂着厚厚脂粉的女人和那个脾气暴躁又猥琐的男人就走进了值班室，嚷嚷着：“警察，警察，我家的孩子被人拐骗了！我们的儿子冬冬被拐骗了啊!”

拐卖儿童?! 这可是最近公安部在全国范围内重点打击的犯罪啊，竟然还有人胆敢顶风作案，太猖狂了。

这一对男女一边对他嚷嚷着，还一边互相指责吵骂，男的不断嚷着要警察快快把他儿子找回来，却说不出前因后果，女的一副魂不守舍的样子，却不断回应着男人的叫骂，两人差一点当着他的面就打了起来。柯少堂劝开了他们，一边安抚着，一边让保安给他们倒来热开水。然后开始了细心地询问笔录。

女人叫吴美芬，26 岁，她说她儿子才 4 岁。大前天早上她抱着儿子上街买东西，走到东方街菜场口时，碰到了一对夫妻，说会看相，会测吉凶，吴美芬就让他们给儿子看看将来命运如何，看看她这段有没有什么不好的灾祸，他们就让吴美芬去路边的餐馆坐坐，说天气冷口渴喝点水再慢慢说，于是随他们进去，让服务员倒点水来喝。那男的就对吴美芬说："你很漂亮，但你脸上看起来面带秽气必有灾星，要化解消灾。"吴美芬问："得多少钱。"他说："先拿 1000 试试看行不行。"吴美芬说："我身上可能没带这么多钱。"男人说："看有多少都拿出来试试吧。"吴美芬就把孩子给那女人帮着抱抱，自己去卫生间在内衣口袋找钱，等吴美芬出来时，这对男女都不见了，吴美芬跑出来四处找，都不见他们人影。"我的儿子就这样被他们拐走了啊。"吴美芬断断续续地问一句才答一句地说完就低头不语了。

儿子才 4 岁？比甜甜还小一岁啊？柯少堂的心被揪得生疼。

男的说他叫刘大利，30 岁，儿子叫冬冬，老婆吴美芬在家带孩子没做事，他在一个渔需品商店帮人卖货，一个月不到三千元的收入，大前天晚上为点小事跟老婆争吵了几句，第二天一大早她就一个人抱着儿子回娘家，她的娘家在离城里 2 小时车程的乡下。可是昨天，老婆打来电话说儿子被人偷走了，刘大利有点不相信，以为是老婆故意气他、吓唬他的，就请了假跑回乡下她娘家去看个究竟，真的没看见儿子了，刘大利就慌了神，去镇上派出所报案，他们说事情发生在城里，让他们还来城里报案，这样他们就来了。

"那餐馆叫什么名字?""雅惠茶餐厅。"发案是大前天也就是 4 月 16 号，今天都 19 号了，为什么当时不报案？过了三天才来？"我吓糊了啊，我害怕他责骂，我想也许自己能找回来。这几天我都在城里到处找，托人问啊。”女的说得吞吞吐吐，男的就吼她：“究竟是怎么回事，你要说清楚。”女的就哭，男的更烦：“哭有什么用？你当时干什么去了，非得上卫生间拿钱啊？他们就算不拐卖咱儿子，也是骗你钱的骗子。好好的看什么相啊？”

在问材料的过程中，刘大利对吴美芬始终声色俱厉地骂骂咧咧，那女的声音虽小，却也是丝毫不甘示弱地以牙还牙，几次又差点打起来，柯少堂只得将他们二人分开来问材料。

这一吵一闹，等问清来龙去脉就已经是天快黑了，柯少堂说：“你们等一下，我打个电话。”他打电话给张奶奶，让她把从幼儿园独自回家的甜甜叫到她家里吃饭，

甜甜上大班后就会自己回家了，柯少堂在幼儿园旁边的一条小巷子里租了一个小套间住着，为的就是方便孩子上幼儿园，小巷子离幼儿园才三分钟的路，走得多了，5 岁的甜甜自己都会来去，巷子窄小，没有机动车行驶，柯少堂看中的就是这里方便又安全。但是他只要有空还是要去接送甜甜，所有的孩子都是有人接送的，他不能让甜甜感觉没了妈妈就与别的小朋友不一样啊。他天天都想去接送甜甜，但没办法做到，比如今天，他又不能去了。他与余老师保持热线联系，不打电话，表示他能来接孩子，打电话就通常是告诉余老师叮嘱孩子自己小心走路回家，去张奶奶家吃饭。同时告诉张奶奶甜甜要来。

等他打完电话安排完这些，刘大利和吴美芬似乎也吵累了，女的还发着呆，男的问：“警察同志，我们怎么办呢？请求你快点找回我儿子啊。”柯少堂劝道：“你们放心，我们会马上着手调查的，一有消息就通知你们。”

刘大利和吴美芬走出派出所，柯少堂把案情向所长做了汇报，征得所长同意，他就留下两个协警继续守着电话，自己则带两个人去了雅惠茶餐厅。

这是个全天候营业的餐饮店，因为占据着市中心繁华地段的十字路口，生意十分红火。从上午十点开门营业，一直要持续到次日凌晨

一两点以后。所以柯少堂得抓紧时间调查，否则时间久了，能提得出线索的人更少，有些资料也难以收集到。

柯少堂带着两个协警问遍了全餐厅的所有服务员、大小厨师、收银员、传菜工，竟然没有一个人记得4月16日这里曾发生过孩子被偷的事。

16号的中午是哪些人在餐厅当班呢？柯少堂找来经理细问，经理拿出个本子翻了翻，说了一串名字，柯少堂说："我得找到他们每个人问问。"经理为难地说："这个班的人现在都在休息啊，他们这两天加班又上了夜班呢。""上夜班也得喊醒他们，人家孩子丢了，孩子丢了知道吗？被偷走了，都是为人父母的、生儿育女的人，谁个不着急呢？"经理被柯少堂说得没话，只得领着他们上到顶层去，这些工作人员都住在顶层的集体宿舍里。

女子三间，男子三间，当柯少堂把他们分别叫醒了问情况时，女的一个个牢骚满腹，男的则怨声载道，有的甚至不干不净地口中带渣说："警察有什么了不起啊，我们又没犯法，睡个觉也不得安生了？没能耐破案尽找麻烦。"柯少堂就赔礼道歉地点头，送上笑脸，递上香烟。然后请他们回忆，请他们一定不要忘了可疑的细节。

然而，所有的人都问了个遍，没有一个人记得曾经有人在这里丢过孩子。

这就奇了怪了。

第二天一大早，柯少堂还没来得及吃早餐，所长的电话就打来了："那个拐卖儿童的案子，情况怎么样啊？"柯少堂说："我昨天接警后就去了雅惠调查啊，问了所有的人，都不记得有这个事发生啊。"所长就急了说："你也是个老刑警了，没人记得并不等于没有发生这案子吧，再说都过去这几天了，人的记忆都是随着时间加速遗忘的，再再说你能保证没漏掉一个人吗？再再再说了，那犯罪分子是偷偷把孩子抱走了，又不是明着抢的，那女的吓得立马跑到街上四处找寻，没有人记得没有人注意到这事儿也是有可能的啊。""是，是。所长你分析得对。""你马上到所里来，刚刚刘大利一家子带着十几个人到市局去上访，把市局的门都堵上了。市局分局有领导来所里了，你过来把情况说一下。”“好，我这就来。”

柯少堂急急地叫醒了甜甜，昨晚他在雅惠调查完后回所，一起值班的同志知道他一个人带着女儿，就让他回家看看。他看到甜甜已睡着了，就从张奶奶家把她抱回来，到现在还没来得及跟她说话呢。他一边叮嘱她自己去幼儿园，一边匆匆地自己下楼往所里赶去。他心里还在想着，怎么就去了市局上访呢？不是已经告诉他们我们会尽快调查侦破的吗？总得给我们点时间啊。这是碰上了还算负责任的我呢，从昨晚上就开始查了，要是换个不负责任的警察，也许从今天才开始查，也是情理中的事啊。唉唉，幸亏我那么晚了还去雅惠查了，不然这会儿这么多领导问起来我怎么汇报？

市局分局大小头儿都集中到了所里会议室听他的情况介绍，他说着说着突然想到一个问题，对了，还有监控视频没有看，昨天他不是没想到这个，而是想着把人员调查完后，再去看录像，但是，那个管录像的人请假回家了，那时已经是深夜了，他想着今天再去的。

头儿们分析后决定这案子就交给柯少堂主侦，因为他刚刚把诈骗案的最后一个逃犯抓回来，那案子就剩最后扫尾的活儿，有侦探组的其他人办，而这个案子既然是他首先接手又已着手调查过了，由他来办最合适。

头儿们说，市局信访科的同志正在给刘大利家亲属们做着艰难的工作，刘大利的母亲一开始在市局门口大哭大闹，吵着一定要快快找回她的孙子、她们刘家唯一的血脉，否则她也不活了。柯少堂想这事儿闹大了。

研究完这起案件，头儿又说起了最近发现的一个吸贩毒团伙的案子，让大家在宾馆旅店检查时注意发现可疑线索。宾馆旅店归治安管，柯少堂只是听听，吸贩毒案子已交由另一个侦探组在办，他在想着自己接手的这案子如何弄。

散会后，他立即打电话给刘大利说：“我知道你们着急，可是破案总得有时间吧，兄弟你给我点时间行不行，别在那儿闹了，把你家人带回家，案子不归他们办，你老在那待着有什么用呢？不如多配合我，我们一起来想法子好不好？”刘大利说：“能不急吗？要是你的孩子丢了，看你急不急。我们要是不在这里跟你们局长对话，你能真心卖力给我破案吗？”柯少堂心里就不是滋味，心想这人怎么这样，而且这话也说得太刻薄了。转念想想，毕竟是丢了孩子急得口不择言，这样的情况难免发生，记较不得的，谁叫咱是警察呢？于是耐着性子说：“兄弟，我也是当父亲的人啊，我理解你的，请你也相信我好不好？这样，你儿子呢，我们也不知道长啥样儿，你赶快回家找一张冬冬的照片来，我们先在电视或报纸上做个广告，也许有看见的群众能够提供点线索呢。”

这话果然管用，刘大利答应马上回家取照片送来。

这时，刘大利旁边的吴美芬却说她手机里就有孩子的照片，于是发到了柯少堂的手机上。

这是一张冬冬的全身彩照，4 岁的男孩还不知道臭美，懵懂地坐在靠墙的地板上，柯少堂把照片看了半天，想吴美芬昨天描述孩子的衣着时，怎么没把这照片拿给他看呢，对了，吴美芬昨天的神态也好奇怪呢。一个丢了孩子的母亲，她应该想方设法地把所能怀疑的情况主动对警察和盘托出才对啊，可是她总要人问一句答一句的挤牙膏一样。被动的讲述也罢了，她的吞吞吐吐却让人觉得不对劲儿，也许她是沉浸在丢孩子的瞬间后悔着不该让别人抱孩子？可是她的哭却是被丈夫怒吼后吓哭的，担心孩子的成分却不明显。最主要的是孩子丢了这多天才来报案有点不合常理啊。柯少堂又打电话对刘大利说：“你两口子最好一起过来，我还有些问题要问你们。”那边答应了。

柯少堂看着照片许久许久。等到刘大利从市局赶过来，他已想到了好多问题要问他们，可是过来的只有刘大利一个人，柯少堂问：“你老婆呢？”“她不舒服回家休息去了。”“那这照片是在哪里照的啊？上面穿的衣服是不是就是你们昨天说的孩子被拐时穿的啊？”刘大利说：“是啊，就是这套衣服。照片是在哪里照的？”刘大利说：“反正不是在家里，是在照相馆里。”“不对呀，现在的照相馆哪个不是把背景弄得跟个风景区似的美轮美奂啊，这样的地方照相怎么赚钱呢？”“也是啊，可是我想不起来这是哪里照的啊，这得问问我老婆。”刘大利说着就拿出手机拨号，柯少堂说：“你叫她过来吧，电话里怎么说得清楚呢。”刘大利说：“那我得回家去接她来。”柯少堂说：“那你赶快去吧，正好我再去雅惠看看。”

柯少堂去雅惠调看了4月16号当天的全部录像资料，重点锁定在中午十一点到一点之间，两个小时的录像，他反复搜寻细看，发现了奇怪的现象。等到刘大利骑摩托带着吴美芬到所里时，他正好将录像资料拷了回来。

吴美芬的脸上依旧画着浓妆，与刘大利朴素的衣着很不相称，浓妆下吴美芬的眼睛总是躲躲闪闪地不敢看柯少堂，与刘大利的焦虑忧烦形成对比。柯少堂一见她就说：“吴美芬你没对我们说实话呀。”吴美芬惊恐地抬眼扫了一下柯少堂就闪开了，这时刘大利一下子又火了，骂她：“你还要不要儿子啊，怎么这时候还不说实话啊？你个婊子是想让我家断香火吗？”吴美芬低下头来不语。柯少堂说：“你说你在雅惠上卫生间时，看相的把你儿子偷走了，可是中午正是吃饭人多的时候，怎么没有一个人看到你们啊？你在跑出去找人时，正常的反应该是先问服务员有没有看到那一对男女抱着孩子去了哪里，你惊慌的神态和丢孩子的悲剧一定会让在场的服务员记忆犹新而不可能在我们去调查时没有一个人记得啊。”吴美芬仍然低头沉默着，柯少堂以极大的耐心等待着，刘大利则开始破口大骂了。柯少堂让民警把他带到另外一间办公室里去了。然后，柯少堂说：“吴美芬，你要还不说真话我们可就要以报假案把你关起来了。要不，你看看这段录像吧。”说着，他打开了那段视频。然后定格下来，画面中是吴美芬清晰的脸庞，她的手中抱着儿子冬冬正进入雅惠茶餐厅，后面则紧紧跟着一男一女，此时不能确实他们是不是一起的。快进，画面呈支离破碎状飞速闪动，再定格，画面上是吴美芬背着个包紧紧跟着一男一女身后的镜头，4岁的冬冬则抱在了前面一个女人的手中，他们三人正一起出门往雅惠外走去。

吴美芬这时才嘤嘤地哭了，过了一会儿后，她讲述了事情的经过：她与丈夫刘大利是在网上认识的网友，恋爱一段时间后，她发觉刘大利除了会说讨人喜欢的话外，别无长处，给人家打工卖渔业用品，一个月才不到3000元，她就想要与他吹，可是这时却发现自己怀孕了，无奈之下，她就嫁给了他，婚后的日子，又与婆婆关系紧张，儿子出生后越发地紧巴了。她实在不想这样过下去，可是刘大利是绝对不会跟她离婚的，就算离了婚，儿子跟着他也过不上好日子，自己带着更是难以养活。那天晚上，两人就是为钱的事吵了架，她就带着儿子跑回到了娘家，在娘家没事也上网，在网上她看到了一个收养孩子的网站，说是南方有人家条件很好，就是有病不能生养，想收养一个儿子，留有电话号码，她想要是能把儿子送人，不仅给儿子一个好的家庭条件，自己也可一身轻松地离开刘大利了。于是就试着打了那个电话，没想到真通了，对方说的条件比网上挂出的更具体更好。她与对方约好 4 月 16 号的中午在城里雅惠茶餐厅门口见面，然后三人就进去喝茶说话，那男的说她们是一对夫妻，因为自己不能生育想收养孩子，男女不限，男孩子更好，说自己在广东开有公司，家里条件很好，会像对待亲儿子一样对待冬冬的，吴美芬说："我养了他这几年，你给点辛苦费我吧。"他们事先在网上已说好了价。那个男人就爽快地说：那是应该的，于是从背包里拿出个纸包来打开，亮给吴美芬看一两摞钱，说："这是 2 万元钱，你收好。"然后把钱仍装进包内把包递给了吴美芬，吴美芬就把冬冬交给了那个女人抱着，三个人一同走出雅惠。

柯少堂说："你这是贩卖儿童，是犯法的知道吗？"吴美芬说："是我自己的儿子啊，我没有贩卖他，只是收一点辛苦费啊。"柯少堂说："最起码也是遗弃，也是犯法的啊。"吴美芬就不作声，柯少堂问："你接着讲后来呢？"吴美芬说："毕竟是我自己骨肉啊，养到这么大，突然离开，我很不舍，晚上特别想念，我就打电话让他们帮孩子照张照片发给我留作纪念，那男的说可以，就照了发过来，就是这张，我不知道他们在哪里照的，那男的还说，既然已经送给他们了，以后就不要再联系了，他们会当自己亲生的一样待他的。"吴美芬说第二天她又打他们电话，说想再见儿子最后一面，可是对方号码却已挂空了。吴美芬说："可是我想我的儿子啊。"柯少堂问："因为想儿子所以来报案想让警察帮你找回儿子？"吴美芬点头又摇头说："我怕回家老公问起来不好交代，就跟他说儿子被人偷走了，没想到他会那么在乎，拼了命地要找回儿子，说我要不来报案，他会杀了我的。这样就来了。”柯少堂说：“既是这样，为什么还去市局上访？不仅他们去，你自己还去上访说孩子被偷了？”“我没对别人说是送人了，所以大家都以为是被偷了，非要来报案，还说去市局上访给你们压力，找回儿子的希望就大多了。”

柯少堂气得脸上肌肉打颤，他想不出怎么会有这样的母亲，这样的女人。这个卑鄙无耻的下作的女人！

还得帮他们把冬冬找回来。

柯少堂请来法医把吴美芬和刘大利的血抽了，说将来找到冬冬是要做 DNA 检验的，吴美芬十分不情愿，扯扯拉拉半天，说自己晕针，晕血，怕疼，说刘大利身体不好等等，但刘大利一吼一骂，她只得噤声服从了。

柯少堂决定把城内所有宾馆清查一遍，因为吴美芬说那一男一女是从广东过来的，手机号码也是广东的，那么他们就会要住店。可是这么多的宾馆酒店全过一遍到什么时候啊，也许真找到了他们住的地方，人却早走了。柯少堂把冬冬的照片拿到电脑上放大了来看，发现照片照得很狡猾，冬冬占满了整个镜头，旁边无一参照物，这明显就是不想让人看出他们在哪里给孩子拍照了，柯少堂感觉这不是一对善男女，如果是收养，不与送养人来往可以理解，但也不至于这样处心积虑的回避呀。终于，他发现孩子虽然占满了镜头，但他坐在地板上的双腿之间却不可避免地露出了地板，以及身子背后的墙壁。那地板是黄色的，还有黑色的踢脚线，墙壁居然是弧状的。这是让孩子坐着拍照时更加稳固，却出乎意料地暴露了这个房间的建筑外墙特征。柯少堂心中不禁怦怦地乱跳起来，每当接近案件真相时，他都会有这样的感觉。

全市有这样圆弧状外墙而又正好是对外营业的宾馆的建筑并不很多，柯少堂一方面把情况通报给正在清查宾馆旅店的同志，一方面亲自带人到有这种特征的几家宾馆去检查，果然就查到了黑天鹅宾馆内前两天住进过一男一女广东来客，但是他们只住了一晚上就离开了，柯少堂打开随身携带的笔记本，让服务员看雅惠的录像资料，果然就是那一对男女。查入住登记身份证，原来广东早已将他们作为拐卖儿童的人贩通缉，完全证实了柯少堂的猜测，他们根本不是收养孩子。

柯少堂还是要去那间房看看，服务员很不情愿地就带他们上去了，房内与柯少堂想象的一样，圆弧形的墙角，黄色的复合地板，黑色的踢脚线。柯少堂一方面暗自佩服自己的判断能力，大海捞针却又删繁就简地迅速找到了这个地方，一方面又十分惋惜，要是能早来一步就可抓住人犯救回冬冬了啊。

柯少堂给所长汇报说应该派人去广东一趟，柯少堂刚刚从青海抓人回来不到两天的时间，18 日上午回家，下午休息，19 号值班就碰到那个歹妇人吴美芬来报案，调查到深夜才回家，今天 20 号他已把该查清的事情都调查完了，他想让所长派别的民警去广东，他与甜甜才只父女相聚一个晚上啊，他不愿这么快又出远门。

所长说："就你去吧。"柯少堂说："不是我不愿意出差，我这不刚刚从青海回来么，家里……"所长说："也只有你去啊，我手上哪里还抽得出人呢？"所长说完就挂了电话。柯少堂气得照门框狠狠地踢了一脚。

他只得继续。火车是今天下午的，得在去广东前再看看甜甜，于是临去火车站前，他挤时间去了幼儿园。甜甜正在和小朋友们做游戏，看到柯少堂在教室门口，她跑过来说："爸爸你怎么这早就来接我啊？我们还没有放学呢。"柯少堂说："爸爸不是来接你的，爸爸来看看你，等会爸爸又要出差，你晚上还去张奶奶家吃饭睡觉好吗？"甜甜一下就哭了："不，你老出差，你说今天带我去看妈妈的，你骗人。"柯少堂的心里酸酸的，他亲着她的小脸说："有个小弟弟被坏人骗走了，爸爸要去把他救回来，小弟弟也想妈妈呀。"

直到柯少堂离开，甜甜的哭声还在耳边响着。他心里很难受。想着把冬冬找回来后，就算请假也得多陪陪甜甜，带她去西山园陵看妈妈，这个清明节他忙着那个诈骗案还没带她去过。

柯少堂和小邵到达广东，将所掌握的情况向广东警方通报，原来那一对人贩子长期以贩卖儿童为生，虽有房屋在广东，但却四处流窜作案，以网络为平台，联系买卖双方。往往孩子一到手就立即高价转手卖出，从中渔利。

广东警察说："你们已经是第九拨来这里了解这对人贩的人了，算你们运气好，我们已获知他们三天后的晚上坐火车回来，你们若愿意，就再等三天，我们一起守株待兔。"柯少堂说："我们可是嗅着味儿追来的。"

24号晚上抓获那一男一女两人贩毫无悬念，从两人身上搜出的有六个身份证，七个手机，一个电脑笔记本，还有大量现金和四张银行卡，卡上有现金五十余万元。只是他们身边根本就没有冬冬，柯少堂就有点着急。果然，他们交代已经把冬冬以6万元的价格卖给了贵州的一对夫妇。

怎么办？柯少堂想就地打道回府，反正人贩子已抓获，该受什么惩罚就会受什么惩罚的。至于被拐的孩子，也可让广东这边去解救。小邵知道他惦记家里的甜甜，说："我听你的，你说回就回，你说追就追。"柯少堂理智上明知应该追下去，可他还是打电话给头儿，说："案子办得差不多了，人赃俱获了，至于解救孩子，可以让广东警方去，或者所长你再另外派人去都可以啊。反正情况都很明朗了。"所长说："人贩子交代了作案十余起，等着广东警方去解救冬冬不知又要等多久。你不想想冬冬离了亲爹妈该是多么的可怜吗？你也是当爸爸的人啊。"所长这话可点到了柯少堂的穴了。想着刘大利夫妇那时急迫地要见到孩子而互相吵骂扭打的样子，特别是想到甜甜与自己在一起时的快乐劲和说起妈妈时的向往神态，他决定还得追踪到贵州去救冬冬。

26号的晚上，柯少堂和小邵坐上了去贵州的火车，他在车上给张奶奶打电话，甜甜的声音传过来时，他的心里满是做父亲的幸福。甜甜说："爸爸我得了唱歌一等奖，老师说我是大明星，奖我一颗红红的五角星，还有两块蛋糕，我和张奶奶吃一块，还有一块留给爸爸回来吃哦。"甜甜的声音脆脆的那么好听。"好，好。爸爸已经把坏人抓到了，等爸爸再去把小弟弟找到，就回来吃甜甜得的蛋糕哦。"那边甜甜就报告张奶奶说："爸爸又抓到坏蛋了，爸爸去救个小弟弟就回来吃甜甜得的蛋糕，爸爸又抓到坏蛋了哦……"柯少堂微笑着恋恋不舍地挂断了电话。

这是一个到了县城还得转车两小时才到乡镇，然后还得步行三个多小时才能到达的小山村，他们一人骑了一辆自行车就往那个叫蒋新卫的人家赶去。

蒋新卫已近六十岁了，儿女都在一次山体滑坡中丧身，他和老伴就想领个男孩当孙子来养。于是通过县城的亲戚买下了冬冬。

冬冬在蒋新卫家待了一周多时间，他的到来给几年来冷火秋烟的蒋家带来了生气和欢乐，当柯少堂、小邵和镇上的民警们赶到这里时，蒋新卫的妻子正在和几个村里的婆婆媳妇们坐一块说话，脸上是多年不见的满足的微笑，手里还织着海蓝色的小毛衣，那是为她新来的孙子织的。冬冬正在与几个一般大的孩子们凑一处吃着旺旺煎饼，身上穿着簇新的黑色绣花衣裳，一副当地村民的孩子打扮。

柯少堂被领到他们面前时，蒋新卫的妻子仿佛大祸从天降一般呆若木鸡，她听明白了这群人来这里找她的目的，就再也听不清下面他们说些什么了。她只看到一个小年轻民警去抱她的孙子冬冬，她就拼了命地去抢冬冬，冬冬被这突然的举动吓得大哭，口里喊着："奶奶，奶奶，我要奶奶。"柯少堂去护着小邵抱冬冬，没想到胳膊就被蒋新卫妻子狠狠地咬住了，他疼得钻心，血顺着胳膊流下来，一滴滴地掉落到地上，但他没有退缩，也没反击，只是喊着："人家的爸妈也想孩子啊！你们替人家亲生父母想想好不好！"紧接着，他的脑袋上就挨了一棍子，是蒋新卫打过来的，打得柯少堂眼冒金星一阵天旋地转。

最终还是镇上的民警把他们扯开了。村里人问能不能把蒋新卫家里买孩子的6万元钱还给他们，毕竟他们也是老实巴交的农民，存了多少年的血汗钱不容易啊。镇上的民警说："他们买孩子本身就是犯法，没有买方市场就没有卖方市场，他们与贩卖儿童是一样的犯法知道不？"蒋新卫被村里几个人扯住了直喘粗气，他的眼睛里噙满了泪水。

等柯少堂他们离开时，蒋新卫的老婆再次死死地拉住了冬冬的手，小邵也紧紧地拉着冬冬不放，冬冬一边想挣脱小邵往蒋新卫老婆那边奔，一边放声大哭，嘴里还喊着："我要奶奶，我要奶奶。"就听到有人喊说："别把孩子手扯断了啊。"蒋新卫妻子的手立即松开了，随之撕心裂肺地呼号。柯少堂看到这一幕，心里说不出的滋味，他知道这失去至亲的两个老人是真心地把冬冬当作亲孙子看的。短短的一个星期时间，就让冬冬对他们产生了这样的依恋，想到他亲生的母亲，柯少堂心里惶惶地感觉对不住这对老人。

当把冬冬固定在自行车前的座椅上后，他们一行人就迅速地骑上车子离开，身后传来蒋新卫妻子的哭喊声，她一声声地哭着："我的乖乖孙子啊，我的冬冬啊，"然后又撕心裂肺地哭喊着，"我的儿呀，我的可怜的女呀。"柯少堂扭回头看去时，正看到她倒地的刹那，她的丈夫正追赶着尽可能地多看冬冬一眼，发现妻子倒在了地上时，他又回身去扶她，搀起她来，两个人眼巴巴地看着这边的人走远，那件还未织完的天蓝色小毛衣掉在地上特别显眼。冬冬则不停地哭喊着："我要奶奶，奶奶，奶奶……"他还踢打着带着他的小邵，柯少堂自己的眼睛也被泪水模糊了。

柯少堂一路上都在想：自己这一次的行动究竟是好事还是坏事，是解救还是伤害？

28 号下午，柯少堂小邵带着冬冬上了火车，手机响了，是余老师的，余老师很少主动打他的电话，一般都是柯少堂联系她。柯少堂的心里咯噔一下，电话一接通就听到余老师急急的声音："是柯甜甜的爸爸吗？""是我是我，我是甜甜的爸爸，余老师，余老师？"电话里一片寂静，隧道内却一片轰鸣，柯少堂的心里一阵怦怦怦怦的"急急风"。他不停地拨打着余老师的电话却无济于事，他急得在走道上来回走动，直到 40 分钟后，余老师的电话接通了，余老师的口气已经大大和缓："柯警官，没事，只是告诉你一声甜甜回家了。"柯少堂的心就有了隐隐的不安："余老师这是怎么啦？余老师甜甜没调皮吧？""甜甜是个好孩子，没事，你放心吧啊。"柯少堂的心稍稍定下来。

终于挨到 29 号早上带着冬冬回来了。刘大利买了大挂长鞭等在派出所门口。

柯少堂顾不得与他们说事，推开了记者们递过来的话筒就往家里赶。所长和头儿们都来围住了他，他说："不用采访我，我没时间，你们去采访小邵吧，他都清楚，我要回去。"余老师，张奶奶也都来了，他正奇怪怎么她们也来这里，所长握着他的手轻声说："少堂，对不起，我这些天忙着那起吸贩毒案子。少堂你要坚强些，甜甜，她、她是个好孩子……她没救过来。"

"什么，什么？救甜甜？我们救的是冬冬啊。"余老师和张奶奶都哭了。

"甜甜死了。"

甜甜死在放学的路上，她一个人走在路上好好的，突然一辆冲过来的自行车撞上了她，倒地后，太阳穴正碰在地上一块大石头上，送医院没有救活过来。

蒙着白床单的甜甜，身子是那么的小，分明还是一颗未成形的花骨朵啊。她就那么小小地、孤单地走在放学的巷道上，她就那么小小地、孤单地躺在这白床单下。她还没来得及长成一颗花骨朵啊。

柯少堂像个傻子一样，跟着去医院，去殡仪馆，去西山陵园，他想今年清明节他没有来得及带甜甜来看妈妈，他从青海抓骗子回来，也没来得及带甜甜来看妈妈，现在甜甜终于跟妈妈在一起了，在一起了……

直到张奶奶递给他一颗小小的红五星，又从冰箱中拿出那盒小小的蛋糕说："这是孩子留给你的，她倒在地上时，手里还捏着这颗红五星啊。"他傻傻地接过红五星，捧起蛋糕来，傻傻地就往嘴里送，一丝香甜沾到舌尖，钻心的疼痛刺醒了知觉，他浑身抽搐，匍匐到地上半天才哭出了声，那声音震得房屋都打战了。

从此，柯少堂变了个人，眼睛里没有了半点神采，衣服上常沾有油渍，老一个人发呆。

这天，一个人抓住了他的手说："柯警官，是你把冬冬救回来的吧，你还是把他还回去吧，吴美芬那个女人是个骗子，他不仅骗了你们，也骗了我，DNA 说冬冬是她与别人生的野种，她把卖他的钱拿去吸毒去了，她自己也离开我跑了，前天又被你们警察抓住了。我要跟她离婚啊，我又见不到那个婊子，我可不能帮她养这个野种啊，你哪里救回来的还送哪里去吧，再次求求你了啊……”

“你们都去死吧！啊……啊……啊……”

刑警柯少堂一嗓子喊出了血，再也发不出声音来。

冬冬果然就被丢在了派出所里，所长说要想办法送他去民政局的救助所，可是不知为什么一直没有送成，一连几天，都是民警们轮流照看。

这天又轮到了柯少堂值班，他正在院子里为两个打架的人调解，冬冬就溜达出了院门，不知从哪窜出一条大狼狗冲着他叫了几声，冬冬吓得掉头就跑，一把抱住了柯少堂的腿，大哭起来，柯少堂只得蹲下身来安慰他，冬冬就又抱住了他的脖子，脸蛋埋进了柯少堂的脖颈窝儿里，那小小的身子，也是柔柔的，软软的，柯少堂不由得心一酸，一把将他抱在了怀里……

一箭双雕

一

还有最后一根筒子骨，卖完后就可以去花仙子棋牌室爽一下午，运气好，还可赢个酒钱。吴旺才盼望着巷子口早点出现鑫哥的身影，果然鑫哥就从小巷的那一头向这边走来，自在悠闲的样子，这世道真不公，有钱人连姓名也多金，他那只金毛狗每天要吃一根筒子骨，连骨带肉的一根筒子骨可是两三斤，值三四十块钱呢。光吃这个一个月就得一千多，还要给它洗澡、剪毛、吃营养餐，还得遛弯、买玩具。老天，有钱，狗比人还享福。鑫哥是怎么说的？哦，宁为太平狗，不作乱世人。可是太平盛世也有人不如狗呢。

眼见得金鑫缓缓地踱走到了自己的肉摊前，吴旺才脸上早已笑开了花，把那根筒子骨在金鑫面前亮了亮后放到电子秤上去，谗媚地说：“鑫哥，这可是特地给您留的，几个人来要我都没卖的，您看这称……四十五元八，只收你四十五块好吧？”金鑫扔下五十元说不找了，吴旺才嘴角咧到了耳根说：“反正您明天还要来的。”吴旺才麻利地把筒子骨装进塑料袋又在外面套了个干净的袋子才递给金鑫，金鑫接了塑料袋却并不走，递过来一支烟，吴旺才点头哈腰地接烟，又巴巴地掏出火机给金鑫点上，金鑫就蹲到一边，吴旺才也陪着蹲下。

鑫哥问："你这肉摊一天能赚多少钱？"吴旺才羞涩地说："这哪叫赚钱呀，讨饭呗。"鑫哥说："想赚钱吗？"吴旺才说："赚钱谁不想啊。"鑫哥说："现成的有个机会，不知你愿不愿呢？"吴旺才说："有钱不赚我苕货呀！"

"好，"鑫哥像是下定了决心，把吴旺才拉着背对了街面说："我跟人签了一份购销合同，事后才发觉他玩儿我，让我在这笔生意中不仅不赚钱还有可能亏老本，但白纸黑字签的合同，不履行就得输官司，官司输了也得赔钱，你要能帮我把这合同书弄回来，我给你一大笔钱。"

吴旺才笑了："鑫哥您是赚大钱的，您都要不回来，我哪有那本事呀。"

金鑫闷头抽烟没作声，一支烟都抽完了，才说："他这合同本来就是给我挖的坑，我既已跳下去了，他肯定不会给我梯给我绳，明着怎么可能要得回？"

吴旺才点点头，突然醒悟过来，有点怕了："鑫哥，您别看我卖肉动刀动棍的，我可不敢砍人咧。"

"谁让你去砍人啦？你……可以去偷呀。"

"偷？我不会啊，我除了偷过懒，呵呵，还想过偷女人，可没那本事，呵呵，什么都没偷过。再说，那怎么偷得到呀。"

"你听我说嘛。这合同是我在他家里时，他骗我喝多了酒，然后在他的书房里签的。我们以前也合作过多次，大家都赚了不少钱，所以我也不太提防他，没想到这次他玩儿我，会让我损失一百多万呀，太黑了呀。"

吴旺才心里也起了恨，说："真黑咧，可是你可以不认账呀。"

"那不行，他会去法院告我，法院只认合同上的白纸黑字呀。这么跟你说吧……哎呀，说了你也不懂呀，总之，这次他挖了个坑让我跳下去了，我可能要卖房卖狗了，再也不能来买你的筒子骨了。"

吴旺才心里也跟着伤感了。鑫哥说："你要能帮我弄回那合同书，也是帮我伸张正义，我不会让你白出力，我付给你五万块钱，怎么样？"

五万块啊，我得卖多少头猪啊？两年也赚不来呢。我不还该着牛老大五万块债吗？要是还上了，再不用对他低三下四了。

“你自己怎么不去偷呢？”吴旺才多少有点动心了。

“我是利害关系人哪，合同被偷了，他必定会怀疑我，所以我那天得找个地方待着，让看到我的人们给我作证我不在现场，这样，他就只能自认倒霉了。”

吴旺才感觉鑫哥说得有道理，但他还在犹豫。鑫哥说：“我到楚源市来才一年多时间，也没有什么朋友，房子买在新康花园，要是他骗我的这事成了，我真就走投无路了啊。”

看到这个天天来光顾自己的肉摊、衣着神情都高大上的人竟这样沮丧，吴旺才心里突然感觉世道还是公平的。家家有本难念的经，有钱人也有有钱人的难处，看看，一不小心，仅一单生意不成，就走投无路了，比起他们，我这肉摊虽小，但每天也小有进项，哪怕某天生意再差，也不至于倾家荡产吧。想到这里，一股从未有过的自豪感充盈了吴旺才的心，也唤醒了他胸中的正义凛然。金鑫却不知道，他生怕吴旺才不愿意，他说：“要不我再加一点，给你六七……算了，算了再怎么也比被他黑了的强……十万，十万好不好？再不能多了。”

吴旺才眼睛都睁圆了，这是真的吗？十万元啊，他就可以把欠了牛老大的五万元还清，还可以给老婆买三金了。去年，吴旺才家老屋翻新，找牛老大借了五万元钱，至今没还，媳妇一直嘀咕没有给她买耳环项链手镯，要是有了这十万元钱，全解决了。

牛老大是这个自由市场的协管员，每天向所有的小摊贩们收管理费，耀武扬威吆五喝六的，自从借了他五万元钱，他对吴旺才更是吹胡子瞪眼的，钱是吴旺才的妈找牛老大的妈借的，两人原是一个村的，牛老大不知使了什么手腕，不仅从乡下到了城里，还找到了这样好的市场协管员的工作，还在城里买了房，还娶了个城里的漂亮妞做小媳妇，那媳妇不仅漂亮得晃眼，据说还是大学毕业的呢。

吴旺才的妈找牛老大妈借的这五万元钱，原说是两年后还清的，可是牛老大却找到吴旺才，说他妈乱表态，这钱是他搁在妈那的，他只能借出一年，还得给二分的利息，不然不可能借他的，说你去问问，现在谁借钱不收利息呀，不收利息有人借你吗。人不求人一般高，人若求人矮三分。吴旺才心里恨得痒痒，嘴上却不敢作声，吃人的嘴软拿人的手软呀，虽然钱不白借，终究还是个求人呀。

吴旺才认识金鑫哥也才刚刚一个多月，他每天都来照顾着他的生意，而且从不斤斤计较，吴旺才明里暗里短斤少两的，金鑫也装作不知，这次鑫哥有难，找我帮忙那是看得起我旺才，更何况还有这么优厚的条件，我要是不去做，鑫哥立马就找个人去做了，现在谁不见钱眼开呀。

吴旺才对鑫哥说："我连你说的这人姓什名谁、住哪都不知，怎么偷法呀，再说他家里的情况……"

"他住在东塔路 1034 号，那是一座独立的小院，院子中间有一棵高大的樟树，一栋老式房子，房子后面还有一块菜地。你进大门后直接往里走，穿过前院和老式房子天井后面的堂屋，再往后面过一个弄堂，就到了他的书房，那个宽大的书桌右下边第一个抽屉就是专门放这合同的地方。"

"他抽屉里应该有好多合同书吧？"

"当然，从前我们合作过多次，以前的合同书都履行过了，也许他丢了，也许还在里面。"

"哦，我是说，我怎么知道哪是你想要的呢。"

"就在那个抽屉里最上面的一份就是。"

"他叫什么名字？说不定我会拿错了呢。"

"我们是七月二十号签的合同，写有这一天的日期就对了。他叫凌一鸣。"

吴旺才站起身从肉摊另一边拿来了纸和笔，那是他专门用来记赊账的，吴旺才说："你得写下来免得我忘了。"金鑫怔了下，还是接过纸笔在上面潦草地写下了：凌一鸣，东塔路 1034 号。然后又画了个简单的示意图。

"是啊，这样清楚多了，可是我怎么……"

鑫哥说："每个星期五的下午三点半钟，有一个做理疗的医生要过来帮他做腰部理疗，得一个半小时，他妻子在医院工作，也是这个时间上班，出去时大门就给医生留着，因为我那朋友这时总是午睡还没醒，总是医生去叫醒他的，你可在这个时间进到他家里去拿了合同就走，或者如果时间不凑巧，也可趁他们在卧室做理疗的时候，你再趁机出去，卧室在堂屋的右边，你要掌握好这个时间出来啊，因为理疗完后，大约也是五点钟，钟点工会来他家帮忙做饭，吃完饭后，大约下午七点钟钟点工下班，他就出门遛狗，雷打不动的，这个时候他会锁上大门，你从里面就不好出来了呀。嗯，他家中再无别人，孩子在外地工作了，对，我们曾经是很好的狗友，天天在凤凰广场见面的，但是他居然坑我啊。”

吴旺才说：“好，可是我还是有点担心，要是被发现或者警察破案怎么办啊。”

鑫哥：“你放心，只要你动作轻一点就不会被发现，你跟他一点关系也没有，警察破案也不会怀疑到你呀。”

吴旺才：“那……那我就试试。”

鑫哥说：“后天就是星期五了，你准备好，后天的下午三点半钟去他家啊。”

吴旺才说：“好吧。”

二

中医院的王华水医生在诊疗室接待了图书馆管理员曾健，年仅二十三岁的曾健颈椎病已相当严重了，常常头昏脑涨，彻夜失眠，他一直没觉得有什么大问题，犟着没看医生，直到后来右边的手脚麻木僵硬到不能自由活动，他才去医院治疗，但一医院的医生又是拍片又是激光的，钱花了一千多，效果还是不明显，这时有人建议他去中医院找王华水医生，自从接受了王华水医生的牵引理疗后，两个月的时间，曾健的颈椎病大有好转，同时，王医生还建议他多打羽毛球，或趁着现在天气热，多游泳，无论是仰泳还是自由式，特别是蛙泳，对颈椎增生有很好的防治效果，配合一定的治疗，他的颈椎病肯定能治好，毕竟曾健这么年轻，严重的颈椎病，完全是由平常不良的生活习惯造成的，比如长时间的上网玩游戏玩手机。曾健感觉王医生真是个好医生，不仅医术高明，还耐心耐烦，态度和蔼可亲。他总想着找个机会要好好地感谢王医生。他向王医生邀约说："再过三天，三天后的下午，我再来找您给我做牵引啊。"

"哦，那天是星期五吧，可能不行啊。"王华水医生显得很为难地说。

"怎么呢？您那天有事吗？"曾健问。

"是啊，那天我有个要紧事要去 W 市，可是还有一个朋友家的孩子过十周岁生日也要我去，要是能分身就好了。"W 市距离楚源市一个半小时车程。

"是啊，能分身就好了。"曾健附和着。

"要是我那朋友问起来，你就帮我证明我那天在 W 市吧。"

"行啊，这有什么嘛。"

"那就这样，他要问起来，我就说你能证明那天下午五点钟你在 W 市的开元大酒店门口看到我啦，我正路过那里往右拐进它侧面的小巷子，我们就只招了下手就走开啦。"

"没问题呀。"

"那我们说好，谁问你都这样说啊。"

"好啊。"

三

吴旺才在东塔路顺着门牌走到巷子一半处，就看到了门牌上挂着的 1034 号，果然是一处老式独立庭院，如今像这样的小院已经不多了。院门果然没有上栓，一推就开了，院子中间真有一棵粗壮的香樟树，此外别无他物，因此小院倒显出了几分阔大。吴旺才进来前好好地打量了它的周围，院的左边是一个废弃的工厂，没有一点人气，院的右边是一个湖汊，门前的东塔路倒是人声嘈杂，但隔了前院进到老房里的天井处，一切噪音都被隔绝在天外，这里显得静悄悄的，除了有周围高大的院墙，那棵院子中间遮天蔽日的香樟树也起到了隔音效果。吴旺才听人说过，院子中间种树，那就是个困字，是不祥之兆。吴旺才心中陡地一阵慌乱，但是，已经身陷其中，只得继续，他不由得放轻了脚步。

鑫哥说过，走过天井，经过堂屋，笔直走后面的过道，就到书房，这堂屋还真是过去旧式人家的厅堂布置，这么大而老旧的院落如果拆迁，那要赔多少钱啊。吴旺才在心里嘀咕着。堂屋的右边有两个房门，那就是卧室吧？吴旺才猫腰踮脚从左边的边门遛进堂屋后面的过道，过道幽深狭长，顺势又拐了两拐，走到底，却是个更加狭窄的小院，空无一物，并没有看到书房，难道自己记错了路？幸亏让鑫哥写上了地址画上了图，他赶紧掏出那张纸条，没错，就是这样的，可是左手边明明是一道高六尺的墙啊，岂止左手边，四周都是这样的高墙呀，他忙回身向来时的路，不好，那条过道上的窄门竟从外面锁上了。

四

长江的水不再是从前涨水时的浑浊，据说是三峡工程的功劳，因此来江里游泳的人也一年比一年多了。几个月来，曾健听从王医生的劝告，每天下午四点钟就到这里游泳，现在，颈椎已大大好转，睡眠也好了，心情也好了，他也不可遏制地喜欢上了这项运动。脱了汗衫短裤，留一条泳裤就下了水，在清凉的江水中抢滩到那中流处，仰躺在水面顺流而下，直到一千米外的观音阁，再逆流而上返回到入水处，或者就在观音阁处起水，沿江滩走回到入水处，换上搁在那里的衣物回家。这已成了曾健的标准程序。

入夏以来，除了游泳的人外，到江边来消暑的孩子也增多了，他们多是在岸边捡起石子打水漂或者踩着没过脚面的江水奔跑追逐，感受那份清凉，前面就有四五个十一二岁的孩子正在水边嬉闹着，突然，一个孩子滑进了旋流，江水迅速将他卷走，这突如其来的灾难把其余的孩子惊呆了，直到那个孩子的身影在江水中沉浮着漂远，其中一个孩子才惊醒了发出大声的哭喊，其他孩子也都哭出了声，并徒劳地追赶着跑来。曾健听到哭喊声时正好看到了急流中起伏的人影，他来不及多想就迅速迎着那个人影游去……

市一医院的急救室门外挤满了人，各家新闻媒体人围在门外采访曾健救人的英勇事迹。被救孩子的父母亲更是拉着恩人曾健的手在电视镜头前泪流满面地表达感激之情。

五

吴旺才努力地推拉着通往狭窄过道的小门，可是，怎么弄这门也打不开，他被锁在了里面，只能看到头顶上的一块长方形天空。也许这家人有什么事，临时锁上这门？时间一点点过去，门那边还是没有动静，他想起了鑫哥说的话：“要是万一你听到屋子里有人或者发生其他情况，也不要慌张，你耐心地等一等，瞅着不被发现偷偷离开就行了。”吴旺才想：可能是保健医生来了，为防过堂风而把门锁上了？他小时听奶奶说过过堂风是很伤人的，做理疗也许有忌讳吧。也许他在离开前会再次来打开这扇门？这样他又等了一段时间，估摸着理疗的时间也差不多过了，可是那门仍然紧锁着。他无奈地掏出手机想打给鑫哥求救，却发现，原来，他并不知道鑫哥的电话，他们认识才一个多月吧，鑫哥每天定时来他的肉摊买筒子骨，然后嘘寒问暖地聊几句，就熟了，可直到这时，吴旺才才意识到他其实对鑫哥并不了解。鑫哥自己说是外地人，在花园小区买了房子，做矿石生意，除此之外，他根本不了解这个鑫哥啊。管不了那多，就是被人发现了，说是走迷了路，也比困在这里不知到什么时候强呀。吴旺才开始拼命地拍打那扇门，可是却没有一点作用。吴旺才在狭窄的过道和那个小院间来回地寻找，想找到一个出口。

西墙的影子在东墙上一点点地爬高，吴旺才的担心和害怕也一点点浓稠，直到那影子快爬到与东墙齐平，吴旺才变得悲凉和愤怒了，他横下一条心，只有打报警电话求救了。就在这时，他听到了拐角那边过道里的门上有细微的响声，他的心提到了嗓子眼，悄悄地拐过去，那声音竟没有了，他蹑手蹑脚走到了那扇门处，轻轻一推，门竟然无声地开了，他不敢出声，蹑手蹑脚地走过那狭长的过道，从边门跨进堂屋，堂屋里的光线幽暗，倏地，他瞥见地上躺着一个人，吴旺才定睛看一眼，不由得大吃一惊，居然是牛老大！便伸手去扶他，却发现牛老大已是满脸的血污，用手试试，没了呼吸，吴旺才吓得魂飞魄散，撒开腿就往外奔，在院门外，他与一个女人撞个满怀。

吴旺才跌跌撞撞地上了一辆出租车，他失魂落魄的样子让的士司机好生奇怪，一连问了几声到哪里，他才说到官柳街。

六

刑警副大队长肖潇看着櫈子上坐着的吴旺才心里很纳闷，他经过了指天发誓痛哭流涕捶胸顿足到现在已是筋疲力尽了。肖潇走到审讯室外，刑警吕翔正准备进屋被肖潇拦住了："让他歇一会吧。"吕翔问："交代了？"肖潇摇摇头："也不像是表演啊。"吕翔说："这小子还挺犟啊。"肖潇摇头说："我看没那么简单，他怎么可能编出那么离奇的情节来。"

"可是我们在他所说的新康小区，也包括他卖肉的市场附近都没有找到叫金鑫的人，在全市人口信息网中查到的金鑫倒是有二十五人，但每个人都排除了……我看吴旺才还是有杀人动机的，毕竟他借了牛老大五万元钱啊，这对他可不是小数字。"

肖潇拍了拍吕翔的肩："这案子巧合和离奇的事太多了，反倒让人生疑了。比如吴旺才所讲的故事听来就离奇，他逃离时又正好撞上了牛老大回家的老婆，哎，如果是没有人证的凶杀案我们一般会怎么侦查？"

吕翔毫不迟疑地说："那就麻烦多了，肯定是从受害人的社会关系查起嘛。可是这个案子……”

肖潇挥了挥手：“任何时候都不要忘了根本啊，我们别被人牵了鼻子走才好，就按老的套路来查吧。”

隔天，吕翔兴冲冲地对肖潇说：“肖队，果然牛老大的老婆张珍珍有情人啊。看谁还敢老牛吃嫩草吧……”见肖潇眉头紧皱着，他赶紧补充：“牛老大今年五十五了，他老婆才三十五岁，长得那么漂亮哪里守得住啊……哦，我又多话了，反正您也见过了，她来报案时我就觉得这女人年轻漂亮，等看到牛老大时就觉得与她太不配了。”肖潇问：“法医林浩那里有什么消息？”“死因是酒中混入了断肠散，断肠散是一味古方中药，能快速致人七窍出血而死。”

刑警大队的一间密室内坐着肖潇和吴旺才。阔大的玻璃窗的另一边，吕翔带着七个年龄体貌相仿的男子一一走过，玻璃窗在这边是一面镜子，他们只能看到自己的影像，根本看不到镜子另一面情况。密室内却能透过玻璃把他们看得一清二楚。吴旺才指着第七个走过的人说：“就是他，他就是鑫哥。”

七

审讯室内，王华水医生坐在了先前吴旺才坐的凳子上。肖潇和吕翔在对面的桌子上露出半截身子，肖潇问：“你认识牛老大吗？南门市场上的协管员。”

王华水说：“我不认识，我的生活半径全在北城区，南城基本不去。”

肖潇：“有一个叫张珍珍的女人你不会不认识吧。”

王华水：“噢，一个偶然机会认识的。”

肖潇：“那是，你们当医生的有很多的偶然机会。”

王华水：“……”

肖潇：“你们可不是一般的医患关系啊。”

王华水：“是走得比较近一点吧。”

肖潇："张珍珍的老公就是牛老大你不会不知道吧。"

王华水："哦，这个我真不知道。"

肖潇："张珍珍说她那天下午一直在花仙子棋牌室打牌，花仙子老板证实她那天三点钟确实在那里打牌的，可是又有牌友说，张珍珍在打了一圈牌过后，让另一个人顶了她，她离开了棋牌室好长时间……然后，五点钟，真是太巧了，她在回家进院门时被仓皇而逃的吴旺才撞到。她说她看到了他身上的血，随后进屋看到……然后，她报了案。

"牌友们还反映，吴旺才也是花仙子棋牌室的常客，曾对张珍珍调笑献媚，但从未占到半点便宜，张珍珍的冷傲让吴旺才恼羞成怒，先是讥讽她好花插在牛粪上，后又嘲讽她不过是小三转正。让张珍珍很恼怒。"

王华水静静地听着一言不发，肖潇却突然话锋一转："但是张珍珍一个女人，她很难做得这样周密，这是多么好的一箭双雕啊。"

王华水："我不明白。"

肖潇："既铲除了情路上的一大障碍，又为情人除去了心头恨呀。"

王华水："你的意思是我让吴旺才杀了牛老大？"

肖潇："不，吴旺才可没说你让他去杀人呀，现在也不能肯定是吴旺才杀了人，虽然他有可能为五万元钱铤而走险地去杀人，但其实他连牛老大住哪里都不知道。而致人死的断肠散好像是一味少有人知的中药呢。"

王华水："可是我那天根本就没有作案时间。"

肖潇："嗯，这个都考虑到了，很周全呀。"

王华水："你们说牛老大是五点钟死的嘛，我那个时间还在 W 市啊。不信你们可以去问图书馆的曾健吧，他在 W 市开元酒店门口见到过我啊。"

隔一日，还是在吴旺才坐过的位子。

肖潇说："事情很糟啊，我们见到了你说的曾健。"

王华水："他证明了我在 W 市吧。"

肖潇说："其实我们没有找到他本人。"

王华水："只有他能证明我是无辜的。"

肖潇："是啊，可是，那天那个时间，他的见义勇为事迹，第二天已通过报纸电视传遍全市啊。他不可能分身在 W 市出现了。"

王华水："可是你们有证据证明我杀人吗？"

肖潇："吴旺才身上的那张示意图字数虽不多，但完全够检验用了。"

王华水终于低下了头："好吧，一箭双雕的是你们啊。"

遛狗的女人

本来在家，是居家的衣裙甚至睡服，但是聪聪不断地跳起来撞门，像是急着要自己扭开门栓。女人只得依了，换上出门的裙装，抱着聪聪下楼，一出楼栋，聪聪就兴奋不已，女人还没来得及扣上金属扣，聪聪就挣脱了束缚撒开腿跑向小区后的湖边——那片静谧恬适的绿荫地，任她如何呼唤阻止都无济于事。女人也奇怪了，她已很久没有到这绿荫地来散步，因为前段有个垂钓的人，就地宰鱼，弄一堆肠肚在地上，聪聪就兴奋不已地嗅过去，亏得她及时拉住了绳扣。后来很长时间，她都是带聪聪走小区前面的人行道，聪聪似乎也忘了还可以到后面的绿化地去。今天一疏忽，聪聪竟冲湖那边奔去了。隔了这多时，难道还有味道吗？女人跟在后面急急地转过院墙，突然，一双手捂住了女人的口鼻，紧接着，她被拖进了湖水边那一丛浓密的凤尾竹后面。

首先浮起来的，是那只棕色的泰迪，这种小型犬已越来越受到有钱又有闲的人家喜爱，成为他们生活中的重要伴侣。若是血统正宗，价格不菲，但是再名贵，也不过是一条犬，是用金钱可以买得来的忠诚而已，所以根本没人注意到它。或者说看到了也不以为然，何况它就那么乌七八糟地浮在一片水草和浮萍中，像一团烂泥。但是后来，在不远处，居然浮起来一具女尸。落日时分来这钓鱼的朱师傅在自带的小凳子上刚刚坐下，就看到了女尸，他吓得差点歪倒在地。

刑警肖潇才35岁，却干了13年刑侦，算是老刑警了，他在一帮忙碌的刑技人员身边停了一会，耐心地听着法医林浩一边检查一边对做记录的民警吕翔报出一串数据：身长1.65米，发长35厘米，栗色卷曲，年龄约25—30岁，橘色毛呢掐腰连衣裙，脖颈挂翡翠玉佛吊坠，左手翡翠手镯，右手腕挽长2.5米蓝色狗绳，绳的另一端是一个可以自动闭合的金属小勾。脚穿高帮皮鞋，连裤袜，衣着完整，裸露部分无明显皮外伤。“是意外落水吗?”肖潇问。“不一定，这口腔鼻腔倒是挺干净的。”“死后入水?”肖潇心里打个顿。常识是：生前入水，呼吸道会有泥沙，腹腔也会有积水。死者若是意外落水身亡，警察只要弄清身份，通知其家人，事情大致就可结束。但若是死后入水，那就麻烦大了。后面有一系列复杂事情。林浩的话让肖潇有点郁闷，刚刚他们破获了一个抢劫案，把嫌疑人从外地抓回来，这女子若是他杀，就意味着稍稍歇息的可能没啦。林浩说：“那也不一定，还得看解剖结果。”肖潇了解林浩，他是个非常严谨的人，没有十足的把握不可能把话说绝。

手腕上的牵引绳说明她是在遛狗吗?那么狗呢?狗狗是有灵性的动物，它应该会守在这里的。肖潇在水泥泊岸上背水而立，对面是一个居民小区，小区建在一个半岛上，自己站立的地方正是半岛尖部。一条不足五米宽的柏油小径环岛延伸，怀抱着小区，在这里形成50米宽300米长的幽静绿化带，除了黄昏时分有三两人来这散步外，一般都非常安静闲适。不知有没有目击者。肖潇转身面湖，就看到了阳光下那只漂在水草丛中毛茸茸的东西，有隐约的一点蓝色进入他的视线，头脑立即就兴奋了。可是那丛水草离岸边还有两三米远。肖潇又递给朱师傅一支烟，朱师傅两耳朵上已各架了支烟，一连声说着“有，有”，但还是高兴地接了烟，然后就勉强地献出了他的钓鱼竿。

鱼竿钩住了毛茸茸的东西，顺水划拉过来，果然是只棕色卷毛泰迪。胸脖前有蓝色的牵引绳，正好与女尸腕上的一致，绳扣形成一对。

遛狗怎么可能落水而亡呢?小狗一般都是怕水的，何况这湖边都用水泥筑起了两尺宽的泊岸，岸上离水面有半米多高，足以防止人们落水。但若一个女人由着狗狗的性子狂奔，在夜晚或不熟悉的地方，狗狗也有可能会误入湖中，肖潇就亲眼见过一只狗狗晚上在广场上兴奋地跑着跑着，一头冲进了洋澜湖中，当时湖水反射着周围的霓虹灯光，如同五颜六色光怪陆离的镜面，兴奋中的狗狗可能误以为是反光的玻璃或彩色的地面。那落水的狗狗受到惊吓，立马掉头惊慌失措地游到了岸边，扑到主人怀里寻求着安慰。肖潇还新奇地夸说："狗狗还训过游泳吗？"那主人却也惊魂未定地答："没有，它才半岁，这是第一次落水。"那么应该是天生的泳者了。

就算狗狗是兴奋了误入水中，主人怎么也跟着落水呢？看惯了稀奇古怪事的肖潇现在还在潜意识中希望着是死者是意外溺亡，他对林浩说："你尽快给我结论啊。"林浩慢腾腾地说："急什么呢。"

还有一种情况，那就是主人先落水。假如这只泰迪身上的引绳与主人手上的连在一起，倒是可能因主人落水而导致人狗一起溺亡，但绳索是分开的，却发生人狗双亡。狗狗虽然怕水，但它是天生的泳者，"狗刨式"嘛。它完全可以自救，一切动物都有求生的本能；狗狗也许会救主人，若在陆地上，小狗的力量是有限的，但借了湖水浮力，或许能将主人拖到岸边；若再不成，狗狗就算殉情，也得要确定主人已死后啊，也不至于就以同样方式吧，而且肖潇知道的狗狗殉情一般也就是守灵而饿毙。

这一切都只是推想，肖潇对林浩说："你把那只狗狗也看看吧。"林浩只答了句"哦"却仍埋头做他的事。肖潇就又回头去看那只泰迪，然后，他弯腰围着水边看起来。

这时，陆续聚拢来了五六个人，因为先前考虑这里人少就没有拉设警戒线，朱爹爹就大声地对他们诉说着自己的见闻和判断推理。一个女子惊呼道："哎呀，这像是……"

肖潇走过去问："你说是谁？"他想的是尸体虽未形成腐败巨人观，但也已变形，这情形是很难认出谁的。女子说："我……不会吧？只是看这眼熟的衣服和狗狗瞎猜的，不一定是啊。"肖潇还是鼓励着她说下去。女子就继续："看这衣服，头发，还有这小狗，狗绳，天啊，难道真是她吗？要真是她，我只知道她就住这个小区，我也只是遛狗时见过，因为遛狗时还这样时尚打扮的人不多，何况她那么漂亮，不知道她叫什么，更不了解她，怎么就……不会吧，狗们喜欢在这树下的草地玩，一般不会去水边。而且她一般走前面的马路人行道去广场那边，那边狗狗多，对了，她几乎不往这边来的。”朱师傅说：“我好像也见过她遛狗，后来有的钓鱼人爱就地杀鱼，肠肚就扔在地上，狗会去舔，我看她几次呵斥狗，不过已经好久没见她了，我也有一个多星期没来钓鱼了。”

没怎么费力，肖潇就查出了死者就是这个绿岛小区的，名叫秦岚岚，33 岁，小区里保安对她印象深，是因为每当天气晴好时，她都在傍晚时分出去遛狗。绿岛小区仅五栋楼房，不足一百户人家。而养狗的仅只这一家，保安记得她，当然更因为她的漂亮和时尚。一个保安说：“她一般出门往左拐，走 100 米就是大马路，若出门往右拐能绕到后面湖边，从前她也走后面湖边，不知怎么有很长时间她不再往湖边走了，有时小狗可能闻着了哪个丢弃的骨头，会往右边走，她就急急地把它唤回来。她出门遛狗一般一个小时左右就原路返回。”

“她平常接触些什么人呢？”“她不接触人。”保安异口同声。肖潇还不相信，两个保安就互相印证，A 说：“他们家事情都是她老公打理，交物业费啊，水电费啊，车位费啊，凡是与人打交道的事，全是她老公焦平的事。秦岚岚从不与人说话，很清高，是个冷美人。”保安 B 纠正说：“她的眼光像是刀子，可以剜到人心里，啥都不在她眼里又啥都在她眼里似的。”肖潇说：“你挺关注她的。”“美女嘛，人之常情，呵呵。”现在居然还有这般超凡脱俗之人，她又如何生活呢？像是看出了肖潇的疑惑，两保安抢着告诉他说，有一个四十多岁的妇女常来给她送东西，一般就放在墙上的那个大箱子中，秦岚岚遛狗回家就把东西带上去。除此，一般看不到她进出。

秦岚岚的老公焦平是从一千多公里外飞回 H 市的。在 H 市再换车奔 E 市而来。他坐一辆黑色奥迪 A6，车还没停稳他就慌乱地从车上跳下来，身材颀长面容清秀的司机范伟冬，紧紧地跟在焦平身后。焦平疲惫的样子证实他一路风尘与焦虑。看见现场照片和物品的时候，他几乎瘫倒了，机灵的范伟冬及时搀扶住他。焦平说："我一周前出差了，从4月10日开始打电话，就没人接，家里座机也无人接，没想到会是这样。"范伟冬体贴地拍着焦平的背，把水杯递给他，被他摇头推开。

绿岛小区最靠近湖边的一栋楼盘的东单元，就是焦平与秦岚岚的家，220平方米复式房装修精致，范伟冬搀着焦平跌坐在沙发上，然后就忙着端茶倒水，并不停地安慰着自己的老板。

肖潇在墙上看到一张生动的女人脸，她幸福地依偎在丈夫身旁，焦平却像大多不善照相的男人面对镜头一样，生硬呆板。这么年轻又漂亮的女人怎么没出去工作？焦平好像看出了肖潇的心事，断断续续地说："她不愿与人打交道，反正我这家里就我和她两人，也不缺钱，她在家当全职太太，有聪聪陪伴，也不觉无聊，她在网上开了一家网店，卖些女人化妆品，其实就是好玩，也没指望她挣钱，她说她只是以这种方式保持着不与社会脱节。"肖潇犹豫了一下还是忍不住问了："孩子呢？"焦平说："我们是丁克家庭。"有点意外。

"你出差一个星期了？""是啊，我有个合同要去洽谈""你是做……""我做药品生产。""公司在哪里？"焦平不太愿意谈自己的工作，只简单答说："我公司在H市，生产药品，我在E市和H市之间两边跑。"H市是紧临E市的一个地级城市，仅一个小时的车程。

果如焦平所说，秦岚岚几乎没有朋友，手机上仅有四个号码。而且几乎不怎么用，一个是焦平的，一个是家里的座机，焦平半月前与之联系较多，基本是一周一次的频率，再后来只有打入未接。还有一个是老家父母那边的号码，几乎一个月才有一次通话，时间也只几秒钟。最后是小区旁边一家政服务的号码。这家政号码倒是用得最频繁，几乎两天一次。肖潇说："现在人有钱了，真的可以过自己想要的生活了。"吕翔问："怎么呢？"肖潇说："你看嘛，有钱，宅着，这多任性呀。"吕翔说："要是我整天宅在家憋死了。"肖潇说："要是我，喜死了。"

丁克家庭？肖潇注意到了这个词。这是西方流行一时的婚姻模式，在中国，如果不是追求西方自由生活的高学历者，或者怕因养孩子耽误了更高的精神追求者，就很可能是有什么难言之隐，或因感情，或因身体。因为一般人很难有这样的超脱，更难过家中老人关，更何况当今社会养老还存在相当多的问题，养儿防老还是主流。焦平夫妻，经营着药厂，从消费状况看，应该效益不错。而秦岚岚开网店养宠物混时间，也不像是有大追求者，那么丁克是为什么？若是一时不想要孩子一般会说“还没打算要或过几年再考虑”不会说是“丁克”。

肖潇把秦岚岚的电脑带回了局里。电脑显示秦岚岚每天都上十几个小时的网，在网上代售女人化妆品。浏览的网页除了女性衣物鞋袜等一应生活用品外，还有大量怀胎生育方面的常识甚至收养儿童网站。这么说她是考虑过怀孕的？

五十多岁的精明女人罗妈，是家政公司的职员，她快人快语，说一般她是去人家中帮忙打扫卫生，但她从未进过秦岚岚家，可能秦岚岚老公长期不在家，家里只她一个人，所以也没什么事吧，她只是应要求购物，主要就是新鲜的蔬菜水果或少量日用品等，超市里购买有小票，她把小票连同物品放在秦家那特制的箱子里，同时取回秦岚岚放在里面的上一次的购物款，每个月的 25 日，她的佣金也是从那里取。后来，就改为一个月先预付一笔钱给她。这事是秦岚岚老公焦平在家政公司找到她后私下协议的，起先她都不相信这么轻松的事情，佣金还不低，也怕他们不守信“飞单”，焦平就预先付了一个月的佣金给她，她就开始了这件颇神秘的工作。时间长了，感觉挺好，免去了见面的客套话。这样，她其实只熟悉秦岚岚的声音，也没见过人也不知道她叫什么。警察找到她才知道女主人这个名字。“有几次我也想看看这个神秘又有福气的女人长什么样子，在箱子边等着她来取货，但没等到，我就急着还有别的事了。只听那保安说是个漂亮得不行的女子。听那声音就很动人的。我还纳闷呢，漂亮的人闷在家里多浪费呀。”罗妈说完遗憾地冲吕翔眨了眨眼。

“嗯，锦衣夜行吧。”肖潇对吕翔说。“啊，就是就是。”罗妈竟懂了，也来了劲说：“我可是财校毕业呢，只是公司垮了，买断了，做家政也是没办法，她们家的购物款，账我记得一清二楚的，但他们一直没查过，反正就是很信任我吧，我还包揽了收他家的快递，也是放在箱子里的。”“焦平是每周回来吗?”“罗妈说：“这个我就不清楚了，我按时拿到钱按要求送货，其余我不喜欢打听人私事的。”罗妈拿出了她记的流水账，的确都是些新鲜蔬菜水果鱼肉和日用品等等，但是这些细碎品很明显有的在小区对面的小超市都是有售的。罗妈说：“我也奇怪呢。”

“您有没发现什么反常情况吗?”罗妈说：“见怪不怪，其怪自败，没什么反常的事了。”肖潇夸她：“您也是见多识广的人呢。”罗妈笑了说：“这家人的生活整个就反常。所以习以为常后反倒看不出有啥反常了。”肖潇和吕翔正要离开，罗妈又说：“以前还有人向我打听她家情况，比如那两个保安，总是缠着我问今天送什么啊，她家还有啥人啊，现在也都习惯了不问了，只是前几天，小区门前的小超市新来个女售货员问过我这些事，也只有新来的不了解的人才会好奇吧。”

根据罗妈提供的信息，肖潇又找到了专为秦岚岚送快递的人员，快递员说小区内数她的快递最多。肖潇又查看了历史台账，寄出地很杂，但有一个地址出现的频率明显高于其他地方。那是个专营珍稀药材的网站。

小区仅一个大门，大门对面有一家小超市，老板证实了保安和罗妈的话，说秦岚岚从没来买过东西，酱油醋都没买过，肖潇看到这小超市虽不大，却装有监控。也许这监控能录下秦岚岚最后出门的镜头?但是，除了超市内面环境，仅只进门处很小的范围在镜头内，失望的肖潇正要离开，突然，他看到了一张熟悉的脸，这不就是那个现场自称是遛狗认得死者的女子吗。老板说她叫汪沁怡，根本没养狗，才来一个多月，吃住都在店里，因家中有事今天没来上班。怎么这么巧?而且还说谎。吕翔把图像拷到手机上拿给罗妈看，罗妈说：“是啊，就是她。怎么，你们怀疑她?”一个关注死者又撒谎的女人，出现在现场又突然离开，当然值得怀疑。

法医林浩终于打来电话，他说了一大堆专业的术语，肖潇着急地说："先说结果，你的结论是什么？"林浩说："窒息而亡，死后入水。死亡时间大约五天前，也就是4月10日左右。"肖潇就心里骂了一句：狗日的。其实他心里也已经认定了是他杀，林浩的结论不过给他一个证实。林浩又说："那只泰迪的胸骨骨折，右腿也骨折了。"肖潇脑子里就出现了可怕的杀戮和激烈的人狗踢踹撕咬情形，说："好可怜的狗狗。"林浩说："它倒是生前入水的。哦，女子没有性侵迹象啊。"

那是为什么？财杀？所有的值钱首饰都完好；情杀？没有性侵也没有泄愤似的毁容毁尸；仇杀？这独居女子会与谁结仇呢？肖潇有点烦燥。他让吕翔一个人去卫生防疫站，自己则懒懒地打开了公安部信息网，噼里啪啦敲下一串键，页面上出现了秦岚岚的图像。她是大专学历，而焦平也只是大学。这在当今三十岁左右的人中只能算是普通学历。这一层面"丁克"者似乎不多见。

又输入了几个数字，发现焦平和秦岚岚二人的户口是从福建迁入的。这么老远地来到我们这个小小的E城，公司又建在一小时车程以外的H市，奇特的生活方式，像是在躲避什么啊。肖潇又敲击了几个键盘，从一堆相同的人名中一一过筛，汪沁怡的图像显现出来，她竟然也是福建人。一般情况内地人去沿海发达地方打工的多，像这样从东南沿海发达地方来内地打工的确实少见。太多的巧合连在一起便不可否认地存在着必然因素。肖潇有点兴奋。

事情往往是这样，你自觉密不透风的事却可能百密一疏，你以为隐于无形却可能欲盖弥彰。连小区对门的小超市都不去，一切网购或代购，除了说明是个宅人外，还表明这人计划周全，因为谁都可能有急用要临时购物的。而再宅，也该有亲朋好友啊，这么孤家寡人似的穴居生活也太不符合人情了吧。秦岚岚这样几乎与世隔绝的生活，肯定有不可告人的秘密。而要揭开这秘密，只能从她身边的人查起。上次焦平回来，并未谈起秦岚岚曾与人结仇。那网购的药材是生产所需要吗？肖潇对吕翔说："我们有必要去一趟H市。"

坐落在H市的生鑫药厂占地十余亩，一派欣欣向荣景象。门卫是一个老者，正悠闲地逗弄着金红色博美。肖潇跟他打招呼说："这狗好可爱啊。”老者爱怜地说：“很聪明啊，前两天跑不见了，害我到处找，结果第二天它自己又回来了。”肖潇伸手去逗它，它竟狂吠起来，老人吼住了它，说：“生人是捉不住的，熟人它会亲热地闻还往身上趴，这厂里人它基本都熟，呵呵。”肖潇再打听厂里情况，老者便很高兴地与他聊了起来。

与想象中的一般成熟企业有美女端茶送水相迎的情景完全不同，是范伟冬热情地接待着肖潇和吕翔。他说焦总正在寝室里休息，原本今天应该去市政府为一块新征地跑手续的，就因为秦岚岚突遭不测，他已多日不理事务，闭关自守在一室，业务及个人生活都是范伟冬在打理。“哦，焦总不出去，你也可以休息休息了。”“哪里呀，我还得帮着管理一些杂事啊。”“哦。”看到厂房办公楼的另一边还有新植的树木花草，肖潇知道它一直在扩建中，说明运转得相当不错。肖潇问：“你们厂生产什么药？”“一种专治脱发白发和斑秃等症的中成药，叫‘生生不息’。这是按焦总家的祖传秘方炮制的，药效相当好，市场的销路也很好，现在人生活工作压力大，所以得这病的人也多，我们的药供不应求，经销商打进来订货的电话不断，还有不少人亲自上门来要货，所以我们正抓紧扩建厂房扩大生产规模，但是想不到这个时候，焦总的家里出了这样的事。”范伟冬说到兴奋处，眼睛放光，这时却低下了头，脸上青春的光亮丝毫没因情绪的低落而遮蔽。“焦总很信任你嘛。”“应该是吧。”范伟冬实话实说地回答。

办公桌上堆满了各种表格和产品介绍。肖潇随手翻看着一张销售图，中国地图上布满了绿蓝色小圆点，范伟冬自豪地介绍说：“绿色表示已建了销售网点，蓝色表示正在建或将来预定要建的。”肖潇发现那绿色已布满了内陆好几大省区，蓝色向东北西三面扇形铺开，唯独东南沿海是空白。肖潇手指着图凑近范伟冬说：“这一块可是人口聚集的地方啊。”范伟冬说：“您都看出来了，就是啊，我多次建议过他，他老说先把生产扩大了再说，可是现在您看，他连计划都没计划这一块，搞不懂他呢。哦，那案子查得怎么样了啊？”

“这不正在查吗？”肖潇说。顿了顿，范伟冬说：“你们稍坐，我去叫他来。”

范伟冬领着焦平进来时，肖潇正在研究着那张销售广告，焦平明显憔悴了，脸颊苍白，眼皮浮肿，他见肖潇手里的广告纸，就默默地走过来，把桌上的一堆杂乱的纸张整理到一边，然后在桌后转椅上坐下来，范伟冬将他的水杯里加上水再端到他面前，然后转身离开。

肖潇安慰说："节哀顺变吧。生意还是得经营下去啊。"焦平低头不语。肖潇又随口问道："你上次出差是一个人吗？"焦平却突然开口向肖潇说了一句莫名奇妙的话："你们不用查了，我知道是谁。"

焦平说的是秦岚岚嫁他之前的事。焦平认识秦岚岚前，秦岚岚在福建打工，她尽心尽力照顾了一个孤独的老人，并为他养老送终，老人临终前给了她一个中药秘方和一笔钱，这就是生鑫厂赖以生存发展的药方。他们结婚后开始筹划创建"生鑫"。秦岚岚要求他经销时要避开东南沿海一带，他曾怀疑这方子的来路，但秦岚岚不愿多说，他就没细问。但是出了这事，焦平不由得产生联想。"我怀疑这方子是她偷来的，所以有意要绕开福建那一带，她打工的地方是个小镇，你们可去那里查。我没有证据，只是猜想。"焦平心神恍惚地说，看样子这次不能再问出什么了。

难道与那个汪沁怡有关？肖潇头脑里闪现着罗妈的话。

虽然半信半疑，但那个叫汪沁怡的女人现在不得不见了。费了一番周折终于找到汪沁怡，恰如焦平所言，汪沁怡讲出了一段鲜为人知的往事：

偏僻一隅的小县城里，有一门中医世家，依靠一组祖传的诊治脱发的药方经营着一家家族式企业，在当地小有名气，到掌门人这代更是生意红火，发展势头强劲。夫妻二人夫唱妇随鱼水和谐，只可惜人丁不旺，世代单传，竟尽开花不结果，夫人一连生了三朵金花，成为当地计划生育的老大难户，罚金自不在话下，社会影响却很不好。靠着积善行德赢得的好名声却总被这子嗣之事困扰噬掠着，夫人更是吃斋念佛，祈盼老天开眼赐他们一个男丁，但是，眼见得男主人日渐衰老，夫人心里着急，于是力劝丈夫，要物色一个年轻貌美的女子，借腹生子，延续香火，事成后赏以一半的家产，条件是永不再见。

纳妾生子的事搁从前是顺理成章的，但在现实社会中显然有违公德，所以只能暗中行事。先生本不愿这样，无奈夫人说得有理，也是求子心切，况是夫人亲自提出还主动张罗，也就由着她去。家族公司里有一名女职员进入了夫人的法眼，是个外地来的打工女子，正值27岁芳龄，无论姿质还是学识都符合夫人预定的条件。于是一场交易达成。但是，事与愿违，这女子并未如愿怀孕，按说这家世代行医，应该先给这女子查一查身体状况的，可是，往往事情一急就怕生变，一心巴望着这女子不要临时变卦的夫人，竟百密一疏地把这事给忽略了，而迂腐的先生一切都由着夫人做主，在她的亲自撮合下就急急地把事情办了，等到三个月、半年都过去了，这女子的身子还不见动静，这下他们才醒悟过来，再各种检查，才知她是先天性卵巢发育不良，属不治之症。先生也叹息家传的秘方是专治顶上毛病的，那离着宫胞还老远呢。这样，事先承诺的分一半家产的事自然就成了泡影，但他们是积善之家，还是补偿了一大笔钱给这女子。可是这女子心里不平衡了，虽说没有生下一男半女，但她一个黄花闺女陪了你这半老头儿半年时间，满以为不能生儿子得一半家产，至少也能生个女儿得四分之一的家产也好的，这下子不仅计划全泡了汤，还查出来得了这种不治之症，要不是因为这事查出了这病，她还可以像正常人一样谈一场恋爱甚至结婚的，现在恐怕连正常的恋爱都成奢望了。今后的生活也都陷入黑暗，哪能只补偿点钱就完事呢，毕竟坐吃山空呀。女子在与先生相处的这段时间，得知了他家的祖传秘方其实除了一般能叫上名来的中草药外，就是在炮制的最后一道程序中要加入一份特制的制剂，这就像是打豆腐最后的点卤水一样，点重了，成砖头，点轻了成豆花。除了分量时机的把握外，重要的还是这“卤水”本身的成分是秘不外传的。出于对自身损失的弥补，更重要的是出于对今后生活的安稳需要，女子竟偷得了这份秘方及其配制方法，然后逃到了外地。这女子就是秦岚岚。

一个偶然的机会，先生家人发现了遥远内地，有一种治脱发白发及斑秃的中成药，竟与自家的药品的性状、功能、疗效甚至使用方法、注意事项等都完全相同，就怀疑是秦岚岚所为。先生夫妻本意并不想深究，但是同胞妹妹不赞同哥嫂的做法，她认为哥嫂已作了很大的补偿，这秦岚岚太贪婪，不能就此便宜了她。胞妹就是汪沁怡，她一路追踪到了 H 市的生鑫厂。

但是生鑫厂上上下下并不见这秦岚岚，汪沁怡就跟踪老板焦平，发现他每周要去 E 市一趟，汪沁怡凭直觉认为 E 市的绿岛小区应该是焦平的家，但却并未见到他与妻子孩子们一同进出，这更坚定了能找到秦岚岚的决心。汪沁怡就在绿岛小区对面的小超市找了份临时工，并且主动要求住夜，免费守店，店主乐得少付一份薪水，汪沁怡日夜紧盯小区大门，终于有所收获。那一日黄昏，眼见得那只泰迪犬兴奋异常地冲向湖边，秦岚岚跟在后面无论如何都阻止不了它勇往直前。汪沁怡非常激动，但仅此一面，后来再不见秦岚岚回小区，她便有一种不祥的感觉，好不容易追踪到的线索怎么就断了呢？又等了两天，听说湖边上发现了女尸，她赶紧跑过去看，果然见到那熟悉的衣服和狗狗。她冲动地说了半句话，不料被警察盯住问，她只得谎称是遛狗时见过她。汪沁怡憋屈的是，她的计划黄了。

肖潇问："你养宠物吗？"汪沁怡说："我嫂嫂爱养。"肖潇又问了些狗狗习性等常识，然后严肃地说："我们有理由怀疑是你本人或者你雇人杀了她。"汪沁怡说："她比我年轻又高大，我能杀得了她？再说，我的命可不像她那么贱，杀她别脏了我的手，我是要找到她，然后让公检法来收拾她，我还要收回本该属于我家的生鑫公司，我家秘方是传男不传女的，这次我找到了流失在外人手里的秘方，我哥嫂开恩许诺找到了就属于我，并且那生鑫厂我打官司也要赢回来，还得感谢她为我做了前期的工作呢，不过她也属于可怜之人，如果可能，我倒愿意再送她一笔钱，至于药方，再不得从她这泄露出去了。我为什么要跟她去拼命？"

"那你为什么突然离开了呢？""我告诉了我哥嫂已找到秦岚岚，准备按计划状告她的侵权。这时我哥却来电话告诉我，我家那秘方，其实已不是多大的秘密，市场上有很多类似的产品，处方大同小异，我家的药其实是凭着多年信誉，才产销良好。然后，我又看到秦岚岚死了。感觉她也蛮可怜的，所以就离开了。"

汪沁怡的说法合情合理，从监控录像上看，汪沁怡吃住在店，几乎没出门，就是发现秦岚岚尸体那天，她走出了店面一会儿。她的确犯不着为一个不太神秘的秘方走极端。

这时，法医林浩又给肖潇送来个好消息：现场上的水泥泊岸上提取的血迹除了动物血也就是鱼血外，居然还发现了少量的人血。肖潇兴奋地对林浩说："伙计，好样的，等我抓了人请你喝酒啊。"然后冲吕翔说："这案子很有意思啊，我们得赶快再去一趟生鑫公司。"他心里已能大致还原案发当天的情形，只是他还要找到最后的证明。吕翔说："是吗?!"仿佛也已经猜到几分。

再次来到生鑫公司，出来接待的是焦平本人，肖潇有点担心。焦平略显不安，因为肖潇这次没有事先通知他。肖潇四处巡视，办公桌上已积了一层灰，车间的生产似乎已停了。肖潇说："其实你知道我们为什么又来。"焦平眼里掠过一丝慌乱："不，我不知道。""你事先的确不知道，等你知道时，已无可挽回，所以你只能极力掩护，抛出汪家之事，引开我们的视线，同时力劝他脱逃。是范伟冬杀了秦岚岚。"焦平极力平静着自己："你们有什么证据吗?""你说案发前一周你就出差了，经查，你确是一个人出差的，可是你的车却在案发时间段从 H 市回到 E 市。""哦，我让小范送点东西回家。""可是，你的车也没有进入绿岛小区，而是停在了 500 米外的澜湾广场边。这个高档的小区安装了无死角电子监控你是知道的。但澜湾广场也有，却不一定人人都知道。""那也可能他是想走走路。""但是，你说过十号起电话一直打不通的，而秦岚岚的电话也从未与别人联系过，范伟冬要送东西给她不可能不打电话吧。但她也不 Q 聊不微信。更不与别人来往，而且她所有用品全是自己网购或罗妈代购。"焦平无语。肖潇说："我想不通的是他怎么算计得那么准，一向深居简出的秦岚岚那一天会走向那条湖边少有人走的绿地，亏得你引我们去查汪沁怡。""汪沁怡是谁?我不认识。""你确实不认识，我以后跟你解释，总之是她让我们排除了你说所的秘方之秘，更重要的是从她不经意的一句话，让我们懂得了一点宠物狗常识：一只发情的雌犬足以让一只雄犬在二三百米甚至更远的距离嗅到，并奋不顾身地向它冲去。所以，我们假设有一只雌犬在湖边，那么一切都好解释了。那天雌犬在湖边被锁在树下，除了保安，还有汪沁怡都看到了你家聪聪从温顺的小宠变成了发狂的情种奔向湖边，但是，它没想到它的恋爱却让主人遭到了暗算，当它发现主人的危险时，它勇敢而毫不畏惧地投入到护卫主人的战斗中，无奈，它毕竟只是一只小型犬，可怜它最终只能以身‘殉职’。但是，湖边因为钓鱼人的恶习已少有人在那里遛狗了，所以这只雌犬是哪来的呢？我想到了第一次去你工厂时看到的门卫老人养的金红色博美，巧的是那一段它正处在发情期，且案发之时它走丢了，后来又自己出现了。单单这件事，可能是巧合。但E市卫生防疫站在案发当天的狂犬疫苗注射者有十七人，这种疫苗注射的规则是分别于第0、3、7、14、30天各肌肉注射一次疫苗，而且是越早越好。我们连续查了几天，E市当天注射的十七人中，仅有一人以后再没来注射，而在H市却正好有一人在第3、7天来接种了疫苗，他自述在别处注射过第一针。今天正好是第14天，如果不出所料，范伟冬今天应该还要去注射疫苗。我们的人已去那儿等他了。但是，我们希望给你一个机会。”

焦平垂下了头，伤痛地说：“我是怀疑过他，但我没问，直到看到了他腿上的伤，他才向我坦白，我想到你们或许会发现血迹，就肯定还会找来。我也不要什么机会，我承认是我让他快走。你们是怎么怀疑到他呢？”“我们最开始怀疑的是你，后来发现你们厂核心部门竟没有美女，接待我们的都是美男，加上秦岚岚的网购药材量大，让我们想到她其实才是生鑫厂核心技术的掌握者，而你扩大生产的意图也在她死后断送，所以你被排除了。”焦平深深地点头：“我不可能杀她。”

肖潇已明白了大概，但他还想要进一步的证明，他有一点疑惑地问：“那你怎么会在网上与秦岚岚恋爱呢？”焦平说：“当时，她的QQ图像是个帅哥，我就主动要求加了她，聊着聊着，很投机，就见面了，我很意外，但她说已爱上了我，我说我一穷二白，她更是穷追不舍了，说得了个秘方，我们结婚后可以白手起家共创一番事业。也是家里人催我成家，我那时都三十多了，又没正式工作，所以就……但是后来，我得知了她不能怀孕的事后，我反而安心了。”肖潇说：

“秦岚岚曾试图在网上买个婴儿来养的。”焦平吃惊地说：“我不知道啊。”肖潇说：“你是不知道。这公司以后怎么办？”

焦平叹了口气说：“她不在了，一切都没有了。核心的技术在她手上，一直都是她亲自配药，我定期回家取，然后回公司如法炮制，她才是真正的老板，我只是个傀儡。她说是怕我会变心，可是我……”他把头埋进臂弯里，“能怎么办？没有秘方，只有把公司卖掉。”肖潇说：“你明知是范伟冬，还让他逃跑，你这是包庇知道吗？”焦平点头：“我知道，我跟你们走。”

这时，范伟冬却突然冲了进来：“哥哥，都是我害了你。”“你怎么回来了？”焦平吃惊地站起身来，范伟冬却一下子扑进了焦平的怀里大哭起来：“我不能容忍你每周回去与她团聚，哪怕你说你是敷衍也不行，但是你们刚才的话，我都听到了，我不知道你是为了公司，我……更不忍心你落下包庇罪，是我毁了这个厂，是我害了你，为了你，我得回来。”焦平竟也控制不住地落下泪来，他说出了让吕翔心里豁然开朗的一句话：“她以为她用这种方法可以控制我，可是她死都不知道，我其实一直不喜欢女人。”